Pour l'honneur de Hannah Wade

J'AI LU

JANET DAILEY	*ŒUVRES*
LE SOLITAIRE	*J'ai lu* 1580****
LA DYNASTIE CALDER	*J'ai lu* 1659****
LE CAVALIER DE L'AURORE	*J'ai lu* 1701****
LA TEXANE	*J'ai lu* 1777****
LE MAL-AIMÉ	*J'ai lu* 1900****
LE RANCH CALDER	*J'ai lu* 2029****
LE CAVALIER DE L'OMBRE	
PRISONNIERS DU BONHEUR	*J'ai lu* 2101****
LE DERNIER DES CALDER	*J'ai lu* 2161****
LES AILES D'ARGENT	*J'ai lu* 2258*****
POUR L'HONNEUR D'HANNAH WADE	*J'ai lu* 2366***

Janet Dailey

Pour l'honneur de Hannah Wade

traduit de l'américain par François CHARLONNAI

Éditions J'ai lu

Ce roman a paru sous le titre original :

THE PRIDE OF HANNAH WADE

1

Mars 1876,
au pays des Apaches,
près de Fort Bayard,
Territoire du Nouveau-Mexique.

– Ici, une dame doit apprendre à survivre du mieux qu'elle peut, même si les conditions ne s'accordent que rarement avec sa condition !

Ainsi parlait gaiement Hannah Wade, tentant de réconforter la nouvelle venue qui contemplait d'un regard lugubre les misérables échoppes débordant de poteries et d'ustensiles en tout genre.

Soudain, le silence brûlant fut rompu par un bruit de sabots martelant le sol aride du désert. Un groupe d'Apaches parut dans un grand nuage de poussière, faisant frissonner les trois femmes d'officiers dans leurs élégantes toilettes.

Hannah Wade se raidit en voyant les Indiens charger. Fidèles à la pratique apache, toute de ruse, de silence et de surprise, ils ne poussaient aucun cri de guerre. Depuis deux ans qu'Hannah voyait partir son mari à la tête de sa patrouille, elle avait au moins appris cela !

Durant les dernières secondes qui les séparaient de l'arrivée des Indiens, Hannah se tourna anxieusement vers l'officier qui les escortait et dont les rudes traits disparaissaient dans l'ombre de son grand chapeau.

– Capitaine ? fit-elle d'une voix inquiète tandis que rien dans son maintien ne trahissait son émoi.

D'un geste de la main l'homme ordonna au sergent et aux deux hommes de troupe noirs, près du chariot militaire, de ne pas bouger.

– Ne vous inquiétez pas, mesdames, fit le capitaine Jake Cutter, impassible.

Ses yeux bleus fixaient froidement les Apaches tandis que d'une main bronzée il portait un mince cigare à ses lèvres. Les Apaches arrêtèrent leurs poneys, et quatre d'entre eux se dirigèrent vers l'auvent de branchages qui abritait Hannah, la jeune épouse du lieutenant Sloane et Ophélia Bettendorf, la femme du commandant en chef de Fort Bayard.

Mme Sloane, fraîchement arrivée dans ces contrées hostiles, ne put réprimer un cri d'effroi à la vue de ces êtres frustes. Au même moment Hannah constata que le reste de la horde s'interposait entre eux et les soldats près du chariot, les privant ainsi d'un éventuel secours. Près d'elle, le capitaine Jake Cutter continuait de tirer sur son cigare, dont l'odeur se mêlait à celle de la poussière soulevée par la calvacade.

Les Indiens n'arboraient aucune peinture de guerre, ils ne brandissaient pas leurs armes. Hannah se détendit en comprenant que le capitaine Cutter avait parfaitement analysé la situation d'un seul coup d'œil : il ne s'agissait pas d'une attaque.

Faisant un effort sur elle-même, elle se tourna le plus tranquillement du monde vers la jeune épouse du lieutenant Richard Sloane.

– Croyez-vous que les Apaches aient deviné que vous veniez d'arriver, sourit-elle, pour vous offrir un tel spectacle ?

Ce ton léger rassura la jeune femme.

– Que veulent-ils ? demanda Rebecca Sloane, se pressant contre Hannah, pendant qu'un Indien au torse musclé, luisant de sueur, se rapprochait d'elles.

Chaussé de mocassins de peau, il portait un long pagne de cuir jusqu'aux genoux. Quant à son visage osseux et sans âge, sa brutalité primitive était encore accentuée par la profonde cicatrice qui lui barrait la joue droite.

Un éclair de satisfaction traversa fugitivement ses yeux noirs lorsqu'il prit conscience de la frayeur qu'il suscitait chez Rebecca. Il bouscula les femmes au passage et pénétra dans l'échoppe obscure, suivi des autres guerriers.

Leur odeur était si forte que pour ne pas défaillir Hannah dut respirer précipitamment un petit mouchoir de dentelle imbibé d'essence de lavande. Ces Apaches n'avaient vraiment rien à voir avec les farouches et orgueilleux Peaux-Rouges dont elle avait pu lire les exploits dans les journaux de la côte Est avant de venir ici !

– Malgré toutes ces années passées près de la frontière aux côtés du colonel, grinça Mme Bettendorf, je persiste à trouver les manières de ces sauvages tout simplement révoltantes.

Bien que toujours tremblante de peur, Rebecca Sloane s'en voulait maintenant de s'être ainsi laissée aller devant l'intraitable femme du colonel.

– Je n'avais encore jamais aperçu de véritables Indiens auparavant, se justifia-t-elle. Seulement les éclaireurs du fort. C'était vraiment très impressionnant de les voir surgir ainsi.

– Nous avons tous été surpris, répondit Mme Bettendorf.

Hannah songea que rien n'aurait pu ébranler le sang-froid de cette dame de fer qui soutenait inconditionnellement son mari et régnait en despote sur toutes les femmes d'officiers.

– En tout cas, reprit Mme Bettendorf, pas question que je mette les pieds dans cette boutique tant que ces brutes y seront ! (Elle tourna les talons et gagna d'une démarche royale l'autre extrémité de la galerie de bois.) Vous aurez besoin de quelques-unes de ces jarres de terre cuite, madame Sloane, dit-elle.

Mme Bettendorf désignait de grands récipients de terre, appelés *ollas*, que l'on suspendait aux plafonds. Ils permettaient de garder l'eau au frais et, grâce à son évaporation progressive, tempéraient un peu l'atmosphère étouffante des maisons.

Hannah n'écouta pas ces explications qu'elle avait déjà entendues nombre de fois et, en même temps écœurée et fascinée, continua d'observer les Indiens restés dehors.

La poussière était enfin retombée mais son odeur âcre planait toujours dans l'air, ainsi que celle, plus parfumée, du cigare. Hannah tourna la tête vers Jake Cutter et examina un instant son visage buriné par l'écrasant soleil du désert. Ses yeux bleus n'en paraissaient que plus clairs au-dessus du nez aquilin.

– Ce sont des Chiricahuas ? demanda Hannah.

Bien que le Neuvième Régiment de Cavalerie, auquel appartenait son mari, n'ait été transféré du Texas au Nouveau-Mexique que depuis six mois, Hannah n'avait pas tardé à être au courant des problèmes suscités par les Indiens. Depuis la mort de Cochise, un an et demi plus tôt, de plus en plus de Chiricahuas refusaient de respecter le traité signé par leur chef historique et quittaient peu à peu leurs réserves pour descendre au sud de l'Arizona.

– Ce sont bien des Chiricahuas, mais ils n'appartiennent pas à la bande de Cochise. Je pense qu'ils font plutôt partie de celle des Nde-nda-i.

Il était bien difficile de s'y retrouver dans la tribu apache. Celle-ci était subdivisée en nombreuses bandes telles que les Lipans, les Kiowas, les Mescaleros, les Jicarillas ou les Chiricahuas. Chaque bande était elle-même composée de plusieurs hordes qui partageaient les mêmes terrains de chasse et se réunissaient pour assister aux mêmes cérémonies religieuses. Enfin, une horde se voyait constituée de plusieurs familles, disséminées sur un territoire. Si chaque bande avait son chef, aucun n'était assez puissant pour régner sur toute la tribu.

Quand Cochise avait signé la paix, il ne l'avait fait que pour sa bande, s'engageant simplement à la faire ratifier par les autres. Mais, finalement, les autres Chiricahuas n'avaient rien signé et poursuivaient leurs exactions, pillant et massacrant régulièrement, hélas, les mineurs de la région de Silver City.

Hannah fut surprise d'entendre Jake Cutter identifier si facilement ces Apaches, car elle savait par Stephen, son mari, qu'il n'y avait rien de plus difficile que de différencier un Peau-Rouge d'un de ses semblables.

– Comment pouvez-vous dire cela, capitaine ?

Jake Cutter fit lentement passer son cigare d'un coin à l'autre de la bouche. À l'encontre des autres officiers de Fort Bayard, il ne portait ni favoris ni moustache : encore un détail qui le rendait singulier.

– Vous voyez cet Indien trapu, là-bas, près du cheval rouan ? fit-il enfin. Eh bien, il correspond au signalement de Juh, le chef des Nde-nda-i.

Hannah observa l'Apache en question. Elle fut frappée par son regard torve et le rictus cruel qui courait sur ses lèvres épaisses. Elle détourna vivement les yeux en frissonnant.

– Que fait-il ici ? se força-t-elle à demander, pour chasser son malaise en entretenant la conversation.

– Ses courses, madame, tout comme vous, sourit Jake Cutter. Seulement, je doute qu'il soit venu acheter des poteries ou de la vannerie pour décorer son wigwam.

L'ironie du propos n'échappa pas à Hannah. De toute évidence, le capitaine Cutter tenait pour futile le désir des trois femmes d'acheter des objets d'artisanat mexicain à seule fin d'égayer leurs intérieurs sévères.

– Vous parlez comme un célibataire envieux, qui n'a pas de femme pour lui créer un logis confortable et accueillant et lui faire oublier un peu la rude vie militaire, rétorqua Hannah, sûre du bien-fondé de ses paroles.

– Je savais bien qu'il me manquait quelque chose, ironisa le capitaine, mais sans méchanceté.

Les Apaches, sortant de l'échoppe, empêchèrent Hannah de riposter. Ils regagnèrent souplement leurs chevaux et sautèrent d'un bond sur les couvertures bariolées qui leur servaient de selles.

L'Apache balafré au torse nu et luisant mena sa monture jusque devant l'échoppe, lançant à Jake Cutter un bref regard haineux, puis cria quelques mots d'espagnol à l'adresse du boutiquier toujours invisible.

– Il dit qu'ils reviendront quand le « jambes jaunes » et ses « soldats-bisons » seront partis, traduisit Hannah pour Rebecca Sloane. Les jambes jaunes sont les officiers, à cause du galon d'or à leurs pantalons; et les soldats-bisons, les Noirs parce que leurs cheveux crépus rappellent la crinière de ces animaux.

Dans un nouveau nuage de poussière, les Apaches partirent au galop pour se fondre littéralement dans la végétation épineuse du désert, abondante à cet endroit. Jake Cutter les regarda s'éloigner, se demandant quel genre de trafic clandestin ils étaient venus amorcer.

À la fin il reporta son attention sur les trois femmes.

Un rai de lumière filtrant à travers l'auvent de branchages allumait des reflets d'or dans les lourds cheveux auburn d'Hannah Wade. Cutter fit courir malgré lui son regard sur la jeune femme. Sa chevelure sombre faisait ressortir la pâleur de son teint, et ses longs cils recourbés rendaient ses grands yeux bruns encore plus mystérieux. Cutter admira encore l'élégance de sa mince silhouette à la taille bien prise, puis ses yeux s'arrêtèrent sur la bouche petite, mais au dessin généreux et fier. Leurs regards se croisèrent et elle le fixa droit dans les yeux.

– Je ne savais pas que vous parliez espagnol, fit-il, se rappelant soudain sa récente traduction.

– J'avais une servante mexicaine à Brownsville, expliqua Hannah. Et vous, capitaine, où l'avez-vous appris ?

La chaleur devenait de plus en plus oppressante, même à l'ombre de l'auvent, et Hannah porta son fin mouchoir à ses lèvres pour en chasser la moiteur.

– C'est venu tout seul, au fil des années passées à la frontière du Texas, répondit-il en l'observant.

Le geste d'Hannah, si gracieux et élégant, allié à la douce odeur de lavande qui imprégnait son mouchoir, venait de lui rappeler de cruels souvenirs qu'il préféra chasser aussitôt.

La vie de garnison était si curieuse ! Bien que Jake Cutter et Stephen Wade aient appartenu au même régiment ces quatre dernières années, c'était la première fois qu'ils se retrouvaient cantonnés dans le même fort. Cutter ne connaissait donc Hannah que depuis peu. D'ailleurs, au Texas, des mois pouvaient passer sans qu'un homme vît une femme blanche. Peu d'officiers souhaitaient la présence de leurs épouses. Non qu'ils craignissent pour elles le danger ou voulussent leur éviter la rude vie de garnison, mais ils préféraient les tenir à l'écart des hommes de troupe, tous noirs. On ne rencontrait de femmes blanches que dans quelques forts à proximité de grandes villes comme Brownsville.

Tous les officiers du Neuvième Régiment de Cavalerie étaient blancs. Les Noirs étaient cantonnés dans des postes subalternes et, à l'exception de Jake Cutter qui avait choisi le Neuvième à la fin de la guerre de Sécession, tous leurs supérieurs rêvaient d'une mutation. Là encore, Jake Cutter faisait exception à la règle.

Cutter avait rejoint l'armée de l'Union à la fin de la guerre civile. Âgé alors de dix-huit ans, il avait bientôt révélé une âme de chef et gravi les échelons de la hiérarchie par son seul mérite et son courage physique, sans la référence d'un séjour à West Point[1].

La paix définitivement revenue, beaucoup d'officiers, alors en surnombre, s'étaient vus rétrogradés dans la hiérarchie. Nombre d'entre eux, comme Stephen Wade, insistaient pour que leur ancien titre leur soit toujours donné bien que n'en occupant plus les fonctions, mais Jake Cutter se moquait bien d'être redevenu capitaine après avoir été commandant. Seuls son uniforme et son métier comptaient à ses yeux. Les honneurs ne l'intéressaient pas.

Soldat avant tout, Jake Cutter ne se reconnaissait ni dans le groupe des officiers ni dans celui des hommes du rang. À trente-deux ans, il demeu-

1. Célèbre école militaire du nord des États-Unis.

rait un solitaire, et les épreuves de son existence lui avaient appris à s'en satisfaire. En contemplant Hannah Wade, il s'en rendait compte encore une fois. Cette jeune femme élégante et distante ne représentait pour lui qu'un univers de thés précieux, de bals et de commérages acides dont il n'avait que faire.

– Dites-moi, capitaine, reprit Hannah en rangeant son mouchoir, comment avez-vous su immédiatement que ces Apaches ne nous voulaient pas de mal ? Vous n'avez même pas porté la main à la crosse de votre pistolet.

– Plusieurs détails, répondit-il, tirant négligemment sur son cigare, mais essentiellement leur tenue. Seul l'un d'entre eux était torse nu. Nahtay, l'éclaireur apache du fort, m'a expliqué que les Indiens ne portaient pas de vêtements lorsqu'ils combattaient. Une balle peut entraîner un bout de tissu au fond de la blessure et provoquer une infection. Il ne faut jamais sous-estimer l'intelligence d'un Apache, Madame Wade, conclut-il. Mais vous feriez mieux de rejoindre vos amies dans la boutique. Je pense qu'il serait préférable de ne pas trop nous attarder ici.

Hannah faillit lui demander pourquoi mais, trop habituée à la discipline militaire, elle se ravisa.

Jake Cutter regarda la jeune femme disparaître dans un bruissement de tissu et ne put s'empêcher d'admirer sa beauté. Puis, haussant les épaules, il quitta la galerie et alla retrouver ses hommes près du chariot.

Le sergent John T. Hooker attendait tranquillement sur le siège du conducteur. Il avait gagné ses galons à force de courage et d'obstination et servait depuis plusieurs années sous les ordres de Cutter. À l'encontre de tous les autres Noirs du régiment, John T. Hooker savait lire et écrire, et Jake Cutter avait su reconnaître en lui l'âme d'un officier. Malheureusement, cette promotion était impensable dans un régiment où les Blancs régnaient en maîtres.

– Ils ont vraiment surgi de nulle part, fit le sergent en fixant le désert.

– C'est toujours comme ça quand par hasard on les voit.

– Vous croyez qu'ils nous attendent ? poursuivit Hooker, tandis que les deux autres soldats noirs, près de leurs chevaux, scrutaient attentivement le désert.

– Deux raisons peuvent expliquer leur présence ici, répondit Cutter. Soit ils ont besoin de munitions, soit il leur faut de la nourriture. Espérons que c'est le manque de munitions. Ils seront moins disposés à finir sur nous le peu qui leur reste !

Jake Cutter se retourna pour observer les trois femmes. Elles étaient ressorties de la boutique mais demeuraient sur la galerie, papotant en détaillant les divers ustensiles qui s'y trouvaient entreposés.

Le propriétaire de l'échoppe sortit à son tour, vêtu de pantalons informes que retenaient des bretelles par-dessus une chemise sale, d'un rouge fané. Il avait été un des premiers à venir s'installer dans la région, attiré par les histoires d'or qui y couraient. Finalement, il avait choisi de gagner plus simplement son argent en commerçant avec les Indiens, les mineurs et les soldats. Il avait même fini par épouser une Apache, ce qui lui permettait d'avoir un pied dans les deux camps; mais, en fait, il s'était vu rejeté de part et d'autre. Les Blancs lui reprochaient sa mésalliance, et les Indiens ne parvenaient pas à l'accepter vraiment. On le surnommait Jack Reynolds l'Apache.

– Bonjour, capitaine, grommela le gros homme sous son épaisse moustache aussi rousse que les favoris qui lui dévoraient les joues. Désolé pour cet incident, poursuivit-il, visiblement mal à l'aise. J'espère que ces dames n'ont pas été trop effrayées. Ce n'étaient que quelques parents de ma femme, Petite Tourterelle, venus lui rendre visite. Ils ont préféré repartir, mais ils reviendront. Vous savez comment ils sont : ils ne se sentent jamais à l'aise quand les soldats sont dans le coin.

– Des parents, répéta Cutter. J'avais cru reconnaître Juh parmi eux. Qui était l'Indien qui vous a crié quelque chose en partant ?

Des gouttes de sueur apparurent sur le front du boutiquier, qu'il essuya d'un revers de sa grosse main velue. Il n'arrivait pas à savoir si Cutter posait une simple question ou lui tendait un piège.

– C'est Lutero, répondit-il, embarrassé. Vous savez, les liens du sang sont très compliqués chez les Apaches. Même Cochise était un lointain parent de Géronimo.

Ainsi, l'homme au visage balafré se nommait Lutero. Jake Cutter nota l'information puis la relégua dans un coin de sa mémoire. On ne savait jamais, ce genre de détail pouvait se révéler un jour utile : mieux valait se rappeler qu'aujourd'hui il avait rencontré une horde d'Apaches parmi lesquels il avait cru reconnaître Juh et que l'un de ses guerriers répondait au nom de Lutero. S'apprêtaient-ils à commettre quelque méfait ? C'était bien possible. Les Indiens avaient le sang particulièrement vif, d'habitude, au printemps. Se montrer ainsi à Cutter et ses hommes, en plein jour, relevait déjà presque de la provocation.

– Puis-je faire quelque chose pour vous, capitaine ? demanda Jack l'Apache, non sans hostilité.

– Nous aimerions faire boire les bêtes avant de repartir.

– Le puits est là-bas, vous n'avez qu'à vous servir.

– Hooker ! fit simplement le capitaine, qui

savait que le sergent avait suivi la conversation.

– Grover ! enchaîna celui-ci à l'adresse d'un jeune Noir qui servait depuis déjà six ans dans le Neuvième.

L'homme de troupe vint se mettre au garde-à-vous.

– Donnez à boire aux mules.

Comme le soldat s'exécutait, Jack l'Apache se rapprocha du capitaine Cutter.

– Je veux bien abreuver vos bêtes, mais je n'ai pas d'eau à gâcher pour vos nègres, dit-il, retournant contre les hommes de couleur l'ostracisme dont les Blancs faisaient preuve à son égard en raison de son mariage.

Grover, pas plus que le sergent Hooker, ne parut avoir entendu : ils avaient tellement l'habitude de ce genre de propos ! Les compagnies A et B du Neuvième Régiment de Cavalerie avaient été assignées à Fort Bayard pour protéger les mineurs et les colons de Silver City, mais bien peu parmi eux montraient aux soldats noirs une quelconque reconnaissance.

– De quoi avez-vous peur, Reynolds ? cingla Jake Cutter. Craignez-vous que mes hommes ne contaminent votre puits ? Vous savez, ils ne déteignent pas ! (Joignant le geste à la parole, Cutter passa sa main sur le visage du soldat Grover puis la tendit en direction du gros homme roux.) Vous voyez, reprit-il. Mais, rassurez-vous, nous n'avons que faire de votre sale eau !

Mal à l'aise, Jack l'Apache recula et jeta un coup d'œil par-dessus son épaule en direction des trois femmes.

– Je ferais mieux d'aller voir si ces dames ont besoin de moi, grommela-t-il en s'éloignant rapidement.

Jake Cutter reporta alors son attention sur ses

hommes qui n'avaient rien dit mais dont les yeux brillaient de fierté.

– Mon geste vous a vexé, n'est-ce pas ?

– Oui, mon capitaine.

Cutter alla pour s'expliquer, mais se ravisa.

– Allez donner à boire aux bêtes, Grover, intervint le sergent Hooker.

Le soldat s'éloigna, et le capitaine Cutter laissa échapper un soupir.

– Je suis las de toute cette haine, sergent, confia-t-il. Les Peaux-Rouges haïssent les Blancs qui haïssent les Noirs et les Peaux-Rouges. Tout cela est tellement stupide... C'est comme de haïr le désert sous prétexte qu'on n'y trouve pas d'eau.

– Oui, mon capitaine.

Cutter aperçut Hannah Wade qui le dévisageait d'un regard interrogateur. Il porta la main à son chapeau en un petit salut rassurant.

2

Moins d'une demi-heure plus tard, Jake Cutter assistait d'une main ferme et gantée Hannah Wade pour qu'elle prît place à bord du chariot, auprès de ses amies. Il gagna ensuite l'arrière du véhicule et en détacha son cheval. Hannah, en le voyant sauter en selle, regretta de ne pouvoir faire comme lui.

– Montez-vous à cheval, madame Sloane ? demanda-t-elle.

– Un peu, répondit la jeune femme en hésitant.

– Moi, je monte presque tous les jours, reprit Hannah. Il y a de merveilleuses promenades à faire autour du fort. Vous devriez demander à votre mari un cheval doux, nous pourrions monter ensemble un de ces matins.

– Madame Wade est une remarquable cavalière, intervint Mme Bettendorf, qui avait renoncé depuis longtemps à ce type d'exercice. Bien sûr, le colonel interdit qu'elle s'éloigne du fort sans escorte.

– Ce n'est pas un problème, poursuivit Hannah. Même lorsque Stephen n'est pas disponible, il y a toujours quelques officiers prêts à m'accompagner.

Le chariot s'ébranla dans un grincement de roues, et Hannah dut se retenir à la banquette pour garder l'équilibre.

La route serpentait vers le nord à travers la montagne rocailleuse, jusqu'à Fort Bayard qui se dressait au pied de la chaîne des Pinos Altos. Un soldat devançait le chariot conduit par le sergent Hooker, un autre fermait la marche, et le capitaine Cutter chevauchait à droite, à hauteur de portière.

Hannah l'observa à la dérobée. Le capitaine montait à la militaire, tout son corps épousant les mouvements de sa monture, son bassin ne se décollant jamais de la selle. C'est ainsi que Stephen lui avait appris, et il avait été émerveillé de ses rapides progrès. Depuis cet hiver, elle avait même réussi à sauter les fossés et les barrières de bois qui servaient à l'entraînement des soldats.

Tous les sens de Cutter étaient en éveil, et Hannah involontairement épiait les broussailles de la montagne, à la recherche d'un éventuel Apache tapi. Tout l'hiver s'était déroulé dans un calme relatif, mais maintenant les officiers redoutaient un regain d'attaques de la part des Indiens.

Fort Bayard était construit sur la ligne de rupture entre les plaines arides du désert et la zone de montagnes. Au sud, les territoires plats et désolés, piqués de maigres cactus et d'épineux tourmentés, s'étendaient jusqu'au Rio Grande qui séparait le Texas du Mexique et, au nord, se dressaient les régions inhospitalières et escarpées des grands canyons creusés par la rivière Gila.

Un peu à l'écart du fort, les éclaireurs apaches vivaient dans un enclos avec leurs familles. En passant, Hannah reconnut la femme du chef des éclaireurs. Lui était blanc, mais il avait épousé une Apache qui s'obstinait à se couvrir le visage de poudre de riz.

Enfin, le chariot dépassa le poste de garde et pénétra dans le fort. Aucun mur d'enceinte ne l'encerclait. Les divers bâtiments étaient alignés autour d'une esplanade rectangulaire, et les soldats devaient compter sur leur propre vigilance pour assurer leur protection.

Fort Bayard ressemblait à une petite ville dont le cœur eût été l'esplanade. D'un côté se dressait une rangée de maisons hautes, abritant les familles des officiers, et de l'autre les demeures plus modestes réservées aux engagés noirs, dont les femmes arrondissaient la solde en lavant et blanchissant le linge des Blancs.

Si les maisons des officiers étaient les plus grandes, elles ne payaient guère de mine. Hannah le constata encore une fois tandis que le chariot longeait l'allée dite « des Officiers ». Les murs de chaux et de brique reprenaient le style de la région, et les toits étaient recouverts de chaume. Seules les galeries protégées par des auvents de branchages apportaient un vague luxe à ces constructions rudimentaires.

Le chariot s'arrêta devant l'une d'elles, et le capitaine Cutter descendit de cheval pour décharger les achats de ces dames.

– Encore merci de votre protection, capitaine, fit la femme du colonel.

– Tout le plaisir était pour moi, madame Bettendorf, répondit Jake Cutter, impersonnel.

– Le commandant et moi-même organisons une

petite réception ce soir en l'honneur du lieutenant Sloane et de sa femme. J'espère que vous nous ferez le plaisir d'être des nôtres, capitaine ? proposa Hannah, voyant aussitôt Cutter se rembrunir.

– Mais bien sûr, ma chère, qu'il viendra, renchérit Mme Bettendorf. N'est-ce pas, capitaine ?

– Comment pourrais-je refuser ? répondit Jake Cutter, s'inclinant pour saluer.

Tandis que les soldats emmenaient le chariot aux écuries, Jake Cutter prit congé et remonta en selle mais, au lieu de regagner ses quartiers, il prit le chemin des hommes de troupe, que l'on appelait communément « l'allée des Vapeurs » en raison de l'activité de lavandières qu'y exerçaient les femmes noires.

Si l'esplanade était bien le centre de la garnison, l'allée des Officiers en était le « bon » côté, faisant face à l'allée des Vapeurs : le « mauvais ». La vaste place symbolisait à elle seule l'infranchissable fossé social qui demeurait entre les deux clans, ceux-ci ne pouvant avoir que des relations de maîtres à domestiques.

Cutter traversa donc au petit trot l'esplanade et s'enfonça dans une ruelle, sous le regard curieux des enfants noirs qui jouaient dans la poussière.

Le capitaine ne tarda pas à trouver celle qu'il cherchait. Debout devant une grande tente kaki, la femme lui tournait le dos, ses lourdes hanches se balançant au rythme du bâton avec lequel elle tournait son linge dans une grosse lessiveuse. Tout en elle respirait la sensualité animale.

La vapeur et la transpiration plaquaient son corsage sur ses seins lourds jusqu'à en révéler les pointes brunes, et Cutter eut bien du mal à en détourner les yeux. Bien qu'elle eût la peau noire, tout chez Cimmy Lou Hooker éveillait le désir des hommes, et plus d'un avait tendance à oublier qu'elle était la femme du sergent.

Cimmy Lou abandonna un instant son bâton et posa ses deux mains sur ses reins, cambrant la taille. Elle aperçut alors le capitaine et accentua aussitôt son attitude provocante.

– Le spectacle est-il à votre goût, capitaine ? demanda-t-elle, reprenant son bâton pour tourner une fois encore son linge.

– Mes affaires sont-elles prêtes, madame Hooker ? se contenta de répondre Jake Cutter.

– Pourquoi venez-vous toujours les chercher vous-même au lieu d'envoyer votre ordonnance ? Avez-vous peur que je lui fasse du mal ?

– Ce n'est pas ce que vous pourriez faire que je redoute, mais plutôt les réactions de votre mari.

– Rassurez-vous, je sais très bien comment le contenter, ricana Cimmy Lou. (La femme abandonna son bâton et s'éloigna de sa lessiveuse en essuyant ses mains à sa jupe.) Bon, reprit-elle, je ferais mieux d'aller chercher votre linge. C'est bien pour ça que vous êtes venu, n'est-ce pas ?

Cutter la regarda disparaître sous la tente. Elle avait une manière de balancer ses hanches en marchant qui attirait irrésistiblement le regard, de même qu'on ne pouvait s'empêcher de fixer ses lèvres pleines lorsqu'elle parlait.

– Vous ne venez pas avec moi ? demanda-t-elle, réapparaissant dans l'ouverture de la porte.

– Ça ne me dérange pas d'attendre.

Cimmy Lou s'était attendue à cette rebuffade, mais elle s'en moquait. Pour elle, il s'agissait d'un jeu : tenter les hommes l'amusait autant que les voir succomber. Elle avait toujours été ainsi, et le mariage n'y avait rien changé. Cutter n'arrivait pas à savoir s'il enviait le sergent Hooker d'avoir une telle femme ou bien s'il le plaignait...

– Avez-vous peur d'être seul avec moi sous la tente, capitaine ? Peut-être ne vous sentez-vous pas assez homme pour ça ?

– Un seul homme vous suffirait-il, madame Hooker ? rétorqua Cutter, sans l'ombre d'un sourire.

Un éclair de colère traversa les yeux de Cimmy Lou, et elle tourna le dos pour disparaître. Quelques secondes plus tard, elle ressortait avec un ballot de vêtements qu'elle tendit à l'officier.

– Je suppose que vous allez à cette fête que Mam' Wade donne ce soir. Je dois aller la coiffer, et je dois passer chez Mam' Bettendorf aussi, ajouta-t-elle d'un air important. C'est ma mère qui m'a appris : elle était la femme de chambre de Mam' Devereaux, à la plantation. Bien sûr, tout ça c'était avant la guerre... Vous me devez cinq dollars, capitaine Cutter, conclut-elle en tendant sa paume claire.

Jake Cutter sortit une pièce d'or de sa poche et la donna à la lavandière. Cimmy Lou, le fixant d'un regard insistant, glissa les cinq dollars entre les lourds globes de ses seins d'ébène. Sans un mot, l'officier fit faire demi-tour à sa monture et s'éloigna au petit trot.

Au coucher du soleil, les couleurs furent ramenées au son du clairon, avec toute la pompe dont étaient capables les deux maigres compagnies du Neuvième Régiment.

Hannah achevait d'attacher ses boucles d'oreilles devant le miroir de sa chambre. Les fils d'or ornant le décolleté et les manches de sa robe de soie puce et les reflets cuivrés de sa resplendissante chevelure auburn, relevée en chignon, faisaient ressortir la blancheur nacrée de sa gorge.

– Vous êtes très belle dans cette robe, fit Cimmy Lou.

– Merci, sourit Hannah.

Des pas retentirent dans le couloir et trois coups secs résonnèrent à la porte.

– Hannah ? Es-tu prête ?

– Ce sera tout, Cimmy Lou, merci.

Hannah regarda la lavandière reconvertie pour l'occasion en femme de chambre aller ouvrir la porte, découvrant Stephen Wade dans son uniforme d'apparat aux épaulettes et à la fourragère d'or.

Grand, large d'épaules et la taille bien prise, Stephen ne manquait pas d'allure. Son visage aux traits énergiques s'enorgueillissait d'une épaisse moustache blonde dont il prenait grand soin, et ses yeux noisette, piquetés d'or, s'éclairèrent d'une lueur admirative en apercevant Hannah.

Il entra d'un pas décidé dans la chambre sans même prêter attention à la servante noire qui en sortait.

– Tu es éblouissante, Hannah, fit-il avec conviction.

– Tu me dis toujours ça, sourit la jeune femme en lui tendant une main qu'il s'empressa de baiser.

– Mais c'est la vérité, insista Stephen. Cette robe est divine sur toi, ma chérie. Je ne sais pas comment tu fais pour rendre les tons bruns si lumineux ! Le marron est pourtant une couleur bien terne d'habitude.

– Tu es un abominable flatteur, rit Hannah. Sais-tu que tu ne manques pas non plus d'allure ?

Stephen la prit par la taille et Hannah se retrouva blottie contre sa large poitrine.

– Tout le monde dit que nous formons un couple superbe, reprit Stephen, posant sur Hannah un regard profondément amoureux.

– C'est parce que je t'aime encore plus aujourd'hui qu'il y a cinq ans, quand nous nous sommes mariés, répondit la jeune femme qui s'en voulut aussitôt d'avoir évoqué le temps passé.

Cinq années déjà ! Stephen avait espéré d'elles tant de choses ! Hannah revoyait leur première rencontre à Philadelphie, où son père était orfèvre.

Son cœur avait immédiatement battu en voyant ce jeune et bel officier entrer dans la boutique. Ils s'étaient revus peu après à une soirée donnée par les Van Camps, de riches et vieux clients de son père.

La mère d'Hannah appartenait à la haute société de Philadelphie et son père en était considéré comme le meilleur orfèvre, spécialisé dans le travail de l'argent. Ainsi les portes des salons les plus fermés s'ouvraient devant la jeune fille.

Chez les Van Camps, Hannah avait été officiellement présentée à Stephen Wade. Leur attraction l'un pour l'autre avait alors été immédiate. Stephen était non seulement beau, mais aussi intelligent et ambitieux. C'était cette ambition qui l'avait poussé à demander un poste dans le Sud, en pleine reconstruction après la guerre civile.

Stephen ne devait rester que peu de temps à Philadelphie, et cela avait précipité les choses entre eux. Il avait reçu son ordre de départ pour le Texas la veille même de leur mariage, et ils n'avaient pas eu de voyage de noces.

Stephen voulait partir seul pour le Texas, mais Hannah se montra inflexible : son devoir d'épouse lui commandait de le suivre et de lui procurer un foyer agréable pour compenser les rigueurs et les dangers de la vie militaire.

Cela n'avait pas été toujours facile. En cinq ans, ils avaient déménagé trois fois. Chaque fois, ils avaient dû tout vendre pour tout racheter dans leur nouvelle affectation. Cette insécurité du lendemain les avait empêchés de fonder une famille, d'autant que, dans ces contrées reculées, hôpitaux, écoles et églises étaient plus que rares. Lorsqu'ils seraient installés définitivement, ils songeraient à avoir un enfant. En attendant, le temps passait...

– J'aurais dû accepter de rejoindre le Septième de Cavalerie il y a quatre ans, dit Stephen en s'éloignant. Mais à l'époque les promotions étaient plus faciles à obtenir dans les régiments où il y a des Noirs... Et puis, je ne voulais pas servir sous les ordres du général Custer. J'ai peut-être eu tort.

Hannah lui prit gentiment la main.

– Viens, fit-elle, allons voir si tout est en ordre pour recevoir nos invités.

Hormis celle du colonel commandant le fort, toutes les habitations des officiers étaient identiques autant que spartiates. Murs d'un blanc indéfinissable, planchers craquants et stores verdâtres filtrant une lumière glauque, telles étaient les caractéristiques peu réjouissantes de ces intérieurs. Seuls les quelques biens d'Hannah qui les avaient suivis d'affectation en affectation apportaient une touche personnelle dans cet univers quasi monacal.

Un tapis persan vert et or donnait un peu de couleur et de confort au salon. Ces tons doux et raffinés étaient repris par le tissu du sofa, qui s'ornait de coussins de dentelle confectionnés par Hannah durant les longues heures où son mari partait en mission dans le désert hostile. Des rideaux, de dentelle également, égayaient les fenêtres. Il s'agissait en fait d'un dessus-de-lit ayant appartenu à sa mère et qu'Hannah avait sauvé in extremis des attaques des mites. Quelques portraits de famille posaient leurs regards bienveillants sur ces pathétiques tentatives de décoration.

Un buffet avait été dressé dans la salle à manger. Hannah en vérifia l'agencement, passant en revue les canapés et les gâteaux salés, tandis que Stephen goûtait le punch servi dans un grand bol de cristal. Tout cela avait été préparé par l'ordonnance que le commandement militaire assignait à chaque officier. C'était là un emploi envié par beaucoup car, outre l'excédent de solde, le soldat choisi se voyait épargner certaines corvées, bien que cette pratique eût été supprimée officiellement depuis six ans.

L'ordonnance des Wade se nommait Delancy. Excellent cuisinier, il avait été formé dans un grand restaurant de La Nouvelle-Orléans, qu'il avait dû quitter précipitamment. Le bruit courait que Delancy s'était battu en duel pour une troublante quarteronne, mais aucune preuve n'avait jamais été apportée. Delancy était en tout cas un homme paisible, et Hannah avait du mal à l'imaginer capable de violence.

– As-tu entendu parler d'un Apache nommé Juh ? demanda-t-elle, remettant machinalement de l'ordre dans l'argenterie.

– Oui, c'est un chef chiricahua. Pourquoi ?

– Le capitaine Cutter pense qu'il était parmi les Apaches que nous avons rencontrés cet après-midi. Crois-tu que cela signifie quelque chose ?

– Les Indiens s'agitent. Le calme ne va pas durer. Trop de gens, du gouvernement aux fermiers, en passant par les prospecteurs, veulent voir les Indiens concentrés en une seule réserve. Cela a déjà été fait dans l'Arizona. D'ici peu, on décidera de regrouper les Indiens des Sources Chaudes et les Chiricahuas. Ils ne se laisseront pas faire et les échauffourées reprendront de plus belle. Et nous, nous fonctionnons avec des effectifs réduits de moitié, avec de mauvais chevaux, et tout le monde s'en moque !

Hannah comprenait l'amertume de son mari. Depuis cinq ans, il essayait en vain de faire prévaloir son point de vue, avalant couleuvre sur couleuvre, sans jamais la moindre promotion. Pis, il avait perdu le rang de commandant obtenu pendant la guerre de Sécession.

– Tu t'attends donc à la reprise des hostilités ?

– Non seulement je m'y attends, mais je le

souhaite : je n'ai aucune envie de rester ici éternellement, oublié de tous les états-majors.

Hannah remplit un verre, masquant ses inquiétudes.

– À la victoire, commandant Wade, fit-elle bravement.

Si, pour Stephen, lutter contre les Indiens c'était courir des risques qu'il disait calculés, pour elle cela signifiait rester courageusement à attendre le retour des patrouilles avec son sinistre cortège de morts et de blessés.

Un bruit de pas sur la galerie signala l'arrivée du premier invité.

– Ce doit être ce pauvre lieutenant Delvecchio, fit Stephen comme on frappait. Je suis désolé pour lui.

– Pourquoi donc ? demanda Hannah, reposant son verre de limonade.

– Parce qu'il est amoureux de toi et que tu es à moi.

Le commandant Wade enlaça sa jeune épouse par la taille et ils se dirigèrent ainsi jusqu'à la porte. C'était bien le lieutenant Delvecchio, suivi de peu par les Sloane. La soirée commençait.

Telle une somnambule, Cimmy Lou suivait le chemin empierré qui délimitait la grande esplanade. Elle rêvait encore de tout ce qu'elle avait pu admirer dans l'allée des Officiers : les belles robes de satin, de soie et de dentelle, les bijoux, les brosses et les peignes d'écaille avec lesquels elle avait apprêté les femmes d'officiers, les canapés et les petits gâteaux soigneusement présentés sur les grands plats de porcelaine ouvragée. Elle avait discrètement soustrait une part de gâteau et suçait maintenant ses doigts pour n'en pas perdre une miette.

Un peu plus loin devant elle, elle aperçut un

homme de troupe adossé à l'un des piliers qui soutenaient l'auvent de la boulangerie du fort. On ne distinguait que sa longue silhouette élancée dans l'ombre violette du couchant.

Comme Cimmy Lou arrivait à sa hauteur, l'homme sortit de l'ombre et lui barra le passage. Il y avait quelque chose d'un chat chez cet homme mince et souple, et sa fine moustache accentuait encore son côté félin.

– Vous ne devriez pas vous promener seule si tard, Madame Hooker, dit-il. Je vais veiller à ce que vous rentriez saine et sauve chez vous.

Cimmy Lou observa Leroy Bitterman, parfaitement consciente que leur rencontre n'avait rien de fortuit. Pourtant, jusqu'à présent, le soldat avait feint de ne pas la remarquer.

– Je n'ai pas besoin de votre protection, rétorqua la jeune Noire avec désinvolture.

– Qu'à cela ne tienne, je vous accompagnerai quand même.

– Si vous y tenez !

– Vous ne m'aimez pas beaucoup, reprit Leroy en lui emboîtant le pas.

– Je ne crois pas que vous soyez quelqu'un de gentil. Je pense même que vous pouvez vous montrer cruel.

– Je suis un homme, un vrai. Rien à voir avec ces demi-portions que vous faites tourner en bourriques, reprit-il, suffisant.

– Mêlez-vous de ce qui vous regarde, cingla Cimmy Lou. D'ailleurs, vous ignorez ce que je fais.

– Vous vous plaisez à aguicher les hommes et, quand ils sont bien accrochés, vous leur faites le coup de la douche froide !

– Alors, ne vous accrochez pas !

– Ce n'est pas un peu d'eau froide qui m'arrêtera.

– Il n'y aura rien besoin d'arrêter car il n'y aura pas de commencement.

Ils venaient d'atteindre l'allée des Vapeurs, et Cimmy Lou avait baissé involontairement la voix.

– Alors, pourquoi marchez-vous en ma compagnie et pourquoi me parlez-vous ? poursuivit Leroy. Pourquoi me lancez-vous des regards incendiaires depuis des mois ? Vous ne me connaissez pas, mais ça ne saurait tarder !

Leroy Bitterman la planta là sans qu'elle ait eu le temps de lui dire de s'en aller, ce qui mit la jeune femme en rage. Cimmy Lou aimait avoir le dernier mot. Cet homme venait de tourner autour de ses jupons, comme tant d'autres, mais c'était lui qui avait décidé d'y mettre fin. Après le capitaine Cutter tout à l'heure, il était le deuxième à la rejeter dans la même journée. Cimmy Lou trouvait que cela faisait beaucoup trop.

Elle pénétra à l'intérieur de la tente pour y découvrir son mari s'activant devant le fourneau. En l'apercevant torse nu, les bretelles pendant sur ses reins, la jeune femme fut frappée une fois de plus par la beauté de sa musculature qui roulait souplement sous la peau noire et luisante.

Le sergent Hooker lui avait préparé à dîner et cette attention l'irrita au lieu de lui faire plaisir.

– Qu'est-ce que ça sent ? demanda-t-elle.

– Les éternels pommes de terre, oignons et tomates en conserve, répondit son mari, auxquels j'ai ajouté quelques piments mexicains.

Hooker lui tendit une cuillerée qu'elle goûta du bout des lèvres.

– C'est fort, souffla-t-elle.

– Ça change, sourit-il.

Un peu plus tard, comme ils mangeaient sur une table de fortune leur ratatouille accompagnée de saindoux sur des tartines de pain bis, Cimmy

Lou ne put s'empêcher de repenser au faste dont elle avait été témoin chez les Wade. Elle entreprit de décrire l'argenterie, les porcelaines et les cristaux, ainsi que l'incroyable variété des minuscules sandwiches.

John Hooker observait sa femme en silence. Il n'était pas sûr d'apprécier la cupidité et la jalousie que trahissait son visage.

– Tu ferais peut-être mieux de ne plus travailler pour les femmes des officiers, dit-il enfin.

– Elles paient bien. Regarde tout l'argent que je gagne en les coiffant !

– Possible, mais ce n'est pas bon d'aller là-bas. Chaque fois tu reviens de mauvaise humeur.

John Hooker s'inquiétait de l'avidité que sa femme mettait en toute chose, y compris au lit : elle n'était jamais satisfaite. Pourtant, il lui donnait tout : sa respectabilité, sa solde de sergent et tout son amour.

– Parfois, reprit Cimmy Lou, j'en arrive à regretter que Lincoln nous ait donné notre liberté. Sans lui, je vivrais sur la plantation des Devereaux, je porterais de jolies robes et je mangerais de bonnes choses. Je ne passerais pas ma vie à suer sang et eau au-dessus de ma lessiveuse.

– Ne dis pas ça ! s'exclama John en se levant. Ne répète jamais une chose pareille. Ta mère t'a rempli la tête d'inepties. Ce n'était pas du tout comme ça. Tu es trop jeune pour te souvenir de ce qu'était réellement l'esclavage. (John Hooker débarrassa la table dans un grand bruit de couverts entrechoqués.) Si tu étais esclave chez les Devereaux, l'un d'eux t'obligerait certainement à coucher avec lui ! Si ça se trouve, ils te passeraient tous dessus et tu ne pourrais rien y faire !

Cimmy Lou n'était nullement effrayée par cette idée. Jusqu'à présent son corps avait toujours été le meilleur de ses alliés, et elle en avait toujours tiré tout le plaisir qu'elle en attendait. Néanmoins, son bon sens lui dicta de se taire : inutile d'aviver la jalousie féroce de son mari.

De toute façon, la jeune femme n'ignorait rien des pratiques des plantations. Sa mère lui avait souvent raconté comment les jeunes esclaves retrouvaient les maîtres dans leur chambre, sous prétexte de leur porter une tisane, et n'en ressortaient qu'à l'aube... avec un cadeau, le plus souvent.

John entassa la vaisselle sale dans une cuvette en métal puis alluma la lampe à pétrole.

– Bon, c'est l'heure de ta lecture, fit-il en allant chercher un livre.

Malgré tous les efforts de son mari, lire et écrire demeuraient pour Cimmy Lou des mystères. John partait trop souvent en mission, parfois plusieurs semaines, pour que les leçons qu'il lui donnait lui soient profitables.

John vint se rasseoir près de Cimmy Lou sous la lampe et l'écouta patiemment déchiffrer les mots.

Cimmy Lou en voulait à son mari de son savoir. En fait, elle détestait tout ce qui l'obligeait à se sentir inférieure, et son incapacité à acquérir les plus élémentaires rudiments de la lecture la mettait en rage. D'habitude, c'étaient les hommes qui se sentaient stupides en face d'elle et non l'inverse.

Cimmy Lou retira son doigt de la page et s'adossa à sa chaise.

– Ils n'écrivent jamais rien d'autre que des histoires de chiens et de chats ? demanda-t-elle.

– Bien sûr que si. Mais ça, c'est pour apprendre, répondit John Hooker. Il faut que tu commences par le plus facile.

– Est-ce qu'il y a des livres sur des hommes et des femmes en train de faire l'amour ? C'est ça que j'aimerais bien lire.

– Oui, il y en a.
– Tu en as déjà lu ?
– Oui, fit John, soudain conscient que Cimmy Lou se pressait contre lui.
– Raconte-moi, dit-elle, caressant son torse nu et musclé. Explique-t-on ce qu'une femme ressent quand un homme la caresse ? Que disent-ils sur l'amour ? Est-ce qu'on parle des différentes positions ?
– Ce n'est pas comme ça que tu vas apprendre à lire, protesta John, faiblement.
Cimmy Lou s'assit sur ses genoux, pressant les lourds globes de ses seins contre sa poitrine.
– Alors, apprends-moi autre chose, murmura-t-elle d'une voix soudain rauque.
Leurs silhouettes mêlées se découpèrent un moment sur la toile de la tente, puis John Hooker éteignit la lampe.

3

La lune s'était levée dans le ciel étoilé, dessinant au nord la barre menaçante des montagnes. Régulièrement les voix des sentinelles se répondant déchiraient l'imposant silence du désert.
Jake Cutter sortit du salon des Wade et s'appuya à l'un des montants de l'auvent. Par la fenêtre ouverte lui parvenaient les murmures de la conversation. Cutter jeta un bref coup d'œil à l'intérieur : la soirée battait son plein.
Il était venu, il avait fait son devoir, et le colonel et sa femme pouvaient s'estimer satisfaits. Maintenant, il allait partir l'esprit en repos : nul ne s'apercevrait de sa disparition.
Pourtant, quelque chose le retenait, quelque

chose qui éveillait en lui un vague sentiment de solitude contre lequel aussitôt il se rebella. N'était-il pas habitué à être seul ?

Jake Cutter se redressa, décidé à s'en aller, mais un froissement de soie et un léger bruit de pas sur les planches inégales de la galerie le retinrent. Il se retourna : Hannah Wade venait à sa rencontre.

– Capitaine Cutter, fit-elle, j'aurais dû me douter que vous étiez là.

Elle s'arrêta à son côté et le regarda droit dans les yeux.

– Tiens, reprit-elle, pas de cigare ? Je pensais que vous étiez sorti pour fumer.

À quoi bon s'expliquer ? Jake Cutter fouilla dans la poche intérieure de sa veste d'uniforme et en sortit un mince cigarillo.

– Vous permettez ? demanda-t-il.

– Je vous en prie.

Bien que la nuit fût douce, Hannah avait jeté un châle sur ses épaules. Le regard perdu vers le ciel étoilé, elle offrait à l'officier la ligne pure et paisible de son profil, mais elle se tourna de nouveau vers lui quand l'allumette craqua dans le noir.

– Comme c'est calme ici, murmura-t-elle.

Jake Cutter jeta un œil en direction de la fenêtre.

– Oui, et il y a moins de monde que là-bas.

– Vous n'aimez pas être enfermé, n'est-ce pas, capitaine ? rit légèrement Hannah. Ni par des murs, ni par des gens... ni par ce qu'ils peuvent penser.

– Qu'est-ce qui vous fait dire ça ? demanda-t-il, surpris mais ne cherchant pas à la dissuader.

– Comme ça, une impression.

Hannah secoua la tête, semblant dénier l'intérêt de ces propos, puis elle le regarda de nouveau.

Elle s'étonnait de le découvrir soudain si différent des autres officiers.

Toute la soirée, elle n'avait pas quitté Stephen des yeux. Elle avait admiré le feu de son regard et la tension de sa mâchoire énergique lorsqu'il discutait stratégie avec ses semblables. Tous semblaient inquiets et soucieux d'en découdre avec les Apaches.

En revanche, Jake Cutter ne paraissait nullement partager leurs préoccupations. Manifestement, il avait renoncé à toute ambition et se contentait de vivre au présent, peu soucieux de ce que l'avenir lui réservait.

– Tout le monde s'attend à de nouveaux problèmes avec les Indiens, reprit Hannah.

– C'est en effet probable.

– Que fera le colonel Hatch ?

– Ce qu'on lui dira de faire : c'est un militaire.

– Et vous, capitaine, que ferez-vous ?

– Tout comme lui : j'obéirai aux ordres. Excusez-moi, madame Wade, je ne suis pas doué pour les conversations de salon.

– Au contraire, capitaine, se rebella Hannah, je trouve que vous vous débrouillez très bien. Vous venez de me servir une belle série de platitudes !

Jake Cutter sursauta et observa le beau visage éclairé par la lune. Tout chez cette femme exprimait le sang-froid et une inflexible volonté. Il ne pouvait qu'admirer la façon dont elle venait de le remettre à sa place. Il se demanda soudain si Stephen Wade se rendait compte de la chance qu'il avait.

– Je vais peut-être vous paraître terriblement direct, madame Wade, mais je trouve que vous êtes une femme remarquable.

– Encore des platitudes, capitaine ?

– Non, madame.

– Il faut que j'écrive à ma cousine de Memphis et que je l'invite, raisonna-t-elle à haute voix. Je vous présenterai.
– Est-elle du Sud ?
– Pourquoi ? Avez-vous une préférence pour les jeunes femmes du Sud ?
– Elles sont souvent aussi douces et blanches qu'une fleur de magnolia, fit-il, soudain rêveur.
– C'est vrai, elles ont un joli teint...
Cutter observa Hannah à la dérobée. Comment lui dire que, plus qu'un simple visage, c'étaient bien d'autres souvenirs qui lui revenaient en mémoire ? Hannah Wade, bien que mariée, demeurait d'une effroyable candeur.
– Comment s'appelait-elle ? demanda Hannah.
– Qui donc ?
– Celle dont la peau avait la fraîcheur d'une fleur de magnolia. L'aimiez-vous très fort ?
– C'était il y a bien longtemps, madame Wade.
Jake Cutter parut se perdre dans ses pensées.
– Que s'est-il passé ? Ou bien préférez-vous ne pas en parler, revint-elle à la charge.
– Non, pas du tout, répondit-il dans un haussement d'épaules. Disons qu'il s'agissait d'une aristocrate sudiste qui haïssait de tout son être l'uniforme que je portais. Elle a fini par s'y habituer, mais elle n'a jamais pu supporter que je commande une compagnie de Noirs. Elle voulait que je démissionne et j'ai refusé.
– Comme c'est dommage ! murmura Hannah.
– Je ne regrette rien. Je voulais bien de son amour, mais pas de ses haines.
Un éclat de rire leur parvint du salon, rappelant Hannah à ses devoirs d'hôtesse. La jeune femme réprima un soupir et se dirigea vers la porte, son châle glissant légèrement sur ses rondes épaules.
– Il faut que j'aille retrouver mes invités.
Jake Cutter s'inclina sobrement.

– Ce fut une délicieuse soirée, madame Wade, fit-il.

– Il n'y a aucune raison pour partir si tôt, protesta la jeune femme.

– Il n'y a pas non plus de raison pour rester plus longtemps.

– Mais la fête... insista Hannah.

– Je ne suis pas comme eux, répondit Cutter en regardant en direction de la fenêtre. Vous et moi le savons très bien. Ce qu'il me faut après ce cigare, c'est un bon whisky et une partie de poker.

– L'alcool et le jeu ! Vous me décevez, capitaine.

– Péchés véniels.

– Vraiment ? (Un léger sourire éclaira le visage d'Hannah, y creusant une charmante fossette.) Bonsoir, capitaine, fit-elle en lui tendant la main.

– Mes respects, madame, répondit-il, baisant les doigts parfumés.

La seconde d'après, Hannah rentrait dans le salon, et Jake Cutter se retrouvait seul sur la galerie. Il tira une dernière bouffée de son cigare et le jeta d'une pichenette, allumant une brève gerbe d'étincelles dans le noir. Puis il dégringola les quelques marches et partit à grands pas vers le logis des officiers célibataires. Une bonne rasade de whisky lui semblait une idée de plus en plus délicieuse à mesure qu'il avançait.

– Hayes ! cria Cutter en entrant chez lui.

Un jeune adolescent noir, maigre et dégingandé se précipita à sa rencontre.

– Oui, mon capitaine, fit l'ordonnance.

– Un whisky et ma veste, répondit Cutter, en ôtant sa tenue d'apparat.

Hayes venait de Philadelphie et ignorait tout de la vie dans l'Ouest. Il ne savait ni tirer ni monter à cheval, mais avait toujours rêvé de la vie militaire qu'il s'imaginait pleine d'aventures et d'intenses sensations.

– Vous ressortez, *sir* ? demanda le jeune Noir, ramenant l'uniforme demandé et la bouteille de scotch. Où allez-vous ?

– Voir s'il n'y aurait pas une partie en cours dans l'arrière-salle de Grimshaw... et en démarrer une si nécessaire.

Cutter s'empara précipitamment de la bouteille et du verre que l'ordonnance menaçait de laisser échapper.

– Un poker ! repartit Hayes, gourmand. Croyez-vous que je pourrais venir voir ?

Comme il portait son verre à ses lèvres, le capitaine Cutter marqua un temps d'arrêt, puis finalement but une bonne rasade sans qu'aucun muscle de son visage ne frémît.

– Pas en ma présence, fit-il sèchement.

Il existait entre les officiers et les engagés une frontière qui en aucun cas ne devait être franchie : elle était indispensable au bon maintien de l'ordre et de la discipline.

– Bien, *sir*.

Cutter sentit la déception de son ordonnance et s'en voulut l'espace d'une seconde, mais un nouveau verre de whisky effaça rapidement son trouble.

Moins d'une demi-heure plus tard, le capitaine Jake Cutter, cigare aux lèvres, plissait les yeux pour mieux scruter les cartes douteuses qu'il tenait entre les mains.

Oates Grimshaw, qui tenait le magasin des armées, avait réservé son arrière-salle aux officiers afin qu'ils puissent s'y retrouver à l'abri des regards des engagés de couleur et s'y livrer à leurs passions plus ou moins avouables. Il avait même tenté quelques efforts de décoration pour que l'endroit corresponde davantage à l'idée qu'il se faisait de ses invités. Ainsi, de mauvais chromos représentant des scènes de chasse ornaient les murs de planches et des *ollas* remplies d'eau fraîche étaient censées alléger l'atmosphère enfumée de ce qui n'était au fond qu'un tripot. Les derniers journaux arrivés dans la région étaient posés sur les tables à la disposition des joueurs, auprès de fauteuils raisonnablement confortables. Officiellement, le jeu était interdit, mais on avait toujours fermé les yeux sur une partie rassemblant des officiers.

Outre Jake Cutter, celle-ci réunissait deux sous-lieutenants, un petit homme en veston à carreaux et chapeau melon qui n'était autre que Hy Boler, le propriétaire de la gazette de Silver City, ainsi que le patron de l'établissement lui-même : Oates Grimshaw.

Un serviteur noir fit une courte apparition pour apporter à boire.

– Cartes, fit Cutter, jetant une poignée de jetons sur le tapis.

Les autres joueurs suivirent et Oates Grimshaw distribua d'une main experte, mordant nerveusement l'imposante moustache rousse qui n'arrivait pourtant pas à faire oublier sa calvitie.

– Madame la Chance, je compte sur toi ! murmura le journaliste en ramassant sa main.

Si Hy Boler était petit, il n'en était pas moins costaud, voire opulent. Venu de l'est des États-Unis, il ne s'était jamais adapté au style de vie de l'Ouest et en refusait la manière de s'habiller.

– En parlant de dames, enchaîna Grimshaw, on ne peut pas dire que vous soyez resté longtemps à cette fête chez les Wade, capitaine. (Cette remarque avait été formulée sans espoir de réponse. Grimshaw ramassa les trois cartes qu'il venait de se servir et les regarda attentivement avant de poursuivre :) J'ai toujours pensé que Mrs Wade était une très jolie femme.

– Toutes les femmes sont belles, dit sèchement Cutter.

Il coupa l'extrémité d'un de ses fins cigares d'un coup de canif et le ficha résolument entre ses lèvres.

– J'en ai rencontré quelques-unes qui vous feraient mentir, plaisanta un des sous-lieutenants, célibataire comme la majorité des jeunes officiers.

– C'est parce que vous vous êtes approché trop près, grinça Jake Cutter, abattant une paire d'as.

– Oui, renchérit Hy Boler, si l'on s'approche trop, on découvre l'empreinte des mains des autres hommes. Je ne m'intéresse pas à celles que d'autres ont déjà touchées... Je suis, ajouta-t-il en jetant quelques jetons devant lui.

– Vierge ou pas, fit l'autre sous-lieutenant, il est bien agréable de dénouer les cheveux d'une femme. Je suis aussi.

L'image du lourd chignon d'Hannah Wade cascadant soudain sur ses épaules nues traversa un instant l'esprit du capitaine Cutter, mais il la chassa aussitôt.

Les paris firent le tour de la table et revinrent à lui. Cutter abattit alors les trois cartes qui lui restaient.

– Full aux as par les six, annonça-t-il.

Jake Cutter encaissa ses gains tandis qu'Oates Grimshaw ramassait les cartes pour les redistribuer.

– Ah, les femmes, soupira-t-il en battant, elles sont toujours à la source de tous nos problèmes.

– Je n'en suis pas si sûr, rétorqua Cutter. En fait, nous autres hommes sommes toujours en train de fuir ou de courir après quelque chose.

– Et quelle est votre démarche, capitaine ?

– Ça dépend, sourit Jake Cutter, si les Indiens sont devant ou derrière moi !

Les hommes rirent et le jeu continua.

Il était déjà bien tard quand le dernier invité s'en fut. Delancy rangea un peu puis se vit congédier jusqu'au lendemain.

Assise à sa coiffeuse, dans sa longue chemise de nuit de dentelle blanche, Hannah brossait avec soin ses lourds cheveux auburn. Déjà au lit, Stephen l'admirait, les bras croisés derrière la tête.

– Il est très tard, Hannah. Éteins la lampe et viens te coucher.

Il avait parlé d'une voix rauque, et Hannah ne put s'empêcher de frissonner en percevant son désir. Un sourire attendri ourla ses lèvres pleines à la pensée qu'après toutes ces années passées ensemble son mari détestait toujours autant s'endormir sans la sentir contre lui.

La jeune femme reposa soigneusement sa brosse au manche d'ivoire sur la coiffeuse, entre le peigne et le miroir ovale assortis, puis se retourna. Son cœur battit plus vite en découvrant Stephen, la puissante musculature de ses bras qui allaient bientôt se refermer sur elle.

Hannah éteignit la lampe d'un souffle et demeura un instant aveuglée par l'obscurité. Quant à Stephen, il regretta de n'avoir pu admirer plus longtemps la mince silhouette de sa femme qui se découpait à contre-jour. En observant le fantôme blanc qui maintenant s'approchait de lui dans la pénombre, il croyait revoir les seins fermes et haut placés, la taille fine, les hanches généreuses un trop bref instant aperçus.

Sitôt qu'elle fut assez près, il l'enveloppa de ses bras. Ses doigts jouèrent dans les cheveux qui s'étaient blottis entre ses seins.

– Tes cheveux, murmura-t-il, me font penser à des pétales de rose. Ils en ont la fraîcheur, la douceur et le parfum subtil.

– Ne te lasses-tu jamais de me faire des compliments ? sourit Hannah dans le noir.

– Non, jamais. Pas plus que je ne me lasse de te sentir entre mes bras et de t'embrasser.

Les lèvres de Stephen vinrent se poser sur celles de la jeune femme en un baiser ardent, empreint d'une virile douceur. Hannah se sentit fondre entre ses bras.

– Cette soirée a été un succès, reprit-il plus tard. Tout le monde était ravi. D'ailleurs, je ne vois pas pourquoi je m'étonne : il en va toujours ainsi lorsque tu reçois.

– Oui, ça s'est bien passé, répondit modestement Hannah. Tu étais superbe dans ton uniforme. (La jeune femme glissa ses mains dans l'échancrure de la chemise de Stephen, ses doigts jouant dans la toison bouclée qui recouvrait sa poitrine.) Cette chemise de nuit ne convient guère à un officier tel que toi, plaisanta-t-elle. Peut-être ferais-je mieux de t'en confectionner une autre avec des épaulettes.

– Des épaulettes ! fit Stephen en éclatant de rire. Et une fourragère aussi ! Ah, Hannah, comment faisais-je pour survivre quand je ne te connaissais pas ?

– Tu crois que tu m'aimes ? demanda-t-elle pour l'entendre le lui dire.

– À la folie. Je sais que je devrais te renvoyer dans l'Est pour l'été, loin de cette chaleur mortelle.

– Tu sais très bien aussi que je refuserais. Ma place est ici, à tes côtés.

– De toute façon, je suis incapable de me séparer de toi. J'ai déjà un mal de chien à accepter de ne pas t'avoir tout le temps sous les yeux. Ce soir, j'ai dû me faire violence pour ne pas aller te chercher quand tu étais sur la galerie avec cet officier. Qui était-ce, au fait ?

– Le capitaine Cutter. Tu étais jaloux ?

– Évidemment ! La moitié des hommes de cette garnison sont à tes pieds, capables de faire n'importe quoi pour un regard de toi. Ne me dis pas que tu ne l'as pas remarqué !

– Je suis ta femme, Stephen. C'est normal que l'on prête attention à l'épouse d'un homme tel que toi, répondit Hannah, le plus sincèrement du monde.

– Et le jeune lieutenant Delvecchio ? Il se meurt d'amour pour toi et ne t'a pas lâchée d'une semelle de la soirée. On aurait dit un petit chien.

– Tu es méchant, gronda-t-elle tendrement. Il m'a promis de m'accompagner dans ma promenade à cheval, après-demain, quand tu seras de service. Le lieutenant Sloane viendra avec nous. Je pense qu'il a l'intention de trouver une monture docile pour que sa femme puisse venir avec moi les autres fois. Il veut sans doute aussi vérifier que les chemins sont sûrs.

– Je suis certain que cette idée vient de toi.

– J'avoue qu'il me serait bien agréable d'avoir une compagne dans mes promenades. Surtout quand tu pars en patrouille.

– J'ai horreur de devoir ainsi te laisser, Hannah, fit Stephen avec force.

Hannah n'en doutait pas, mais elle savait aussi qu'il aimait par-dessus tout son métier. Certes, il regrettait de devoir l'abandonner huit ou dix jours, mais ses yeux brûlaient d'impatience et d'orgueil quand il passait le poste de garde à la tête de ses hommes.

– Je sais, mon amour, répondit-elle, repoussant de son front mâle la mèche drue qui y était tombée.

De nouveau leurs lèvres s'unirent en de longs baisers passionnés. D'eux-mêmes leurs corps se reconnurent et se trouvèrent et leurs soupirs mêlés s'élevèrent dans la pénombre de la chambre, de plus en plus forts, de plus en plus voluptueux, jusqu'à l'extase finale.

4

Le hongre bai était fin et racé. Son encolure souple brillait au soleil, inclinée par la cavalière qui tenait fermement les rênes.

Hannah, comme toute dame respectable, montait en amazone. Elle portait un costume de drap vert émeraude. La veste très ajustée soulignait la minceur de sa taille et les plis de la longue jupe masquaient entièrement ses jambes bottées. Un petit chapeau, vert lui aussi, orné d'une plume, était fiché sur le haut de sa tête, faisant ressortir l'éclat fauve de sa chevelure ramenée sur sa nuque en un chignon savant. Hannah tenait sous son bras gauche une courte cravache de cuir noir dont elle ne se servait que rarement. En effet, sa fougueuse monture avait davantage besoin d'être calmée que stimulée.

La jeune femme se laissait aller au charme de la promenade. Le sable de la piste atténuait le martèlement des sabots. Devant elle avançait le lieutenant Sloane, tandis que le lieutenant Delvecchio s'appliquait à rester toujours à la hauteur de celle pour laquelle il soupirait.

Il était suffisamment tôt pour que le ciel bleu et limpide retînt encore un peu de la fraîcheur de la nuit.

Le désert s'étendait à perte de vue, palette étrange de rouges, d'ocres et de jaunes, où les rares cactus allongeaient leurs ombres violettes, propices aux scorpions et aux serpents.

Le lieutenant Sloane atteignit un banc de sable plus instable et aussitôt, derrière lui, Hannah et son soupirant ralentirent. La jeune femme se pencha pour flatter l'encolure de son cheval, le visage rosi par le vent du matin.

Ils venaient de parcourir trois kilomètres sans s'arrêter, et Hannah se sentait en parfaite harmonie avec la nature.

– N'est-ce pas merveilleux ? fit-elle, enthousiaste.

– Oui, madame, répondit le lieutenant Delvecchio qui préférait de loin admirer la jeune femme plutôt que le paysage.

Ils avançaient désormais au pas sur le sol mouvant.

– D'ici un kilomètre, poursuivit Hannah, nous longerons une crête rocheuse. La vue y est à couper le souffle. Je suis sûre que votre femme en sera bouleversée, lieutenant Sloane.

– C'est une région particulièrement désolée, répliqua-t-il, manifestement peu impressionné.

Hannah émit un léger rire.

– Quelqu'un m'a dit une fois que tout ce qui vivait sur le territoire du Nouveau-Mexique avait soit des cornes, soit des épines ! C'est une contrée très hostile, mais on y voit des choses uniques au monde. Les couchers de soleil sont des incendies inoubliables et, la nuit, les étoiles paraissent si basses dans le ciel que l'on pourrait les cueillir comme les fruits d'un arbre. Dieu n'a pas lésiné sur les couleurs lorsqu'il a créé cette région !

– À vous entendre, on croirait que vous êtes amoureuse de ce pays !

– Je suppose que c'est le cas, répondit la jeune femme, soudain songeuse. De toute façon, tant que mon mari y est affecté, j'ai tout intérêt à l'apprécier.

– J'espère de tout cœur que vous arriverez à

faire partager votre point de vue à Rebecca, reprit le lieutenant Sloane. J'ai bien peur qu'elle n'ait le mal du pays.

Un oiseau huppé et tacheté de brun traversa soudain la piste devant eux et disparut dans un buisson d'épineux, pour en ressortir presque aussitôt en courant.

– Tiens, fit Hannah, dont le cheval avait bronché. Que croyez-vous qui l'ait effrayé ainsi ?

En guise de réponse, une horde d'Apaches sur leurs poneys nerveux surgit soudain au détour de la piste. Arborant leurs peintures de guerre, ils chargeaient.

Hannah fit aussitôt faire demi-tour à son cheval et s'élança, vaguement consciente que le lieutenant Sloane sortait son pistolet de ses fontes.

– Vite ! Retournez au fort ! cria-t-il, maintenant fermement son cheval par la bride pour faire face aux attaquants.

Tandis que Sloane assurait leur retraite, Hannah et le lieutenant Delvecchio partirent au galop. Derrière eux, des coups de feu retentissaient. Bouleversée sans pour autant sombrer dans la panique, Hannah se coucha sur l'encolure de son cheval, ne distinguant plus les battements fous de son cœur du martèlement des sabots sur le sol rocailleux.

Elle jeta un coup d'œil en arrière et une main glacée lui broya le cœur lorsqu'elle aperçut la selle vide du cheval du lieutenant Sloane. Les Indiens avaient eu raison de lui et désormais nul ne couvrait leur retraite ! Il leur restait encore plus de deux kilomètres avant d'arriver au fort !

Regardant de nouveau devant elle, la jeune femme vit que trois Indiens tentaient de les contourner et de leur couper la route. En un éclair, Hannah serra les rênes de son cheval et partit à travers le désert, abandonnant la piste.

Le lieutenant Delvecchio suivit la manœuvre, tirant de temps à autre sur leurs poursuivants.

Il ne visait pas vraiment, les Indiens n'étant pas assez près, mais les coups de feu s'entendent de très loin dans le désert, et peut-être attireraient-ils ainsi des renforts.

Descendus au fond d'une ravine, ils durent remonter. Hannah enfonça violemment ses éperons dans le flanc de sa monture, s'accrochant au pommeau de la selle pour garder l'équilibre. Parvenu enfin de l'autre côté le hongre soudain trébucha et plia les antérieurs, projetant Hannah devant lui. La jeune femme avait toutefois gardé les rênes bien en main et s'apprêtait à remonter quand le lieutenant Delvecchio la rejoignit. Il sauta aussitôt de son cheval pour l'aider. C'est alors qu'elle lut la peur dans son regard.

Empêtrée dans sa longue jupe, Hannah avait du mal à se remettre en selle, d'autant que son cheval à son tour paniquait. Les Indiens étaient maintenant au fond du ravin. On ne les voyait pas, mais le bruit de leurs chevaux se rapprochait.

Soudain, à vingt mètres devant eux, apparurent les trois Apaches qui avaient cherché à leur couper la route. Delvecchio tira aussitôt, et Hannah se retournant découvrit que les Indiens n'étaient plus qu'à quelques dizaines de mètres derrière.

– Lieutenant ! cria-t-elle.

– Nous sommes pris au piège, dit-il.

– Que faut-il que...

Hannah ne finit pas sa phrase. Elle regardait le revolver braqué sur elle.

– Pardonnez-moi, madame Wade, fit le lieutenant, bouleversé.

– Que vous arrive-t-il ? Êtes-vous devenu fou ?

La jeune femme vit le doigt de l'homme trembler sur la détente. Sans réfléchir, dans un ultime réflexe, elle dévia l'arme d'un coup de cravache :

la balle partit dans le vide. Les oreilles bourdonnantes, Hannah vit le canon se retourner encore une fois contre elle.

– Je n'ai pas le droit de les laisser vous capturer, murmura Delvecchio d'une voix blanche.

Hannah se rappela soudain que telles étaient les consignes du commandement militaire. Mieux valait tuer femmes et enfants que de les laisser tomber entre les mains des Apaches qui les tortureraient.

Mais Hannah voulait vivre ! Jamais son instinct de survie n'avait été aussi fort !

Le lieutenant Delvecchio fut alors secoué de trois soubresauts accompagnés de sons mats : il ouvrit de grands yeux étonnés, lâcha son revolver et s'écroula dans la poussière. Hannah hurla de terreur en découvrant les trois flèches fichées dans son dos.

Poussée par la peur, la jeune femme parvint enfin à sauter sur sa monture. Les deux groupes d'Apaches se rapprochaient, mais il restait encore une ouverture entre eux. Hannah s'y précipita, espérant qu'un détachement de soldats ne tarderait pas à arriver et comptant sur la rapidité exceptionnelle de son cheval. Malheureusement, les poneys indiens paraissaient littéralement voler au-dessus des rocailles.

Les guerriers à demi nus maintenant l'entouraient. L'un d'eux se pencha pour lui arracher ses rênes et, comme Hannah levait sa cravache pour l'en empêcher, un autre s'en saisit. En l'espace d'une seconde, elle se retrouva les mains vides, et son cheval ralentit de lui-même, comme s'il comprenait que la course était perdue.

La terreur submergea la jeune femme. Jusqu'alors, l'action avait été tellement intense qu'elle n'avait pas vraiment eu le temps de penser : il fallait faire face. Désormais tout était perdu : son calvaire commençait.

Impuissante, elle fut ramenée près du corps du lieutenant Delvecchio, que déjà des Indiens dépouillaient. En un éclair, il fut débarrassé de ses armes, de sa cartouchière, puis les hommes remontèrent sur leurs chevaux, fuyant aussitôt la scène de leur crime.

Hannah scrutait le désert, au comble de l'angoisse, espérant voir enfin arriver des renforts, mais rien ne venait troubler le paysage désolé. Elle reporta finalement son attention sur le guerrier qui tenait ses rênes.

Son visage peint semblait un masque grotesque sorti de quelque horrible cauchemar. De longs cheveux noirs recouvraient ses puissantes épaules et descendaient jusqu'au milieu de son dos musculeux, recouvert d'une fine pellicule de poussière grise où la sueur traçait des rigoles ocre. Bizarrement, son profil parut vaguement familier à la jeune femme.

Les guerriers ne tardèrent pas à rejoindre deux de leurs complices qui détenaient le cheval du lieutenant Sloane. La horde s'élevait au nombre de sept. À la vue du chef, un Apache trapu à l'air patibulaire, Hannah reconnut enfin celui que le capitaine Cutter avait soupçonné d'être Juh.

La jeune femme sursauta et regarda encore celui qui l'avait capturée. Elle comprit alors qu'il s'agissait du guerrier qui avait parlé en espagnol au patron de la boutique. Hannah observa encore le reste du groupe mais hésita à les identifier, d'autant que deux d'entre eux portaient maintenant les chapeaux de leurs victimes. Tandis qu'un autre arborait fièrement une veste militaire.

La jeune femme détourna les yeux lorsqu'elle passa auprès de la dépouille du lieutenant Sloane, la gorge déchirée par une flèche. Qu'allaient-ils lui faire ? Hannah refusait d'y penser, mais sans cesse cette question revenait la torturer, la faisant frissonner de peur.

La petite troupe s'engagea dans le lit asséché d'une rivière, et Hannah songea un moment à sauter de sa selle pour s'enfuir. Mais pour aller où ? Pas la moindre cachette en vue. Peut-être l'abattraient-ils si elle tentait de s'échapper ? La mort serait sans doute préférable au sort qu'ils lui réservaient. Non ! Décidément, il ne fallait pas y penser !

Pour l'instant, les Apaches ne se préoccupaient guère d'elle. Le mieux était de rester en vie le plus longtemps possible, dans l'espoir qu'un détachement parti du fort retrouve leur piste.

Après avoir suivi le lit rougeâtre de la rivière, ils s'engagèrent dans un canyon tortueux, les chevaux avançant péniblement. Accrochée au pommeau de sa selle, la jeune femme se laissait guider, impuissante, bandant tous ses muscles pour ne pas tomber.

Le bruit d'un cheval lancé au galop et des cris répétés firent sortir Stephen Wade du quartier général. Comme il arrivait sur la galerie, il eut juste le temps d'apercevoir un soldat pénétrer dans les écuries sur son coursier blanc de poussière et d'écume. Déjà le capitaine Jake Cutter s'avançait dans sa direction.

Cutter, arrivé au pied des marches menant à la galerie, salua sobrement, le visage impassible. Stephen lui rendit son salut.

– Que se passe-t-il, capitaine ?

– La patrouille envoyée tout à l'heure après les coups de feu vient de nous expédier un homme au rapport. Ils ont découvert les corps des lieutenants Sloane et Delvecchio. Les Apaches leur ont tendu une embuscade à trois kilomètres d'ici.

– Et Hannah ? fit Stephen, l'angoisse au cœur. Où est ma femme ? Elle était avec eux !

– Oui, je sais. Ils n'ont pas encore réussi à la

localiser. Je fais immédiatement envoyer un détachement en renfort. Les éclaireurs indiens l'accompagneront.

– Ces Apaches ! siffla haineusement Stephen. Nous la trouverons, capitaine, dussions-nous poursuivre ces sauvages jusqu'en enfer !

Stephen congédia Cutter d'un bref salut. Sans que cela ait été dit, il était évident qu'il se joindrait aux recherches; aussi s'empressa-t-il d'aller se préparer.

Si l'armée était bel et bien une machine de guerre, comme toutes les machines elle demandait un certain temps pour se mettre en marche. Les hommes devaient s'équiper, les chevaux être sellés, harnachés, et ce délai irrita grandement Stephen Wade. Chaque seconde écoulée diminuait les chances de retrouver Hannah saine et sauve, et le commandant Wade était déjà à bout de nerfs quand un quart d'heure plus tard le détachement de renfort passa enfin le poste de garde, précédé des éclaireurs apaches.

Les trois kilomètres les séparant du lieu de l'embuscade furent parcourus au grand galop. Là, les éclaireurs se dispersèrent, à la recherche des traces des fugitifs.

Droit sur sa selle, Stephen écouta le rapport qu'on lui faisait de la découverte du drame sans en tirer la moindre information nouvelle. Il jeta un regard en biais vers Jake Cutter et fut exaspéré de le voir affaissé sur son cheval, le regard absent. Cutter, en vieux routier des choses militaires, avait le don de prendre la plus petite minute de repos qui s'offrait à lui.

Le chef des pisteurs s'appelait Amos Hill. Bien que Blanc, sa seule concession à l'uniforme était le foulard jaune qu'il portait négligemment autour du cou. Pour le reste, il était entièrement vêtu de daim comme les Indiens. De larges favoris lui dévoraient le visage, et sa joue gauche était zébrée d'une profonde cicatrice qui maintenait à jamais son œil fermé. Les Indiens l'appelaient d'ailleurs « N'a qu'un Œil ». Amos Hill faisait également fonction d'interprète entre les militaires et les Apaches à leur service.

Au lieu d'écouter le rapport d'Amos, Jake Cutter interrogeait directement un des éclaireurs apaches, Nah-tay, dans un curieux mélange d'anglais et d'espagnol.

– Demandez-lui s'il sait qui ils étaient, intervint brusquement Stephen. Des Mimbres ou des Chiricahuas ?

Cutter n'eut pas besoin de traduire, la réponse vint aussitôt :

– Chiricahuas.

– Combien étaient-ils ? Ont-ils emmené la femme avec eux ?

Cutter fit reculer son cheval, signifiant par là qu'il renonçait à participer à l'interrogatoire.

– Sept ou huit. Peut-être y en a-t-il encore par là, répondit Nah-tay en balayant d'un geste les montagnes hostiles.

Il ajouta ensuite quelques mots en espagnol, et Stephen dut faire appel à Cutter pour traduire.

– Il dit que les Apaches ont sûrement pris des chemins qu'il nous sera difficile de suivre.

– Que vont-ils lui faire ?

– Écoutez, commandant... protesta doucement Cutter.

– Demandez-lui de répondre, ordonna Stephen.

Jake Cutter se résigna à presser Nah-tay qui partit dans un long monologue en espagnol.

– Il ne sait pas, traduisit le capitaine. Cela dépend de bien des choses. Ils peuvent aussi bien la faire mourir à petit feu ou l'emmener au Mexique, comme la vendre sur un marché d'esclaves. Ils peuvent aussi la garder pour eux et... abuser d'elle jusqu'à ce qu'ils se lassent. Dans ce cas, nous ne tarderons pas à retrouver... ce qu'ils en auront laissé.

Comme Stephen se dressait sur ses étriers, en proie à une haine qui incluait même Nah-tay, une main lui saisit fermement le bras.

– Vous avez voulu savoir, commandant, fit Cutter.

Stephen Wade parvint à retrouver son sang-froid au prix d'un effort surhumain.

– Dès que les corps seront à bord du chariot, faites-les ramener au fort pour qu'ils y soient enterrés.

Stephen fit tourner bride à sa monture sous l'œil impassible de Jake Cutter qui, après avoir allumé un cigare, reporta son attention sur Nah-tay.

– C'est sa femme qui vient d'être enlevée, expliqua-t-il en espagnol.

– Certains Apaches ne veulent pas avoir de femmes auprès d'eux : ils pensent qu'elles leur retirent leurs pouvoirs.

– Et comment pensent ceux-ci ? demanda Cutter, croyant voir une lueur d'espoir dans la déclaration du pisteur.

– *Quién sabe ?*

– Oui, qui sait ? soupira-t-il.

À son tour, le capitaine Cutter fit faire demi-tour à son cheval et se rapprocha du chariot. Il regarda les soldats noirs charger les cadavres maculés de sang et de poussière et leur donna le signal du départ.

Un instant, Cutter repensa à Hannah Wade. Il revit son éclatante beauté, la pâleur fragile de son teint, les reflets d'or de ses lourdes boucles auburn et surtout, surtout, le pli fier et volontaire de ses lèvres...

5

Depuis combien de temps cheminaient-ils dans le désert ? Quelle distance avaient-ils parcourue ? Hannah ne le savait pas. Elle avait perdu toute notion de temps et d'espace, se contentant de rester en selle alors que son cheval ne cessait de trébucher là où les poneys indiens passaient sans difficulté.

De terribles crampes lui mordaient les jambes et le dos tandis que le soleil, désormais à son zénith, écrasait les roches nues du désert de ses rayons implacables.

Jamais la jeune femme n'avait eu aussi chaud. La sueur collait ses vêtements à son corps, des mèches de ses cheveux s'étaient échappées de son chignon et barraient ses joues en feu.

Faute de mieux, Hannah essuya sa lèvre supérieure au revers de sa manche. La gorge lui brûlait et le sel de sa propre transpiration venait mordre ses lèvres desséchées : jamais non plus elle n'avait eu aussi soif. Jusque-là, aucun de ses ravisseurs n'avait éprouvé le besoin de boire et la jeune femme se demandait comment ils faisaient.

L'angoisse et la douleur physique alliaient leurs efforts pour la déchirer. La jeune femme ferma les yeux quelques secondes pour refouler ses larmes. Elle avait entendu dire que les Apaches appréciaient la force et la volonté. Par conséquent, il ne fallait pas qu'elle se laisse aller : pour rien au monde, ils ne devaient se rendre compte qu'elle avait peur.

Hannah rouvrit les yeux et redressa fièrement le menton.

Le silence du désert n'était rompu que par le bruit des chevaux qui gravissaient le flanc rocailleux d'une montagne. De temps à autre, un sabot dérapait, déclenchant une cascade de cailloux. Ils arrivèrent ainsi au pied d'un à-pic dont le surplomb ménageait un peu d'ombre. On s'arrêta pour faire souffler les chevaux.

Qu'allait-il se passer ? Jusque-là, les guerriers avaient ignoré la jeune femme, mais pour combien de temps encore ?

L'Indien qui menait le cheval d'Hannah sauta souplement de son poney sans pour autant lâcher les rênes de sa prisonnière. Les autres Apaches l'imitèrent, à l'exception du plus jeune d'entre eux, responsable des chevaux volés aux officiers et qui faisait office de sentinelle.

Hannah nota ces détails en un clin d'œil et comprit que peut-être jamais plus une aussi bonne occasion de leur fausser compagnie ne se présenterait. Elle enfonça violemment ses éperons dans le flanc de sa monture.

La tentative était risquée. Même si le cheval arrivait à se dégager, il risquait à tout moment de se prendre dans ses rênes.

Le hongre s'élança dans un hennissement de douleur, mais aussitôt tordit le cou sous la traction de la bride immédiatement tirée par l'Apache, d'une main de fer. Hannah fut projetée hors de sa selle et se retrouva à moitié évanouie sur le sol.

Reprenant ses esprits, la jeune femme parvint péniblement à s'asseoir et, quand elle regarda devant elle, elle vit son geôlier s'approcher. Son visage aux traits grossiers paraissait de marbre, mais ses yeux couleur d'obsidienne lançaient des éclairs cruels.

Hannah se souvint qu'il parlait espagnol et s'adressa à lui dans cette langue :

– Les soldats vont venir. Ils vous captureront.

Un moment l'homme parut surpris. Puis il se tourna vers ses congénères et leur traduisit la menace. Des rires retentirent.

– Les jambes jaunes sont trop lentes. Les soldats arrivent : nous être partis. Apaches comme grains de sable dispersés par vent du désert, conclut Lutero.

L'angoisse noua de nouveau la gorge d'Hannah. Elle détourna la tête et ressentit aussitôt une terrible douleur, tandis que ses cheveux cascadaient sur ses épaules. Lutero venait de lui arracher d'un geste son chapeau.

À la grande joie de ses complices, le guerrier plaça le petit couvre-chef vert au sommet de son crâne. Il se retourna ensuite vers Hannah.

– Manteau, fit-il, désignant d'un geste la courte veste cintrée assortie au chapeau.

Comprenant qu'il parlait sérieusement, la jeune femme ôta ses gants pour défaire les boutons de son vêtement, puis le lui tendit.

La veste était bien trop petite pour recouvrir le torse puissant de l'Apache. À peine l'eut-il enfilée que les coutures craquèrent de tous côtés. Lutero en arracha les lambeaux et les jeta à terre avec dégoût.

Hannah se relevait et mettait machinalement de l'ordre dans les plis de son ample jupe. L'Indien l'agrippa. La jeune femme tenta de se dégager, éveillant la colère de son agresseur. Lutero tira brusquement sur le tissu, la ceinture de la jupe céda et Hannah, perdant l'équilibre, se retrouva étendue sur le sol.

Désormais vêtue de son corsage et de ses panties de dentelle, la jeune femme se remit debout et recula. En un éclair, Lutero fut sur elle, lui arrachant son corsage. Hannah se débattit, mais en vain. L'Indien la jeta au sol et sortit un couteau, la glaçant de terreur. En quelques coups, il trancha les lacets de cuir de ses longues bottes, qu'il ôta violemment et jeta au loin. La tirant par les cheveux, il la remit sur ses pieds, les pierres acérées venant en meurtrir la chair fragile. Encore quelques coups de couteau et les dentelles de ses sous-vêtements ne furent plus que charpie. Mortifiée, Hannah cherchait à en retenir les ultimes lambeaux afin de cacher aux regards concupiscents des Apaches les secrets intimes de son corps : en vain.

La fureur et l'indignation balayèrent soudain sa peur. Elle se jeta toutes griffes dehors sur l'Indien. Lutero se contenta de l'immobiliser en l'encerclant de ses bras musculeux. Hannah fut prise de nausée au contact de cette chair nue d'où montait une âcre odeur de sueur et de poussière. Elle se débattit de plus belle et parvint à lui assener un coup de poing au visage. La réponse ne se fit pas attendre : avec la violence de la foudre, la main osseuse de l'Apache lui fit éclater la lèvre supérieure. Hannah fut projetée en arrière et retomba de tout son long sur le sol rocailleux.

Elle s'attendait à ce qu'il se jette sur elle, mais il n'en fit rien. Debout, jambes écartées, bras croisés sur son torse nu, Lutero se contentait de jouir du spectacle qu'offrait cette femme blanche et nue, allongée face à lui sur le sol.

Ce qu'Hannah prit pour des murmures d'encouragement s'éleva, mais Lutero se retourna vers ses compagnons et y mit fin en quelques mots.

Prostrée, les genoux repliés contre ses seins, la jeune femme s'enveloppa dans son épaisse chevelure. Elle regardait ses vêtements déchirés, n'osant les reprendre.

– *Por favor*, supplia-t-elle, quand Lutero s'en approcha.

Mais l'Indien ramassa les vêtements et les enfouit dans une sacoche de peau qui pendait au cou de son cheval. Il se dirigea ensuite vers celui d'Hannah et examina un moment l'étrange selle aux étriers d'un seul côté. Finalement, il en détacha la sangle et la laissa tomber à terre.

La jeune femme ne comprenait pas ce qui se passait, mais une seule chose importait pour l'instant à ses yeux : elle était toujours en vie.

Sans se presser, les Indiens remontèrent sur leurs poneys. Lutero s'approcha de la jeune femme.

– *Ugashé*. Nous partons, traduisit-il en espagnol.

Hannah se mit debout, rouge de honte d'être totalement nue. Jusqu'à ce jour, seuls sa mère et Stephen dans la pénombre de leur chambre l'avaient vue ainsi. Et, aujourd'hui, elle se retrouvait au grand jour, face à une horde d'Apaches patibulaires, sans même un semblant de vêtement pour la protéger de leurs regards.

Hannah avança lentement vers son cheval, s'écorchant les pieds aux rochers. Lutero, s'énervant, l'attrapa par un bras et la projeta contre le flanc râpeux du hongre.

Depuis sa tendre enfance, la jeune femme avait toujours monté en amazone. Toute autre position était considérée comme la pire des inconvenances dans son monde. Et là, elle allait devoir monter comme un homme et, qui plus est, toute nue !

Lutero la saisit aux hanches, ses doigts s'enfonçant cruellement dans sa chair, et la jeta sur le dos du cheval. Un frisson de dégoût la parcourut quand la robe rugueuse du hongre entra en contact avec l'intérieur de ses cuisses : elle venait d'atteindre les abîmes de l'avilissement.

La petite troupe s'ébranla enfin, et Hannah dut s'accrocher à la crinière de son cheval pour ne pas perdre l'équilibre, tandis que son bassin nu, dépourvu du soutien des étriers, venait heurter le dos de l'animal à chaque pas.

Le soleil de la fin d'après-midi allongeait maintenant les ombres du désert. Les éclaireurs indiens se mirent à l'abri d'un rocher pour attendre le détachement de soldats dont la colonne soulevait un haut nuage de poussière, visible à des kilomètres à la ronde.

Les cavaliers arrivèrent dans un grand cliquetis de brides et un tonnerre de sabots. L'odeur forte des chevaux et des hommes en sueur prenait à la gorge.

– Sergent ! cria Jake Cutter. Dites aux hommes qu'ils peuvent descendre de cheval. Nous allons faire une pause d'un quart d'heure.

– Bien, mon capitaine, répondit John Hooker, portant la main à son képi.

Comme John Hooker faisait passer la consigne, Stephen Wade vint à la hauteur de Jake Cutter.

– Je ne vois pas l'utilité d'une telle pause, fit-il. Ces nègres devraient être habitués à la chaleur, depuis le temps !

– C'est le moment le plus chaud de la journée, répondit Cutter, impassible. Si nous tuons nos chevaux, nous n'aurons plus aucune chance de rattraper ces Apaches. Allons plutôt voir ce que disent nos pisteurs.

Amos Hill se reposait à l'ombre d'une falaise. Lorsqu'il vit les deux officiers s'approcher, il jeta les rênes de son cheval à l'un des éclaireurs indiens et fit signe à Nah-tay de le suivre.

– Ils se sont arrêtés ici, annonça-t-il.

– Il y a combien de temps ? demanda Stephen en descendant de cheval, imité par Cutter.

– Plus d'une heure. Je pencherais plutôt pour deux.

– Mais alors, nous ne leur avons pas repris de terrain ! s'indigna Stephen.

– Ce n'est pas si facile, fit Amos, fourrageant

dans ses favoris. Voyez-vous, commandant, ils ont un gros avantage sur nous : eux, ils savent où ils vont. Nous, nous devons nous contenter de suivre leurs traces, en prenant bien garde de ne pas tomber dans une embuscade. Il n'y a rien de plus difficile que de retrouver la piste d'un Apache.

– On vous paie pour ça, Hill ! Et j'attends de vous que vous fassiez votre travail sans invoquer je ne sais quelles difficultés ! rugit Stephen.

Il n'avait pas de temps à perdre en vaines tergiversations ! D'autant qu'il s'agissait d'Hannah ! Hannah si belle, si fragile, si envoûtante. Que faisait Amos Hill à ergoter ainsi ? Il aurait déjà dû être sur la trace des ravisseurs !

– Je vous demande pardon, commandant, fit l'éclaireur. Mais ce travail n'est pas simple, et je tenais à ce que vous le sachiez.

– Maintenant je le sais.

– Combien sont-ils ? demanda Cutter, préférant revenir au sujet initial.

– Huit. Neuf en comptant la femme.

– Elle est donc bien avec eux, commenta calmement Cutter, son regard perçant scrutant le visage d'Amos.

L'homme parut hésiter.

– Oui, confirma-t-il enfin.

Un silence tendu s'instaura entre eux. Soudain, Stephen s'étonna :

– Pourquoi demandez-vous si Hannah est avec eux, capitaine ? Nous suivons leurs traces depuis le début.

– Pour en être bien sûr, répondit Cutter. Leur groupe aurait pu se scinder sans que nous le remarquions. N'avez-vous rien d'autre à ajouter ? reprit-il à l'adresse de l'éclaireur.

– Non, mais j'estime qu'il y a quelque chose

que vous êtes en droit de voir, fit Amos, comme à regret.

Stephen et Jake Cutter suivirent leur guide. Ils grimpèrent un talus et arrivèrent à une petite plate-forme entourée de maigres broussailles. Le sol était tellement durci par le soleil qu'il n'offrait aucune empreinte, mais un morceau de tissu blanc accroché à un épineux était on ne peut plus révélateur.

– Mais c'est à Hannah ! s'exclama le commandant en arrachant ce qui avait été un ruban. C'est... c'est un bout de son caraco !

La voix de Stephen mourut dans un murmure tandis qu'il enroulait machinalement le ruban autour de ses doigts. Cutter, de son côté, ramassa un autre bout de ruban, rose cette fois, et fixa sombrement le sol pierreux, une main glacée lui broyant soudain l'estomac.

– Le sol ici a été piétiné, dit Amos. Il semblerait qu'on se soit battu.

– Qu'ils soient maudits ! gronda sourdement Stephen.

Comme Amos Hill s'éloignait, son devoir accompli, Jake Cutter le rattrapa par le bras et l'entraîna à l'écart.

– Est-elle toujours en vie ? demanda-t-il. Est-elle repartie avec eux ?

– Oui, elle est vivante, répondit le pisteur, essuyant d'un revers de main la sueur qui perlait à son front. Et vous et moi savons très bien qu'il vaudrait mieux pour elle qu'elle soit morte. Vous avez suffisamment combattu les Apaches durant toutes ces années pour connaître le sort qu'ils réservent aux femmes blanches.

En effet. Cutter en avait enterré plus d'une. Sa main nerveuse serrait le ruban rose, et il souhaitait ardemment ne pas avoir à mettre Hannah en terre.

– Allez chercher vos hommes, fit-il rudement. Nous repartons dans une dizaine de minutes.

L'éclaireur s'exécuta. Jake Cutter reporta son attention sur le commandant Wade.

Stephen serrait les poings. De l'un d'eux dépassait le lambeau de tissu blanc. Si tout son visage exprimait une détermination sauvage, ses yeux qui fixaient le désert brûlant étaient remplis de larmes.

Jake Cutter s'éloigna en silence afin de respecter la douleur muette de l'officier. Lui-même avait la gorge serrée.

Hannah n'était plus qu'une boule de feu. Pendant des heures l'implacable soleil du désert s'était acharné sur sa peau tendre qu'elle avait jusque-là toujours pris soin de protéger de ses ardeurs. La jeune femme n'avait qu'à jeter un œil à ses jambes et à ses bras cramoisis pour comprendre l'origine de sa douleur.

Si tout son corps était brûlé, chacun de ses muscles, chacune de ses articulations la faisait atrocement souffrir, et la chair de ses cuisses était désormais à vif, à force de serrer les flancs de son cheval.

Ses lèvres parcheminées où le sang avait coagulé l'élançaient atrocement, et sa langue commençait à gonfler dans sa bouche desséchée : depuis le matin, on ne lui avait rien donné à boire.

Hannah s'attendait à tomber d'une minute à l'autre. Pourtant, une ultime étincelle de vie la poussait à garder l'équilibre, à anticiper les mouvements de sa monture, à continuer...

Toute chose lui semblait baigner dans une épaisse brume de feu, de soif et de douleur.

La troupe avançait à la queue leu leu le long d'une étroite gorge creusée par un torrent saisonnier et dont le sable fin étouffait le bruit de leurs pas.

La gorge forma peu après un Y et les Indiens obliquèrent à droite, mais, à la grande surprise d'Hannah, Lutero, qui menait toujours son cheval, bifurqua sur la gauche, se retournant brièvement pour envoyer un geste d'adieu à ses complices. Les Apaches qui se trouvaient derrière eux tournèrent également à droite.

– Indiens se disperser, expliqua laconiquement Lutero en espagnol.

Hannah se rappela soudain la métaphore des grains de sable disséminés par le vent du désert et frissonna. Peu à peu, la horde allait se séparer, brouillant les pistes, et la jeune femme comprit soudain que jamais les soldats ne parviendraient à la retrouver.

Un sanglot de désespoir la secoua, mais aucune larme ne coula de ses yeux.

6

Le contact de l'eau sur ses lèvres et sa langue desséchées fit revenir Hannah à elle. Son univers se limita au goût âcre du liquide tiède qui coulait de la gourde de peau à sa gorge. La jeune femme se redressa et la main qui avait relevé sa tête en la tirant violemment par les cheveux se retira. Hannah s'accrocha à la gourde, la soulevant davantage pour que l'eau coule plus vite, et elle s'affola quand Lutero la lui arracha brusquement.

– Non ! Encore, supplia-t-elle de toutes ses forces, mais sa voix ne fut qu'un pathétique murmure d'épuisement.

L'Apache s'éloigna sans un mot de la femme prostrée dont les bras retombèrent, impuissants, le long de son corps. Soudain, Hannah fut prise de nausée et restitua en quelques convulsions le précieux liquide qu'elle avait tant attendu.

La jeune femme, recroquevillée sur le sol, fut alors prise de longs sanglots qui secouèrent lamentablement ses épaules brûlées par le soleil. Boire un peu l'avait fait sortir de son semi-coma et elle reprenait conscience des horribles douleurs de son corps nu. Elle regarda autour d'elle, cherchant à comprendre où elle se trouvait.

Quelques arbres poussaient au pied de la falaise et devant eux se dressait une chaîne de montagnes qu'Hannah estima être les Mogollons. À l'ouest, le soleil déclinait, embrasant une crête déchiquetée.

Lutero attacha les chevaux sous les arbres, près d'un mur en ruine au pied duquel gisaient des fragments de poteries. Hannah notait ces détails presque inconsciemment. Sa souffrance et son épuisement étaient tels qu'elle n'arrivait même plus à penser. Une seule chose comptait encore : elle était toujours en vie.

Bien que le sol fût sablonneux, son contact était un supplice pour la peau écarlate de la jeune femme. Elle chercha à changer de position mais perdit l'équilibre et se retrouva allongée sur le dos, incapable de bouger.

Elle ferma les yeux, accueillant avec reconnaissance le sommeil.

Lorsqu'elle rouvrit les paupières, le ciel avait tourné au bleu lavande et une pénombre argentée baignait le désert. La silhouette massive de Lutero se découpait dans l'ombre. Il était debout au-dessus d'elle, jambes écartées.

Hannah crut tout d'abord que l'Apache voulait qu'elle se réveille et qu'ils reprennent leur errance. Incapable de parler, elle se contenta de secouer lentement la tête en signe de refus.

L'Indien ne bougeait toujours pas; la jeune

femme l'observa avec plus d'attention. C'est alors qu'elle s'aperçut que le pagne grossier avait quitté ses reins. Le double fuseau de ses cuisses musclées était nu, ainsi que son bas-ventre où s'érigeait un sexe turgescent.

Hannah retint un cri d'horreur. Tout ce qui avait toujours été pour elle un mystère de sensations troublantes, renforcées par l'amour, le désir et la pénombre, devenait soudain une réalité si crue qu'elle pensa défaillir.

La jeune femme tenta de s'éloigner en rampant, mais implacablement Lutero força ses genoux entre lesquels il s'agenouilla. Hannah étendit les bras, s'efforçant de le repousser, mais il se laissa tomber sur elle, et l'odeur fétide de son corps en sueur lui souleva le cœur. Elle tenta encore de se débattre, frappant de ses poings le torse puissant, mais rien n'y fit. Impitoyablement, l'Apache s'emparait d'elle, ses mains noueuses meurtrissaient ses hanches déjà brûlées par le soleil et les frottements du sable.

– Non, non ! gémit-elle, des larmes amères traçant de tristes rigoles sur ses joues couvertes de poussière.

D'un coup de reins sec, il la pénétra, savourant sadiquement ce moment de possession. Ce ne furent alors que coups de boutoir bestiaux auxquels Hannah ne put que se soumettre. Chaque fois que les hanches de l'Indien venaient frapper ses cuisses ouvertes et déjà en sang, la jeune femme raclait le sol, le sable déchirant la chair tendre de son dos.

Hannah aurait voulu hurler mais n'y parvenait même plus. Ce moment était si atroce, si horrible qu'il lui semblait appartenir à quelque immonde cauchemar et non à l'épouvantable réalité qui la crucifiait.

Lutero allait et venait toujours en elle, de plus

en plus vite. Son souffle s'accélérait et des grognements sourds s'échappaient de sa gorge. À peine sa semence se fut-elle répandue en longues coulées brûlantes dans le ventre fragile d'Hannah qu'il s'arracha d'elle, ayant perdu tout intérêt. Écartelée, souffrant au plus secret de sa chair, la jeune femme ferma les yeux, une abominable nausée lui soulevant le cœur.

L'Indien s'éloigna au pas feutré de ses mocassins de daim et ramassa son pagne sans un regard pour sa victime. Il en entoura rapidement son bassin où son sexe désormais flasque pendait de façon écœurante.

Hannah se recroquevilla sur le sol, ramenant contre sa poitrine ses jambes poisseuses. Elle se sentait irrémédiablement souillée. En quelques minutes, elle était devenue l'objet des pires pulsions, le jouet d'une cruauté et d'une bassesse qu'elle n'oublierait jamais.

– Stephen, gémit-elle dans un sanglot. Stephen, où es-tu ?

Soudain, elle vit Lutero revenir vers elle. Allait-il abuser d'elle de nouveau ? Allait-il la tuer ? Non, malgré tout elle, voulait continuer à vivre.

L'homme se laissa tomber près d'elle et s'empara de ses poignets.

– Que voulez-vous faire encore ? gémit Hannah.

Lutero ne répondit pas. Il se contenta d'attacher les mains de la jeune femme avec un fin lacet de cuir. Il serra si fort que le lien pénétra dans la chair d'Hannah, la faisant grimacer de douleur tandis que lui revenaient en mémoire les terribles récits des interminables souffrances que les Apaches faisaient endurer à leurs victimes.

L'Indien attacha l'extrémité libre du lacet au tronc d'un arbre, puis s'en prit aux chevilles d'Hannah. À leur tour, il les attacha et les fixa à une branche morte qu'il enfonça solidement dans le sol : elle ne pouvait plus bouger.

L'Indien émit un grognement de satisfaction et recula sans bruit...

Seuls les feux de camp éclairaient la nuit, un vent léger dispersant les flammèches vers le ciel étoilé. Le bivouac avait scindé la troupe en trois groupes – quatre si l'on comptait celui des mules et des chevaux. Les soldats noirs dans leurs uniformes maculés de poussière formaient le plus important. Les éclaireurs apaches s'étaient installés à l'écart; quant aux officiers, ils s'étaient regroupés autour du commandant Wade.

– La horde des fugitifs semble s'être réduite au cours de la journée, fit Stephen. D'après M. Hill, ils ne seraient plus que cinq.

– Ils se déplacent en file, selon leur habitude, expliqua Amos. Cela brouille les empreintes et rend difficile l'évaluation exacte de leur nombre, d'autant qu'ils ont des poneys de rechange avec eux. Il est certain qu'ils sont encore au moins quatre, peut-être cinq...

– Depuis combien de temps ? demanda Cutter.

– Ils étaient encore tous ensemble à leur premier arrêt. Ensuite, ils se sont séparés. Il est à prévoir que peu à peu ils vont partir chacun de leur côté. Les Apaches sont très forts pour donner l'impression de s'évanouir littéralement dans le désert.

– Pourriez-vous dire où se trouve Mme Wade ? reprit Stephen. Est-elle toujours devant nous ou bien est-elle derrière ?

– Il est difficile de vous répondre avec certitude, commandant, dit Amos Hill. Si elle est toujours sur son hongre, alors elle est derrière nous. Nahtay dit que d'après les empreintes le hongre n'est plus parmi la troupe que nous suivons.

– Et si nous retournons sur nos pas ? Quelles chances avons-nous de retrouver l'endroit où ils se sont séparés ? poursuivit Stephen en déployant une carte de la région.

– Nous le retrouverons à coup sûr, répondit Amos. Mes Apaches seraient capables de suivre une mouche dans ce désert. Mais cela prendra beaucoup de temps. Il nous faudra nous séparer pour balayer le terrain jusqu'à retrouver leur piste. Par ailleurs, rien ne nous prouve qu'elle n'a pas changé de cheval.

– Demain matin, décida Stephen Wade, nous nous séparerons. Capitaine Cutter, vous continuerez la poursuite avec le lieutenant Sotsworth et la moitié des hommes ainsi que Nah-tay et quatre des pisteurs. Le lieutenant Bones, Hill et le reste de la troupe rebrousseront chemin avec moi.

Amos Hill poussa un profond soupir et cracha sa chique qui alla grésiller dans le feu. Stephen leva vers lui un sourcil interrogateur.

– Je vois deux raisons expliquant la séparation de ces Indiens en deux groupes, reprit Amos Hill. Soit cela fait partie de leur stratégie habituelle et ils vont continuer à se disperser pour tous se regrouper à leur campement, soit ils savent que nous les poursuivons et ils l'ont fait exprès. Ils espèrent peut-être qu'à notre tour nous nous scinderons en deux, ce qui affaiblira nos forces et, au lieu de continuer à se disperser, les deux groupes se réuniront pour nous tomber dessus en embuscade. Il se peut aussi qu'ils cherchent à nous tendre un piège en se servant de Mme Wade comme appât.

– Possible, fit sombrement Stephen. Dans ce cas, nous verrons si vos éclaireurs sont prêts à en découdre avec leurs frères de race ! Bien, messieurs, départ demain matin à 4 h 45.

Stephen se leva et s'éloigna du feu, tapant nerveusement la jambe de son pantalon à l'aide de sa carte qu'il avait roulée. Amos Hill tourna la tête pour le regarder disparaître de son œil unique, puis se retourna vers le capitaine Cutter.

– On dirait qu'il souhaite que les Apaches nous tombent dessus, commenta-t-il. Il a l'air assoiffé de sang. Je sais que je serais pareil si c'était ma femme que ces ordures avaient enlevée, mais il faut être très prudent avec eux et ne pas prendre de risques.

Sans attendre la réponse que d'ailleurs Jake Cutter n'avait nullement l'intention de fournir, Amos Hill quitta le feu et alla rejoindre ses éclaireurs apaches. Le capitaine le regarda disparaître dans la nuit, constatant une fois de plus qu'Amos se sentait mieux en leur compagnie qu'en celle des hommes blancs.

– Du café, capitaine ? fit le lieutenant Sotsworth, tendant à Jake Cutter un quart cabossé rempli de liquide fumant.

– Merci.

En prenant le récipient, Cutter constata que la main du lieutenant tremblait. L'odeur de whisky qui montait de sa tasse lui confirma que le jeune officier avait bu, mais Cutter ne dit rien. Si l'on se mettait à limoger tous les soldats qui s'adonnaient à la boisson, il ne resterait bientôt plus personne pour combattre les Indiens.

– Que croyez-vous qu'il va se passer demain, mon capitaine ? demanda Sotsworth.

– Le soleil va se lever, répondit Jake Cutter.

– Je vous reconnais bien là, soupira le jeune officier. L'art de répondre sans révéler quoi que ce soit. Je trouve les nuits bien longues pour ma part, continua-t-il en soupirant. Celle qui s'annonce va sans doute paraître interminable au commandant.

– Je suppose, en effet, fit sèchement Cutter, ne désirant pas poursuivre ce sujet par trop personnel.

– Savoir que sa femme est quelque part dans les montagnes au milieu de ces sauvages, poursuivit néanmoins le lieutenant. Penser à toutes les horreurs qu'ils sont capables de lui faire subir…

– Ça suffit, lieutenant !

Sotsworth ne parut guère impressionné par le ton cassant de Jake Cutter. Il avala une gorgée de son café au whisky et se perdit un temps dans la contemplation du feu.

– Pensez-vous que nous nous battrons demain ? revint-il à la charge.

– Ce ne serait pas la première fois que nous serions partis en patrouille sans apercevoir le moindre Apache !

Dans la lutte qui opposait soldats et Indiens, trouver l'ennemi était bien souvent le plus difficile. La troupe soulevait un tel nuage de poussière qu'on la voyait arriver de loin.

– En fait, on ne voit les Apaches que lorsqu'ils nous attaquent, soupira Sotsworth. Je ne peux pas dire que cette idée me plaise beaucoup.

– Si vous manquez de courage, pourquoi ne reprenez-vous pas un peu de votre « café » ?

Le lieutenant Sotsworth s'empourpra.

– Je n'ai pas peur des Indiens, capitaine ! Simplement je n'arrive pas à savoir ce qui pour moi est le pire : mourir en combattant avec cette compagnie ou bien être sauvé par un de ces nègres.

– À votre place, dit Cutter, glacial, je m'occuperais plutôt des Apaches, et je tâcherais de rester en vie !

Un coup de pied dans le flanc força Hannah à entrouvrir les paupières. Le désert, blanchi par l'aube, semblait plus inhospitalier que jamais. Le second coup de pied de Lutero lui fit ouvrir définitivement les yeux tandis que l'Indien se penchait pour libérer ses chevilles.

Ayant dormi nue, Hannah grelottait de froid, d'autant que ses liens l'avaient empêchée de se recroqueviller sur elle-même. Dès que ses pieds furent libres, elle remonta ses genoux contre sa poitrine malgré les douleurs atroces que ce mouvement infligeait à son corps ankylosé.

Hannah n'avait plus honte d'être nue : seule comptait désormais la souffrance que lui causaient ses multiples blessures et ecchymoses.

Lorsque Lutero se pencha sur elle et tendit les bras pour lui délier les poignets, son odeur de transpiration lui souleva le cœur. L'immonde viol dont elle avait été la victime lui revint en mémoire dans toute son atrocité.

Jamais elle ne pourrait oublier cette chair malodorante qui s'était emparée de la sienne : elle garderait pour toujours imprimés dans sa mémoire ce contact abject, ce corps moite et nauséabond, ces mains rugueuses s'immisçant au plus secret d'elle-même. Elle croyait encore ressentir sur son cou la brûlure immonde de son haleine, et le souvenir de ses lèvres grossières sur les siennes lui révulsa soudain l'estomac. Non ! Il ne fallait plus y penser ! Reléguer à jamais cet accouplement bestial dans le tréfonds de son subconscient, l'odieuse animalité avec laquelle il l'avait forcée, faisant d'elle sa chose, la complice soumise de ses plus abominables caprices.

Si Lutero la détacha de son arbre, il ne lui libéra pas pour autant les mains. La jeune femme resterait désormais entravée.

Hannah se redressa, souffrant par tout son corps. Sa bouche était si sèche que déglutir lui était un supplice et, l'espace d'une seconde, elle souhaita mourir. Qu'allait-il se passer ? Ce monstre continuerait-il à faire d'elle l'instrument de ses pulsions grossières, ou se lasserait-il de ses résistances et l'immolerait-il, sanglante offrande, sur l'autel de ses ancêtres ?

Non ! Stephen n'était pas loin ! Il fallait qu'elle s'en souvienne. Il devait être à sa recherche et si elle parvenait à rester en vie, son calvaire prendrait fin.

Le soleil franchit soudain le barrage des montagnes et les éblouit. Hannah battit un moment des paupières puis vit la silhouette de l'Apache s'approcher avec la gourde de peau.

Cette fois, elle sut se modérer et ne but pas plus qu'elle n'en avait besoin.

Lutero alla chercher les chevaux et lui libéra enfin les mains. Il la saisit aux hanches et la jeta sur le dos du cheval. Hannah était en proie à une faim féroce. Elle n'avait rien mangé depuis la veille et ignorait si l'Indien s'était lui-même restauré.

Ils reprirent leur longue errance, cheminant lentement à travers le désert, passant d'un canyon étroit à des ravins rocailleux, piétinant au fond de gorges sablonneuses, gravissant des talus pierreux.

Hannah avait cessé de penser. Chaque seconde qui s'écoulait, chaque pas trébuchant de sa monture lui était une nouvelle douleur, et seul survivre comptait. Qu'importait leur destination ! Le présent était si abominable que le futur se réduisait à la minute suivante.

Au coucher du soleil, Lutero décida de s'arrêter. Hannah se laissa tomber sur le sol et l'Indien lui attacha les mains à un tronc d'arbre puis, après un moment d'hésitation, il s'empara de l'outre de peau et disparut dans les broussailles, aussi vif et silencieux qu'un lézard.

Hannah, épuisée, s'endormit. Quand elle rouvrit les yeux, le désert baignait dans la pénombre et Lutero n'était pas revenu. La lumière déclinait de plus en plus. La jeune femme s'assit et écouta attentivement, guettant le retour de l'Apache.

Soudain, une idée atroce lui traversa l'esprit : Lutero l'avait abandonnée là, entravée, sans défense, livrée aux bêtes sauvages. Comme une folle, elle tira sur ses liens.

La voix de Lutero gronda brusquement dans l'angoissant silence du désert, et il décocha un violent coup de pied dans les reins de la jeune femme. Hannah cria puis demeura prostrée sur le sol. Peu à peu, elle prit conscience que Lutero s'activait à ses côtés, et une odeur fade et écœurante la prit à la gorge. Hannah se redressa.

– *Eyannh !* Mange ! fit l'Indien en tendant quelque chose.

– Qu'est-ce que c'est ? demanda faiblement Hannah.

La jeune femme ne comprit pas ce que Lutero lui répondit.

L'idée d'avaler quoi que ce soit lui soulevait le cœur, mais elle devait se soumettre si elle voulait survivre. Hannah tendit ses mains et aussitôt une masse chaude et gluante les remplit. Luttant contre le dégoût, la jeune femme porta la « chose » à sa bouche.

Une odeur de sang la suffoqua et son estomac se souleva lorsqu'elle comprit que le morceau de viande était cru. Elle fit un geste pour s'en débarrasser, mais Lutero s'empara de ses poignets et poussa le lambeau de chair sanguinolente jusqu'à ses lèvres.

– Mange, fit-il en espagnol.

D'une poigne de fer il força ses mâchoires et enfourna dans sa bouche l'immonde nourriture. Aussitôt, Hannah comprit qu'il ne s'agissait pas de viande mais de viscères. Elle voulut cracher, mais l'Indien lui maintint la bouche fermement fermée et lui pinça les narines pour la forcer à avaler.

Quand Lutero relâcha son emprise, Hannah restitua aussitôt l'ignoble bouchée. L'Indien la força alors à l'ingurgiter. La nausée reprit Hannah et il recommença... Il recommença jusqu'à ce qu'elle ait avalé le reste des viscères.

7

Le lit encaissé du torrent asséché les protégeait des attaques du vent brûlant du désert. Affaissée sur son cheval, les mains crochées dans la crinière, Hannah se laissait ballotter, ne relevant même plus la tête pour voir où ils allaient.

La jeune femme montait désormais le poney de Lutero. Le hongre, épuisé, s'était dérobé sous elle dans la matinée et avait roulé dans la poussière. Aussitôt, l'Apache s'était précipité, avait saisi Hannah à la taille pour la propulser sur son propre cheval puis, d'une main de fer, il avait forcé le hongre à se remettre debout. Désormais, Lutero le montait avec une violence implacable. La pauvre bête, maculée de sueur et de poussière, trouvait encore l'énergie d'avancer, et Hannah ne s'en étonnait même plus. Elle-même était allée au-delà de ce qu'elle croyait être ses forces et avait survécu.

Dans ses rares moments de lucidité, la jeune femme repensait à ce qu'elle avait enduré ces jours derniers. Il lui semblait vivre les aventures de quelqu'un d'autre : une longue succession de tortures qu'elle examinait d'un œil froid.

La nuit précédente, à peine était-elle remise de

son infâme repas que Lutero avait encore une fois abusé d'elle, lui imposant les assauts bestiaux de sa chair malodorante. Hannah n'avait même pas cherché à se débattre; elle s'était laissé faire, se réfugiant dans un recoin de son cerveau, son corps n'étant plus qu'un cadavre livré aux coups de boutoir de l'Indien.

D'éboulement rocheux en éboulement rocheux, ils atteignirent un haut plateau. L'air y était plus frais et l'herbe y poussait dru, piquetée de boqueteaux. Le poney d'Hannah dressa les oreilles et fit mine d'aller plus vite mais fut aussitôt retenu par Lutero qui en tenait toujours fermement la bride.

Soudain, un aboiement retentit. Il ne s'agissait pas du lugubre hurlement d'un chacal, mais bien du cri d'un chien de garde. Hannah tourna la tête en direction du bruit et aperçut la bête. Un enfant s'approcha, suivi bientôt de plusieurs autres.

Le petit groupe escorta le guerrier et sa captive jusqu'au fond d'une cuvette et Hannah découvrit le village : groupement disparate de huttes rudimentaires.

Les femmes sortirent de leurs wigwams pour observer les arrivants. Les plus jeunes, vêtues de peaux, portaient leurs cheveux noirs en deux lourdes nattes sur les épaules tandis que les plus âgées les gardaient libres dans le dos. Toutes observaient Hannah avec haine et mépris.

Lutero gagna un des wigwams devant lequel attendait une jeune femme, les bras croisés sur la poitrine. Son visage s'éclaira quand l'Indien sauta prestement de sa monture. À son tour, Lutero sourit fièrement, et Hannah crut rêver en lui découvrant soudain une expression humaine.

Le couple échangea quelques phrases à voix basse, puis Lutero prit l'Indienne par le bras et la fit approcher d'Hannah. Celle-ci s'aperçut que l'Apache était enceinte et comprit soudain qu'il s'agissait de la femme de Lutero.

Hannah fut brusquement jetée à bas du poney et livrée aux coups des enfants qui s'étaient attroupés, tandis que Lutero répondait aux multiples questions qu'on lui posait. Finalement, les Indiens se dispersèrent et Lutero revint chercher Hannah pour l'attacher à un poteau, devant son wigwam. Il se recula et la fixa, sa femme à son côté.

– Ma squaw, dit-il, Gatita. Petite Chatte. Tu lui appartiens. Tu fais ce qu'elle dit.

Gatita ne jeta même pas un coup d'œil sur Hannah, préférant couver son époux d'un regard admiratif.

Le couple finit par s'éloigner, et Hannah se laissa aller contre son poteau, heureuse d'avoir au moins ce soutien, indifférente à la rugueuse écorce qui lui meurtrissait le dos.

Plus tard dans l'après-midi, Gatita vint retrouver Hannah qui gisait accroupie au pied de son poteau, les mains derrière le dos. Elle portait une jarre remplie d'une substance gélatineuse qu'elle posa sur le sol. Après avoir libéré la prisonnière, elle l'enduisit de ce produit gluant.

L'onguent arracha un cri de douleur à Hannah, mais bientôt elle ressentit un net soulagement.

– Médecine ? demanda-t-elle.

– *Anh*, oui, répondit Gatita.

Quand l'Indienne eut fini de lui enduire le dos, elle fit signe à Hannah de continuer seule et disparut à l'intérieur de son wigwam.

Hannah venait juste de finir quand Gatita réapparut, un ballot de peaux dans les bras qu'elle jeta aux pieds de la prisonnière. Hannah y trouva une tunique et une jupe. Ce n'étaient que des oripeaux, de vieux vêtements usés et déchirés, mais elle fut soulagée à la pensée qu'elle ne serait plus nue.

Elle releva la tête et fixa Gatita. L'Indienne la regardait d'un œil dur. Alors, pourquoi l'onguent ? Pourquoi ces vêtements ? Hannah trouva rapidement la réponse : à quoi pouvait servir une prisonnière malade ? À rien. Pour qu'elle soit utile à quelque chose, il fallait qu'elle soit relativement en bonne santé. Cette raison seule avait motivé les attentions de Gatita.

Hannah enfila les vêtements et s'accroupit dans un coin d'ombre, enfouissant son visage dans ses bras. Elle n'avait plus qu'un désir : se reposer.

En fin de journée, trois guerriers regagnèrent le village. Hannah les reconnut aussitôt : ils faisaient partie de la horde qui l'avait enlevée. Des chants et des danses saluèrent ce retour et Hannah observa depuis son recoin les festivités.

Les vibrations nasales des voix se mêlaient au rythme lancinant des tam-tams et les danses s'enchaînaient les unes aux autres. Les femmes évoluaient au centre du cercle formé par les hommes, s'arrêtant de temps à autre pour choisir une partenaire. Puis, insensiblement, le rythme des percussions changea pour devenir plus lourd, plus insistant. L'atmosphère parut se charger d'électricité.

Les femmes se dévêtirent, sans cesser de danser, dévoilant leurs corps trapus aux cuisses fortes et musclées, aux épaules voûtées. Hannah remarqua que la partenaire de Lutero était plus grande que ses compagnes, sa poitrine était plus opulente. Elle évoluait lascivement face au guerrier, se caressant lentement le corps tout en ondulant.

Bien qu'écœurée, Hannah n'en était pas moins fascinée par le spectacle des corps nus et luisants de sueur qui s'agitaient au son des tambours. Lutero se rapprochait de plus en plus de sa partenaire, les yeux rivés aux mouvements spasmodiques de ses hanches. Hannah chercha Gatita dans le cercle des spectateurs. La squaw ne paraissait nullement troublée par cette exhibition et devisait gaiement avec une autre Indienne.

Quand Hannah reporta son attention sur les danseurs, elle vit Lutero quitter leur groupe avec sa partenaire et gagner un des wigwams. Elle préféra ne pas penser à ce qui allait se passer. Toute cette immoralité la scandalisait.

La fête se poursuivit longtemps, et Hannah finit par s'endormir, bercée par le son des tam-tams.

Le lendemain matin, Hannah fut mise au travail. Gatita lui commanda de nettoyer une carcasse de daim avec un couteau et d'entasser les lambeaux de chair dans un grand pot de terre.

Tandis qu'Hannah luttait contre la nuée de mouches que la viande faisandée attirait, une tache verte capta son attention. Relevant la tête, elle vit sortir celle qui avait eu droit aux attentions de Lutero la veille et retint un cri. L'Indienne portait fièrement ce qui avait été la jupe d'Hannah ! Lutero l'avait ainsi récompensée de ses faveurs...

Une injonction de Gatita remit bien vite Hannah au travail.

La patrouille regagna le fort sur des chevaux fourbus. Tandis que les hommes se dirigeaient vers les écuries, Stephen mena sa monture jusqu'au quartier général en compagnie du capitaine Cutter.

Debout sur la galerie, le colonel Bettendorf les attendait.

– Rien ? demanda-t-il, après que les deux hommes eurent salué.

– Rien, *sir*, répondit Stephen. Le vent s'est finalement levé et a effacé toutes les empreintes. Nous avons dû renoncer.

– C'est bien ce que je craignais, soupira le colonel, exprimant ainsi toute la sympathie dont il était capable.

– Mon colonel, reprit Stephen, je sollicite l'autorisation de repartir tout de suite avec une patrouille fraîche pour explorer la région des canyons.

– Autorisation refusée. Nous recherchons la paix. Ce n'est pas en envoyant des soldats dans les territoires qui ont été assignés aux Apaches que nous l'obtiendrons.

– Bien, mon colonel, se soumit le commandant Wade. Pouvez-vous dans ce cas demander à Amos Hill et à ses éclaireurs de faire courir le bruit que je paierai une rançon à qui me ramènera ma femme ?

– Êtes-vous sûr qu'elle soit encore vivante, commandant ?

Un muscle tressaillit dans la mâchoire crispée de Stephen.

– J'ignore si elle est morte, mon colonel, répondit-il.

Le colonel soupira et tourna le regard en direction du petit cimetière de la garnison dont il pouvait apercevoir quelques croix, au-delà du quartier des Vapeurs. Là-bas aussi, le fossé entre soldats noirs et officiers blancs était respecté.

– Nous avons enterré les lieutenants Sloane et Delvecchio hier, fit le colonel Bettendorf. Mrs Sloane repart pour l'Est demain. Si vous souhaitez lui présenter vos condoléances, commandant... Croyez bien, poursuivit-il, que je suis profondément attristé que Mme Wade ait été capturée par ces sauvages. Nous sommes tous navrés. Une messe sera dite pour elle ce soir à la chapelle. Je crois qu'il serait bon que vous acceptiez l'idée que votre femme n'est plus. Il y a très peu de chances pour qu'on retrouve jamais son corps.

Stephen pâlit dangereusement mais maîtrisa sa colère.

– Voudrez-vous bien parler de cette rançon à Amos Hill, mon colonel ?

– C'est entendu.

– Merci, *sir*. Le capitaine Cutter est en mesure de vous informer des moindres détails de notre mission. Aussi, si vous n'avez plus besoin de moi…

– Rompez, commandant.

Stephen salua et s'éloigna d'un pas rageur vers l'allée des Officiers.

– Je n'ai pas cherché à l'offenser, fit le colonel à Jake Cutter. Tout cela est triste. Vraiment très triste.

– Oui, mon colonel.

Le ton impersonnel de Jake Cutter irrita son supérieur.

– J'imagine le cauchemar que doit vivre Wade, reprit-il. Ne pas savoir si sa femme est morte ou aux mains de ces barbares. Ce doit être abominable.

– Oui, mon colonel.

– Nous savons tous que ses chances de survie sont pratiquement inexistantes. Combien de femmes blanches enlevées par les Apaches a-t-on revues ? Fort peu, et elles sont toutes restées à demi folles ensuite. C'est bien regrettable que Sloane et Delvecchio n'aient pas pu la tuer avant de mourir. Dites-moi, Cutter, vous qui connaissez bien les Indiens, n'est-ce pas rarissime qu'ils gardent une adulte avec eux ? Généralement, ce sont plutôt les enfants, non ? Que vont-ils en faire ? La vendre ?

– S'ils ne la vendent pas, ils la garderont comme esclave.

Si tel était le cas, la vie d'Hannah ne tiendrait plus qu'à un fil. En cas d'attaque, les Apaches ne prenaient aucun risque : ils tuaient aussitôt leurs chiens et leurs esclaves pour ne pas être localisés. Il y avait même eu des cas où ils massacraient leurs propres enfants parce qu'ils pleuraient !

– Il faut absolument que le commandant se persuade que sa femme est morte, reprit le colonel. Il n'y a qu'ainsi qu'il parviendra à surmonter son épreuve. Autrement, ce souvenir le hantera à jamais.

Cutter ne partageait pas ce point de vue simpliste. Il trouvait trop facile de tourner le dos aux difficultés.

– Y a-t-il quelque chose que vous désiriez savoir sur notre expédition ? demanda-t-il.

– Non, j'attends votre rapport écrit. Rompez.

Hy Boler, le directeur de la *Gazette de Silver City*, attendait Stephen sur le chemin de ses appartements. Hy Boler était un homme fin et rusé qui savait détecter une bonne histoire lorsqu'elle se présentait. L'enlèvement d'Hannah pouvait être pour lui une mine d'or et il n'avait pas l'intention de laisser passer un tel filon.

– Commandant Wade, fit Hy Boler, je ne sais comment vous dire à quel point je suis navré de ce qui vient d'arriver à votre épouse. Que s'est-il passé ? Êtes-vous parvenu à rattraper ces monstres ?

La nouvelle de l'enlèvement d'Hannah avait déjà fait les gros titres de la gazette : « Une femme d'officier aux mains des Apaches », et Boler avait dû sortir une seconde édition tant la première s'était vendue rapidement.

– Non, répondit sombrement Stephen. Nous avons perdu leur trace. Le vent s'est levé et a effacé toutes les empreintes.

– Vous n'avez pas retrouvé votre femme, alors ?

– Non, convint Stephen, peu désireux de poursuivre l'entretien.

– Croyez-vous qu'elle soit toujours en vie ?

– Oui, assura Stephen avec force. Et je continuerai à la chercher jusqu'à ce que je la retrouve. Nos éclaireurs vont répandre le bruit que j'offre une rançon. Vous pouvez d'ailleurs mettre dans votre journal que je récompenserai toute personne susceptible d'apporter la moindre information.

– Allez-vous continuer les recherches ?

– Dites-vous bien que chaque fois que je sortirai de ce fort, ce sera dans l'espoir de la retrouver. Maintenant, si vous voulez bien m'excuser...

Chez lui, Stephen ressentit dans toute sa violence l'absence d'Hannah. Le moindre détail lui rappelait sa présence en ces murs. Tout lui revenait : le bruissement de sa longue jupe lorsqu'elle s'approchait, souple et gracieuse; son rire léger et musical; la douceur de sa petite main se posant sur son bras.

Dieu, comme il l'aimait ! Hannah était bien plus qu'une épouse et une compagne. Elle était l'oasis de verdure et de fraîcheur au cœur du désert, la source de toutes ses joies : sa vie.

Stephen ôta ses gants et son chapeau, les jeta sur une table puis s'engagea dans le couloir qui menait à leur chambre.

Il s'immobilisa sur le seuil en découvrant une femme dans la pièce. Il ne vit d'abord que la robe qu'elle tenait devant elle : celle-là même qu'Hannah portait le soir de la réception donnée pour les Sloane. Puis, relevant la tête, il découvrit le visage à la peau d'ébène et reconnut la lavandière : Cimmy Lou.

– Je ne voulais pas vous faire peur, commandant, fit la femme d'une voix rauque et sensuelle.

– Que faites-vous ici ?

– Mam' Goodson m'a demandé de venir mettre de l'ordre. Que voulez-vous que je fasse des affaires de votre femme ? Mam' Goodson m'a dit que vous aimeriez peut-être que je les emballe.

Stephen lui tourna le dos et gagna la coiffeuse en déboutonnant sa veste d'uniforme. Il se saisit de la brosse à manche d'ivoire où quelques cheveux auburn étaient restés accrochés. Sa mémoire lui joua un tour atroce : il crut revoir le scalp fraîchement arraché qu'il avait découvert un jour dans un village mis à sac par les Apaches...

– Elle avait vraiment de belles choses, fit Cimmy Lou.

– Non ! cria soudain Stephen, cherchant à chasser l'horrible image qui venait d'envahir son esprit.

– Commandant ? fit doucement la lavandière en posant sa main sur l'avant-bras de l'officier.

Stephen se dégagea brusquement comme s'il s'était brûlé.

– Ne touchez à rien. Je veux que tout reste en place. Remettez cette robe où vous l'avez trouvée. Je vous défends de toucher à quoi que ce soit !

– Bien, *sir*.

– Il y a quelqu'un ? modula soudain dans la maison une voix haut perchée.

Stephen fronça le sourcil et quitta la chambre. Qui était-ce ? Il s'arrêta à la porte du salon pour reboutonner sa veste quand il aperçut la femme du capitaine Goodson.

– Pardonnez ma tenue, madame Goodson, j'ignorais que vous étiez ici.

– J'ai frappé, répondit-elle, mais vous n'avez pas dû entendre.

– J'étais... derrière, expliqua gauchement Stephen en réalisant qu'il serrait toujours dans sa main la brosse d'Hannah.

Maude Goodson suivit le regard de Stephen et découvrit à son tour l'objet. Lorsqu'elle releva la tête, ses yeux bleus brillaient de larmes.

– Je... je savais que vous étiez de retour,

expliqua-t-elle gauchement. Je voulais que vous sachiez à quel point je partage votre chagrin.

La sincérité de Maude Goodson ne faisait pas de doute. Stephen savait qu'Hannah et elle étaient très proches : aussi proches que deux femmes d'officiers pouvaient l'être étant donné les rigueurs du protocole.

– Merci, Madame Goodson.

– J'ai demandé à Cimmy Lou de venir faire le ménage en votre absence. Je ne savais pas ce que vous vouliez qu'on fasse des affaires de votre femme…

– Rien. Je veux que tout reste exactement à la même place.

– Je vous comprends, commandant, sourit Maude. Vous joindrez-vous à nous ce soir à la chapelle?

– Oui, merci, répondit Stephen après une courte hésitation.

– Il faut vous souvenir, commandant, que le Seigneur voit nos souffrances et qu'Hannah est sous Sa sauvegarde.

– Oui, je sais, soupira Stephen.

Le commandant Wade respectait la foi de Mme Goodson, mais, pour lui, Hannah était entre les mains des Apaches et non pas entre celles de la providence.

– Le capitaine et moi passerons vous prendre dans la soirée.

– Très bien, je vous attendrai.

Cutter prenait le frais sur la galerie des appartements des officiers célibataires. Lavé, changé, rasé de près, il savourait son premier bon cigare depuis des jours, en regardant passer les gens qui se rendaient à la chapelle. Parmi eux, il aperçut Stephen Wade accompagné des Goodson et des Bettendorf. Le capitaine Jake Cutter n'éprouvait aucune envie de se joindre à eux.

Peu après, il entendit les cantiques monter dans le soir. Son cigare fini, il descendit les degrés de la galerie et s'avança dans le fort.

Ses pas le menèrent jusqu'au cimetière où il chercha les deux tombes fraîchement creusées. Il ne put s'empêcher de penser que le temps ne tarderait pas à faire son office et que le vent du désert effacerait bientôt les deux tumulus.

Il revit la peine intense de Mme Sloane lorsqu'il était allé lui présenter ses condoléances quelques heures auparavant. Là encore, le temps ferait son œuvre et, comme le désert engloutirait les tombes, un jour viendrait où plus personne ne se souviendrait vraiment du rire du lieutenant Sloane ni de la façon énergique dont il serrait la main.

Jake Cutter quitta le cimetière et décida de regagner ses appartements en empruntant le chemin le plus long. Le jour baissait rapidement et un vent presque frais s'était levé.

Un profond sentiment de solitude l'envahit soudain, lui ramenant en mémoire de bien tristes souvenirs.

On disait généralement que lorsqu'un homme trouvait l'amour, il trouvait en même temps l'ambition. Pour Jake Cutter, cela avait été l'inverse : la jeune et belle aristocrate sudiste qui lui avait ravi son cœur avait été un obstacle insurmontable à sa carrière. L'ultimatum était vite venu : elle ou l'armée. Cutter avait choisi l'armée mais, après douze années passées dans la cavalerie, il commençait à envisager sérieusement de donner sa démission. Aux yeux du capitaine Cutter, l'uniforme avait perdu de son prestige.

Mais que ferait-il s'il retournait à la vie civile ? Où irait-il ? L'armée jusqu'ici ne lui avait apporté que deux choses : la connaissance des hommes et celle des chevaux. Les chevaux ? Il pourrait peut-être se lancer dans l'élevage... Il fallait qu'il y réfléchisse.

8

Hannah tentait de se réchauffer près du feu qu'elle venait d'allumer dans le petit matin. Gatita sortit lentement du wigwam et s'approcha.

– Mocassins, dit-elle, en lui jetant une paire de courtes bottes de peau.

– *Gracias*, répondit Hannah.

Après une semaine d'allées et venues dans le village, les pieds d'Hannah s'étaient couverts de corne, et elle ne sentait pratiquement plus la morsure des cailloux. Gatita avait dû s'en apercevoir et estimer qu'il était inutile qu'elle demeure pieds nus : cela ne l'empêcherait plus de s'échapper si elle le voulait. Autant qu'elle ait des chaussures.

Les blessures et les brûlures d'Hannah avaient cicatrisé et sa peau avait pris peu à peu une couleur pain d'épice. Le peu de nourriture qu'on lui donnait ne lui avait pas permis de reprendre les kilos qu'elle avait perdus, mais ses multiples activités l'avaient revigorée.

– Le temps des Feuilles Nombreuses est venu, dit Gatita.

– Je ne comprends pas, répondit Hannah.

– Quand plantes poussent, feuilles nombreuses, expliqua l'Indienne. *Ugashé*, partir. Toutes les femmes partir cueillir mescal avant fleurs.

Voilà pourquoi on lui avait donné des mocassins ! Il ne s'agissait pas d'une simple journée de cueillette mais bien d'une véritable expédition. On chargea des chevaux avec de la nourriture pour plusieurs jours et de nombreux paniers d'osier, et Hannah partit en compagnie de sept Indiennes, les trois plus âgées sur les chevaux.

Elles quittèrent le plateau, descendirent dans la région des canyons, puis se dirigèrent vers des collines arides.

Hannah marchait auprès de Gatita qui semblait de plus en plus éprouvée par la fatigue. Lorsque l'Apache trébucha, Hannah la retint par le bras.

– Pourquoi ne pas monter un des chevaux ? fit Hannah en désignant les animaux du doigt.

Hannah éprouvait des sentiments mitigés pour l'Indienne. Celle-ci la traitait plus mal qu'un chien, mais en même temps c'était elle qui avait soigné ses blessures, l'avait vêtue et chaussée et lui donnait à boire et à manger.

– Pas cheval, répondit Gatita, à cause bébé.

L'Apache se lança alors dans l'énumération de toutes les interdictions que son état entraînait, et Hannah comprit que toute relation sexuelle était prohibée durant la grossesse. Par conséquent, Lutero avait parfaitement le droit d'assouvir ses pulsions sur les autres femmes en attendant. Qu'elle, Hannah, soit la victime de ces mœurs primitives la révolta. La colère et l'indignation l'embrasèrent, mais le soleil et la fatigue de la longue marche eurent vite raison de sa révolte.

La petite troupe finit par arriver aux collines. Les agaves y poussaient à profusion sur le sol rocailleux. C'était cette plante que les Indiens nommaient mescal; ils en recueillaient le cœur.

Les Apaches coupaient la plante à sa base d'un coup de machette, en sectionnaient une à une les longues feuilles vert pâle terminées par un piquant noir pour ne garder que le centre qui ressemblait à un gros artichaut.

N'ayant pas le droit de se servir d'un couteau, elle fut chargée de transporter les paniers pleins de cœurs jusqu'à un grand trou creusé dans le sol. On remplit la fosse de bois mort que l'on recouvrit ensuite de pierres plates, puis le feu fut allumé. Quand il n'y eut plus que des braises, les cœurs de mescal furent entassés sur les pierres et recouverts d'herbe et d'une couche de terre.

Tandis que le mescal cuisait, une autre fosse fut creusée et on recommença le même processus.

Il fallut attendre un jour et demi pour que le mescal soit cuit, mais on ne perdit pas de temps pour autant. La saison des Feuilles Nombreuses était aussi celle des oignons sauvages et de quantités d'autres plantes et baies. Hannah, ignorant tout de ces cueillettes, se vit confier les tâches domestiques inhérentes au bivouac.

Non loin du campement s'élevait un amas de rochers où l'érosion avait creusé des cuvettes naturelles. L'ombre d'autres rochers y empêchait l'eau des rares pluies de s'évaporer.

Hannah y fut envoyée remplir les outres, et elle en profita pour laver ses cheveux avec une « herbe-savon » que Gatita lui avait donnée. Ce fut pour la jeune femme le premier réel moment de plaisir depuis sa capture.

Ses cheveux propres, elle les étala soigneusement sur ses épaules et s'assit au soleil pour les laisser sécher. Son regard se tourna spontanément vers le sud, la direction de Fort Bayard, et aussitôt ses yeux s'emplirent de larmes.

Hannah pleura longtemps sur son bonheur perdu, épanchant enfin toutes les larmes qu'elle avait retenues jusqu'alors, puis petit à petit une idée germa dans son esprit. Avec ses outres pleines, elle avait de quoi survivre plusieurs jours dans le désert. Il lui suffisait de retourner au campement, de sauter sur un cheval et, le temps que les Indiennes disséminées un peu partout pour cueillir leurs simples s'aperçoivent de sa disparition, elle serait à des kilomètres !

Hannah exécuta son plan sans difficulté et se retrouva bientôt galopant à bride abattue à travers le désert. Malheureusement, il était impossible d'aller en ligne droite et elle se perdit dans un labyrinthe de gorges et de canyons.

La jeune femme arrêta sa monture et chercha à s'orienter. Soudain, son cheval dressa les oreilles et leva la tête. Hannah suivit la direction de son regard et aperçut les quatre guerriers apaches qui l'observaient du haut d'un rocher : Lutero était parmi eux.

La première réaction d'Hannah fut d'enfoncer ses talons dans les flancs de son cheval et de tenter de s'échapper. Mais à quoi bon ? Elle ignorait tout de la région, alors que les Indiens la connaissaient dans ses moindres détails.

Elle arrêta sa monture et fit demi-tour. Déjà Lutero et les autres guerriers s'approchaient.

Le sang d'Hannah se glaça dans ses veines en découvrant le regard meurtrier de son ravisseur.

– Je me suis perdue, aventura-t-elle.

Lutero ne répondit même pas. Il s'empara d'une corde, en cingla sauvagement plusieurs fois Hannah puis la ligota. Ils se mirent ensuite en route et, quelques minutes plus tard, Hannah vit la fumée de leur feu s'élever dans le ciel.

– Moi, toujours là, dit Lutero.

– Je ne comprends pas, répondit Hannah.

– Nous guetter. Nous vouloir savoir si toi vouloir partir.

La jeune femme comprit alors qu'elle était tombée dans un piège : cela expliquait pourquoi il lui avait été si facile de s'enfuir.

Les femmes les attendaient près du feu, le visage impassible mais les yeux brûlants de haine.

D'un coup de pied, Lutero fit tomber Hannah

de son cheval. La jeune femme, ligotée, chut lourdement sur le sol et alla rouler aux pieds de Gatita où elle demeura, à demi évanouie.

Lutero tendit alors la corde à sa femme, qui s'en servit comme d'un fouet.

Sous la pluie de coups qui s'abattit sur elle, Hannah ne put que hurler et mordre la poussière. Les autres Indiennes se joignirent à Gatita, multipliant les coups de poing et de pied. Hannah crut qu'elle allait mourir.

Soudain, les coups s'arrêtèrent. Mais, au moment où la jeune femme commençait à croire que son supplice était enfin terminé, elle fut brutalement retournée. On lui ôta la corde et on lui lia les poignets derrière le dos.

Une main déchira violemment le devant de sa tunique et, à travers ses larmes, Hannah vit un point rouge se rapprocher. Elle hurla de terreur. Gatita tenait un tison à la main et se rapprochait inexorablement. Avec un plaisir sadique, elle l'appliqua au-dessus du sein droit d'Hannah. Une douleur atroce s'empara de la jeune femme et son hurlement déchira le silence du désert. Le tison continuait de s'enfoncer dans la chair avec un horrible grésillement, et Hannah finit par s'évanouir.

Plus tard, Hannah apprit que plusieurs occasions de s'enfuir lui avaient été offertes. Comme elle avait attendu la fin de la récolte pour s'échapper, sa vie fut épargnée. On estimait qu'elle pouvait encore faire une bonne esclave.

D'autres récoltes de mescal eurent lieu. Une fois cuits, les cœurs étaient ramenés au village et séchés au soleil. Le mescal constituait la base de la nourriture des Indiens et, poussée par la faim, Hannah finit par en aimer le goût étrange.

Hannah travaillait sans cesse. Il fallait préparer les repas, ramasser le bois, aller chercher de l'eau, fumer la viande et tanner les peaux. En tant qu'esclave, la jeune femme n'arrêtait pas. Les ordres succédaient aux ordres, et elle était impitoyablement battue par Gatita si celle-ci trouvait qu'elle n'allait pas assez vite.

À mesure que les jours passaient, Hannah se souvenait de moins en moins de sa vie passée. Les toilettes, les soirées, les danses et les thés entre dames du monde lui semblaient appartenir à une autre planète. Une planète où une autre Hannah aurait vécu en d'autres temps.

Pourtant, la nuit, quand elle se blottissait près du feu – sa seule source de chaleur, n'ayant pas droit à une couverture –, elle se souvenait de Stephen, de son grand corps musclé pressé contre le sien. Certains soirs, elle se réveillait en sursaut, en prononçant son nom.

La saison des Feuilles Nombreuses fit place à celle des Longues Feuilles. Les Apaches réunirent leurs affaires et abandonnèrent le camp, se déplaçant fréquemment pour suivre le gibier ou gagner un endroit où les baies étaient mûres.

Il leur arrivait de rencontrer d'autres Indiens et de partager pour un temps le même territoire de chasse. Lorsque les guerriers partaient en expédition, invariablement Lutero prenait leur tête. Les autres Apaches l'appelaient le *jefe*, le chef.

Parfois Lutero disparaissait pendant plusieurs semaines, et chacun de ses retours donnait lieu à une fête.

Hannah vivait perpétuellement au bord de l'épuisement, travaillant de l'aube au crépuscule sans jamais s'arrêter, passant d'une corvée à l'autre tel un automate. Il lui fallait faire des efforts pour se souvenir qu'elle avait été la respectable Mme Wade, femme du bel et élégant commandant Wade du Neuvième Régiment de Cavalerie. Afin de ne pas oublier, Hannah prit l'habitude en travaillant de fredonner les airs que Stephen et elle aimaient le plus. Ou bien elle récitait le nom des officiers de Fort Bayard : pathétique litanie.

Une chose demeurait certaine : il ne fallait pas qu'elle perde la mémoire. Un jour, elle trouverait le moyen de s'échapper. Elle reviendrait auprès de Stephen. Un jour...

Dès le mois d'avril, les Apaches recommencèrent à se soulever, multipliant les raids meurtriers dans tout l'Arizona et le Nouveau-Mexique. Autour de Fort Bayard, deux détachements patrouillaient en permanence pour protéger colons et mineurs.

Il faisait atrocement chaud. Le soleil commençait à décliner, mais le sol gardait encore la chaleur écrasante de ses rayons et les rares courants d'air soulevaient une poussière qui brûlait les visages.

Jake Cutter s'arrêta sous l'auvent du magasin. Stephen Wade ne tarderait pas à rentrer de patrouille et ce serait pour lui le signal du départ. Le cigare que Cutter venait d'allumer serait le dernier digne de ce nom avant longtemps.

Nah-tay s'approcha silencieusement du capitaine.

– Il y a un Indien avec une femme blanche qui vient pour la rançon. Il attend dans mon wigwam.

– Pourquoi n'entre-t-il pas dans le fort ? demanda Cutter.

– Il a peur qu'on ne le laisse pas repartir.

– C'est bon, je vous suis.

Quand il quitta l'ombre de l'auvent, Jake Cutter eut l'impression de pénétrer dans un brasier.

– Je vais au campement des pisteurs, dit-il à l'homme qui montait la garde à l'entrée du fort. Si le commandant Wade revient, dites-lui de m'y rejoindre.

– Bien, mon capitaine, répondit la sentinelle.

Ce n'était pas la première fois que quelqu'un se présentait pour toucher la rançon, aussi Jake Cutter ne se faisait-il guère d'illusions. Après tout, il y avait peu de chances que cette femme soit Hannah Wade.

Comme le veut la tradition apache, la porte du wigwam s'ouvrait vers l'est. Jake Cutter suivit Nah-tay à l'intérieur. Il y faisait une chaleur écrasante, l'air y était irrespirable. Dans la pénombre, Cutter aperçut deux silhouettes assises sur le lit rudimentaire, fait de couvertures et de vêtements entassés. Nah-tay s'accroupit et le capitaine l'imita, observant le silence rituel des Indiens.

Le laps de temps réglementaire écoulé, un des deux Indiens se mit à parler et le pisteur traduisit :

– Il dit que vous n'êtes pas le jambes jaunes qui a offert la rançon.

– Dites-lui que c'est la vérité mais qu'il m'a chargé de faire l'intermédiaire.

– Il demande combien vous offrez.

– Cinquante dollars en or, fit Cutter, se contentant de répéter l'offre faite par Stephen Wade.

Les deux Indiens discutèrent un moment puis firent part de leurs conclusions.

– Ils sont d'accord sur le prix, expliqua Nah-tay, à condition que vous leur donniez votre parole qu'ils pourront repartir librement.

– C'est entendu, mais je ne paierai rien tant que je n'aurai pas vu la femme. Où est-elle ?

– Ils l'ont laissée attachée à cinq minutes d'ici. Ils disent que vous pouvez y aller avec eux.

– Pas question ! Qu'ils aillent la chercher.

Après avoir encore parlementé, les Indiens s'en allèrent. Jake Cutter sortit attendre leur retour en compagnie de Nah-tay. Un bruit de sabots lui fit tourner la tête : la patrouille qui regagnait le fort.

Les Apaches revinrent, accompagnés d'une femme dissimulée sous une couverture. Il était impossible d'apercevoir son visage, mais sa démarche hésitante était celle d'un animal fou de terreur.

Quand les Indiens rejetèrent la couverture sur les épaules de la captive, le capitaine Cutter fut soulagé de voir qu'il ne s'agissait pas d'Hannah. C'était en fait une Mexicaine dont la chevelure noire avait été teinte en roux pour lui donner des reflets acajou.

Stephen Wade et Amos Hill vinrent les rejoindre. L'uniforme du commandant, imbibé de sueur, était recouvert de poussière, et on distinguait à peine le crêpe noir qu'il portait au bras droit depuis l'enlèvement de sa femme. Il ne s'agissait pas pour lui d'un signe de deuil mais d'un moyen d'avoir son souvenir perpétuellement présent à l'esprit.

– Que se passe-t-il ? demanda Stephen.

– Ces Apaches vous ont ramené la femme qui a du feu dans les cheveux, grinça Cutter.

– Les ordures ! Ils lui ont teint les cheveux. C'est une Mexicaine ! Dites-leur que je veux une femme blanche.

– Que comptez-vous faire de la *señorita* ? s'enquit froidement le capitaine.

– Évidemment, je la leur achète ! s'énerva Stephen. Offrez-leur dix dollars, elle ne vaut guère plus. Je veux également qu'ils soient interrogés. Qu'ils disent tout ce qu'ils savent.

L'affaire fut confiée à Amos Hill et Stephen regagna le fort. Le marchandage dura un bon moment, mais les Indiens finirent par céder et, après avoir répondu à toutes les questions, ils repartirent.

Jake Cutter s'approcha de la femme et lui parla doucement en espagnol, mais elle ne lui répondit que par des borborygmes.

– Que voulez-vous que nous fassions d'elle, mon capitaine ? s'enquit Amos Hill, faisant passer sa chique d'une joue à l'autre.
– Essayez d'apprendre d'où elle vient, et nous tâcherons de la renvoyer dans sa famille... Mais cela ne sera pas facile : ces sauvages lui ont coupé la langue !
Jake Cutter regagna le fort à grands pas, maudissant le monde.

Le retour de la patrouille tira le fort de sa léthargie. Les habitants vinrent regarder passer les hommes fourbus sur leurs montures grises de poussière. Cimmy Lou, au premier rang, un ballot de linge propre sous le bras, observa le défilé des cavaliers, n'y cherchant pas son mari puisqu'il ne rentrerait que la semaine suivante avec l'autre patrouille.
Quand Leroy Bitterman passa devant elle, il lui fit un petit signe de tête, son visage couleur d'ébène s'éclairant d'un sourire resplendissant sous la fine moustache noire.
Cimmy Lou le suivit un moment du regard puis se décida à aller le rejoindre tandis qu'il vérifiait les fers de sa monture. Il laissa retomber le lourd sabot à son approche.
– J'ai croisé votre mari, fit Leroy. Je lui ai demandé s'il désirait que je vous transmette un message, mais il ne m'a rien dit.
– On dirait que vous cherchez des histoires !
– Pas plus que vous, avec votre façon de balancer les hanches chaque fois que vous croisez un homme, rétorqua-t-il.
Cimmy Lou faillit se mettre en colère, mais se ravisa.
– Qui vous dit que c'est pour vous ? le défia-t-elle.
Leroy n'aima pas le tour que prenait la conversation et préféra changer de sujet.

– Où allez-vous comme ça ?
– Je vais porter son linge au commandant Wade.
– C'est lui qui vous intéresse, n'est-ce pas ? Ça n'a pas marché avec le capitaine Cutter, alors vous vous rabattez sur le commandant ! Ce n'est pas un homme blanc qu'il vous faut, Cimmy Lou. Abandonnez cette idée.
– Qui vous dit que je l'ai en tête ?
– Vous n'avez que cette idée-là en tête, je le sais très bien. Ce qu'il vous faut, c'est un homme, un vrai. Un homme qui ait tout pour vous combler.
– Et je suppose que cet homme, c'est vous !
– La vie militaire n'est pas faite pour des gens comme vous et moi, continua Leroy sans se démonter.
– Et que feriez-vous si vous n'étiez pas soldat ?
– Avant de m'engager, j'étais joueur professionnel. Je pourrais très bien recommencer dans le saloon d'une ville minière. Il y a beaucoup d'argent à ramasser. Vous savez combien les prospecteurs paient pour faire laver une chemise à Silver City ? Cinq dollars !
– Pour une seule chemise ?
– Parfaitement, cinq dollars, répéta Leroy en levant sa main aux doigts écartés devant le visage de Cimmy Lou. Alors qu'ici les officiers vous donnent seulement deux dollars pour laver tout leur linge.
Cimmy Lou passa son baluchon d'une hanche à l'autre et jeta un œil vers la cantine où les soldats commençaient à s'amasser.
– Si vous voulez manger quelque chose, fit-elle, vous feriez bien de vous dépêcher. Moi, j'ai mon linge à livrer.
Elle reprit son chemin en balançant des hanches.
La porte du logement des Wade avait été laissée grande ouverte pour permettre au moindre souffle

d'air de circuler. Cimmy Lou s'arrêta sur le seuil et appela :

– Delancy ? Vous êtes là ?

La réponse lui parvint de la cuisine, et Cimmy Lou entra. Une délicieuse odeur flottait dans la maison. La jeune femme gagna l'office, irrésistiblement attirée.

– Comme ça sent bon ! s'exclama-t-elle.

– Ce sont des pigeons. Je les ai farcis avec du riz et de la sauge. Le commandant adore ça.

– Je lui ai rapporté son linge, dit Cimmy Lou en songeant à l'éternelle ratatouille qui l'attendait dans sa tente.

– Allez le déposer dans la chambre et ne traînez pas. Le commandant serait furieux s'il vous trouvait en train de fouiller dans les affaires de Mme Wade.

La lavandière sortit de la cuisine avec un rire moqueur.

En l'absence du commandant Wade, Delancy l'avait laissée plusieurs fois fouiner dans les robes d'Hannah et même s'amuser à en essayer. Elle avait exploré toute la garde-robe et aimait tout particulièrement un grand châle gris perle, au crochet, dont le point ressemblait à des coquillages.

Cimmy Lou déposa son ballot de linge sur le lit et se précipita vers l'armoire pour en sortir son vêtement favori. Elle s'en drapa et alla s'admirer dans la glace de la coiffeuse, contournant sans y prêter attention la baignoire de cuivre qui attendait le commandant.

Le pas d'un cheval résonna; Cimmy Lou s'empressa d'aller remettre le châle à sa place. Elle entreprit ensuite de défaire son baluchon et de ranger soigneusement le linge dans les tiroirs de la commode.

– Delancy ! Où est le whisky ? fit la voix irritée de Stephen depuis le salon.

– Je vous l'apporte tout de suite, *sir*. Le dîner est prêt. Je vous ai fait des pigeons juste comme vous les aimez.
– Je m'en moque ! Je n'ai pas faim. Dépêchez-vous plutôt de m'apporter le whisky et allez vous occuper de mon cheval.
– Mais, commandant…
– Rompez !
Delancy sortit et Cimmy Lou demeura enfermée dans la chambre, écoutant, vaguement inquiète, le commandant qui faisait les cent pas dans le salon. Au martèlement de ses éperons sur le parquet, il était évident que sa colère n'était pas tombée.
Cimmy Lou repensa aux pigeons. Puisque le commandant ne les mangerait pas, peut-être pourrait-elle se glisser jusqu'à l'office et en chaparder un ?
Comme elle refermait sur elle la porte de la cuisine, la voix de Stephen retentit soudain :
– Delancy !
Cimmy Lou hésita un instant, puis se décida à sortir dans le vestibule.
– Delancy n'est pas là, commandant Wade, dit-elle à Stephen qui sortait du salon. Vous l'avez envoyé s'occuper de votre cheval.
– Ah oui, c'est vrai. C'est idiot, je voulais prendre un bain. Mais, au fait, que faites-vous ici ?
– J'ai rapporté votre linge. Voulez-vous que je vous mette de l'eau à chauffer ? La baignoire est dans votre chambre.
– C'est ça, merci.
Par cette chaleur, l'eau n'avait pas besoin d'être chaude, juste assez tiède pour délasser les muscles endoloris.
Cimmy Lou emmena la dernière bouilloire jusqu'à la chambre où Stephen était déjà assis dans son tub, un verre de whisky à la main, la

bouteille à demi vide posée près de lui sur le plancher. Il ne regarda même pas la servante lorsqu'elle versa l'eau chaude dans la baignoire.

Stephen avala encore une gorgée d'alcool et s'essuya la bouche du revers de la main.

– J'aurais bien besoin d'être rasé, fit-il, irrité.

– Voulez-vous que je le fasse ? C'est toujours moi qui rase mon mari, vous savez.

Stephen accepta et rejeta la tête en arrière, la nuque appuyée sur le rebord de la baignoire, les yeux fermés. Cimmy Lou enduisit ses joues de savon et se mit à l'œuvre. Tandis qu'elle rasait l'officier, seul le raclement du rasoir venait troubler le silence de la chambre.

Stephen ne disait pas un mot. Tout son corps paraissait incroyablement tendu et les plis de son front trahissaient les sombres pensées qui l'agitaient.

Cimmy Lou reposa le rasoir puis essuya le visage de Stephen à l'aide d'une serviette fraîche.

– Que croyez-vous qu'ils vont lui faire ? demanda Stephen, les yeux toujours fermés.

Cimmy Lou sut que la question ne requérait pas de réponse, de même qu'elle comprit de qui il parlait. En la posant, le commandant n'avait cherché qu'à exorciser ses angoisses, les chasser de son esprit en les exprimant à haute voix. Il voulait oublier. C'était aussi pour ça qu'il buvait. La jeune femme était passée maître dans l'art d'apporter l'oubli à un homme, qu'il fût noir ou blanc. La couleur de la peau ne changeait rien à l'affaire : tous les hommes étaient pareils.

– Pauvre commandant, murmura-t-elle en s'emparant du savon. (Elle commença à en enduire doucement le cou et les épaules de Stephen, massant chacun de ses muscles pour les libérer de leur pénible tension.) La vie s'est montrée bien cruelle envers vous récemment. Ce doit être très dur de n'avoir personne à qui se confier. Personne pour vous apporter un peu de réconfort.

– Non, personne, murmura-t-il.

– Cimmy Lou va s'occuper de vous, reprit la jeune femme d'une voix basse et sensuelle.

Cimmy Lou était fascinée par le grand corps blanc de l'officier. Ses doigts coururent sur le torse puissant, s'attardant dans l'épaisse toison dorée que l'eau faisait boucler sur les pectoraux. Ses mains descendirent ensuite sous la surface de l'eau et elle s'agenouilla pour mieux poursuivre son exploration.

Stephen rouvrit les paupières et observa la jeune Noire. L'eau du bain l'avait éclaboussée et son corsage humide était collé à sa lourde poitrine, révélant l'arrondi de ses seins.

– Vous allez être toute mouillée.

– Ça me rafraîchit, répondit-elle, pétrissant lentement les cuisses musclées.

– Vous savez que ma famille avait des esclaves ?

– Vous êtes du Sud ?

– De Saint Louis, mais nous avions des serviteurs noirs quand j'étais enfant. Ma nourrice était noire. Elle m'a nourri jusqu'à l'âge de deux ans, mais encore après, quand j'avais du chagrin, elle me prenait sur ses genoux, ouvrait son corsage et me laissait jouer avec sa poitrine.

Tout en parlant, Stephen étendit le bras et déboutonna le chemisier de la servante. Ses mains s'emparèrent des seins lourds et humides, les caressant paresseusement, éveillant d'un mouvement circulaire du pouce les pointes sombres et sensibles.

– C'est tout ce que vous faisiez ? le provoqua Cimmy Lou.

– Non, ce n'est pas tout...

Stephen prit Cimmy Lou par la taille, la fit se relever et la força à se pencher au-dessus de la baignoire. Alors sa bouche s'empara de ses seins et joua longtemps avec eux. La servante avait fermé les yeux. Les mains accrochées aux larges épaules de l'officier, elle se laissait aller à ses caresses, frissonnant au contact de sa moustache sur sa peau, s'abandonnant à sa bouche gourmande qui mordillait les pointes durcies de ses seins.

L'eau et le savon rendaient leur position précaire et Cimmy Lou finit par glisser dans la baignoire dans un grand bruit d'éclaboussures.

– Me voilà trempée de la tête aux pieds, rit-elle en en ressortant. Il va falloir que je retire mes vêtements pour les faire sécher.

Stephen la regarda se dévêtir lentement, admirant la superbe statue païenne qui se dressait devant lui.

– Je ferais bien de voir si je ne trouve pas quelque chose à me mettre en attendant, reprit-elle.

Tournant les talons, Cimmy Lou alla chercher son châle fétiche et s'en enveloppa. Elle entendit dans son dos Stephen sortir de son bain.

– Comment me trouvez-vous ? demanda-t-elle, lui faisant face, les deux pointes du châle croisées sur son ventre, ses seins jaillissant de l'échancrure.

– Très belle, répondit-il.

Un bref coup d'œil au ventre de Stephen prouva à la jeune femme qu'il la désirait ardemment. L'officier se rapprocha et se mit à la caresser, ses mains dessinant doucement l'arrondi de ses épaules, courant sur ses seins, s'emparant de ses hanches pleines pour la serrer contre lui.

Cimmy Lou l'entraîna jusqu'au lit où ils s'aimèrent avec violence. Il y avait chez elle une animalité qui permit à Stephen de donner libre cours à ses pulsions les plus secrètes. Loin de l'en dissuader, Cimmy Lou l'y encouragea du geste et de la voix.

Plus tard, épuisé, Stephen regarda la servante quitter le lit et ramasser ses affaires. Jamais une femme ne lui avait donné autant de plaisir. Pas même les prostituées qu'il avait connues en garnison.

– Cimmy Lou, dit-il, je... je veux te revoir.

– Peut-être.

Stephen comprit qu'elle laissait planer l'incertitude uniquement pour le provoquer et n'apprécia pas du tout. Après tout, il était un officier et elle une simple négresse !

– Combien te dois-je ? fit-il sèchement en s'emparant de son portefeuille.

– Je ne suis pas une putain, commandant Wade ! s'exclama Cimmy Lou. On ne peut pas m'acheter. Je me donne seulement si je le veux !

– Je te demande pardon, répondit Stephen, sincèrement surpris.

Cimmy Lou se radoucit :

– Maintenant, si vous voulez me faire un cadeau, je veux bien que vous me donniez ce châle.

Stephen hésitait à se séparer des affaires d'Hannah, mais il se souvint que jamais sa femme n'avait beaucoup aimé ce vêtement.

– Vas-y, prends-le.

– Si vous voulez, je le remettrai pour vous...

– Demain.

Cimmy Lou émit un rire insolent, mais Stephen savait qu'elle serait de nouveau là le lendemain soir.

9

Le lourd fagot de bois mort meurtrissait le dos d'Hannah. Il était maintenu par une lanière de cuir dont une boucle encerclait le front de la jeune femme.

Hannah s'arrêta pour souffler une minute : elle était presque arrivée au wigwam. D'où elle était, elle pouvait apercevoir Gatita accroupie sous l'auvent de branchages, occupée à préparer le repas du soir. Jamais son ventre ne lui avait paru si gros. De toute évidence, l'Indienne ne tarderait plus à accoucher.

Hannah se remit en marche. Quand elle atteignit le wigwam, Gatita poussa un petit cri et porta la main à son ventre.

– Vous avez mal ? demanda Hannah.

– C'est rien. Bébé donner coup de pied. Bébé fort. Garçon.

Une troupe de guerriers, Lutero à leur tête, fit irruption dans le village. Aussitôt, tous les Indiens se précipitèrent pour les accueillir mais, aux cris qu'ils poussaient, Hannah comprit que quelque chose d'inhabituel s'était produit. Elle s'approcha à son tour.

Lutero parlait avec une des squaws, Tourterelle Grise, et Hannah chercha son mari dans le groupe : il n'y était pas. Le cœur d'Hannah bondit dans sa poitrine en découvrant l'homme qui montait le cheval du guerrier manquant. Son visage était d'une pâleur mortelle et il posait un regard fou de terreur sur tout ce qui l'entourait.

Hannah se fraya aussitôt un chemin au milieu de la foule et s'approcha du prisonnier.

– Monsieur ! Monsieur ! cria-t-elle pour se faire entendre du jeune homme.

– Vous... Vous êtes blanche ?

– Oui. Je suis la femme de Stephen Wade. Le commandant Wade. Dites-lui que vous m'avez vue.

Hannah ne put en dire davantage. Lutero plaça son cheval entre elle et le captif et lui ordonna de déguerpir.

Hannah s'éloigna lentement, se retournant fréquemment pour observer où on emmenait le cowboy. Il fut jeté à bas de son cheval et, pieds et poings liés, abandonné en plein soleil au beau milieu du camp, sous la garde de deux guerriers. Tourterelle Grise, qui hurlait de chagrin et s'arrachait les cheveux, fut ramenée à son wigwam par les autres femmes.

N'écoutant que son courage, Hannah se saisit d'une outre d'eau et décida d'aller donner à boire au prisonnier. Comme elle s'approchait, le père de Gatita la saisit par le bras et la retint.

– Madame ! Madame ! cria le jeune homme. Que vont-ils me faire ?

– Je ne sais pas, eut-elle le temps de répondre avant d'être refoulée.

Le groupe des Indiennes revint, Tourterelle Grise à leur tête. Elles remirent le cow-boy debout.

– Au secours ! hurla-t-il. Madame ! Ne les laissez pas me torturer !

Hannah tenta encore une fois de l'approcher, mais cette fois ce fut Lutero qui s'interposa.

– Que vont-elles faire ? lui demanda-t-elle.

– Lui tuer Joue Coupée. Lui appartenir à Tourterelle Grise.

Impuissante, Hannah vit les femmes arracher les vêtements du jeune homme.

– Que vont-ils faire ? continuait-il à hurler.

Hannah l'ignorait. Allait-il devenir l'esclave de Tourterelle Grise ou allait-elle lui faire payer la mort de son mari ?

On apporta un fagot de bois mort près du prisonnier et Hannah frissonna en se souvenant de la terrible brûlure qu'on lui avait infligée. Maintenant encore elle en souffrait en faisant certains mouvements.

Mais les femmes ne mirent pas le feu au fagot. Elles le réduisirent en bâtonnets à la pointe acérée et, l'une après l'autre, les squaws plantèrent les fléchettes dans la chair du cow-boy. Ses hurlements étaient atroces et ils durèrent longtemps.

Quand les Indiennes eurent fini, l'homme ressemblait à un porc-épic. Tout son corps était hérissé de piquants, même son visage, dont seuls les yeux avaient été épargnés.

Hannah hurla d'épouvante en voyant soudain Tourterelle Grise s'approcher de la malheureuse victime en brandissant un tison. Elle voulut se précipiter à son secours, mais Lutero la retint d'une main d'acier, ses doigts s'enfonçant dans sa chair.

En l'espace d'une seconde, le cow-boy ne fut plus qu'une torche vivante qui se tordait sur le sol, une ignoble odeur de chair brûlée se répandant dans le village. Hannah fut prise de nausée et Lutero l'abandonna sur le sol au milieu de ses déjections.

Elle demeura longtemps prostrée dans la poussière, la tête vide. Pourquoi s'acharner à vivre alors qu'elle risquait à tout moment de finir comme ce malheureux cow-boy ?

– Viens ! fit soudain Gatita.

– Non, répondit Hannah en regardant l'Indienne droit dans les yeux. Comment peut-on tuer un homme ainsi ? Comment une femme peut-elle faire ça ?

Gatita fixa intensément son esclave puis s'accroupit près d'elle avec mille précautions.

– C'est la manière apache, dit-elle.

– De mettre le feu aux gens ! De les brûler vifs ! Personne ne mérite de mourir ainsi !

– Toi regarder désert, expliqua Gatita. Désert tuer comme ça : lentement. Pouvoir partir petit à petit. Homme mourir longtemps.

– Mais c'est de la folie !

– Non, pas folie. Ici pays apache. Beaucoup de pouvoir pour survivre. Quand homme blanc tuer Joue Coupée, lui prendre pouvoir de Tourterelle Grise. Elle se venger. Homme blanc mourir lentement et pouvoir bien revenir. Manière apache.

– Vous pourriez tuer comme ça, Gatita ?

– *Anh*, oui.

– Même des femmes ou des enfants ?

– Femmes et enfants, pas pouvoir.

Hannah pensa amèrement qu'au moins être une femme avait de bons côtés : cette mort ignominieuse lui serait épargnée.

– Demain, nous partir, l'informa Gatita.

Hannah reçut cette nouvelle avec soulagement. Il lui semblait qu'elle ne pourrait plus vivre en cet endroit sans entendre les hurlements du jeune homme immolé par le feu, ou sentir l'odeur écœurante de sa chair en flammes.

On était entré dans la saison des Fruits Nombreux et les Indiens avaient reconstruit leur village dans des collines où certains cactus, presque aussi grands que des arbres, portaient de nombreuses baies écarlates. Mais, ce jour-là, aucune des femmes proches de Gatita ne participait à la cueillette. Elles étaient toutes réunies dans le wigwam où l'Indienne allait accoucher. Respectant le tabou apache qui interdisait au mari de se trouver sous le même toit que sa belle-mère, Lutero n'assistait pas à l'événement.

Portant l'eau qu'elle venait de faire chauffer sur le feu de bois, Hannah pénétra dans le wigwam. Gatita était accroupie sur une vieille couverture et, à chaque contraction, s'accrochait à une barre de bois fixée au-dessus d'elle. La sage-femme, une vieille Indienne aux cheveux blancs, à la face toute ridée, lui avait donné à mâcher des feuilles de yucca pour faciliter la délivrance.

Hannah donna son eau à la mère de Gatita et alla s'asseoir dans un coin, désireuse d'assister à la naissance. Tout alla remarquablement vite et Gatita mit son enfant au monde sans un cri.

– *Ish-ke-ne*, fit la sage-femme.

– *Ish-ke-ne*, reprirent toutes les femmes en chœur, manifestement ravies.

C'était un garçon. Comme il n'avait pas encore commencé à respirer, Hannah s'attendait à ce que la sage-femme lui donnât une petite claque sur les fesses, mais elle préféra l'asperger d'eau froide. Le bébé ouvrit aussitôt la bouche, mais ne pleura pas. Les Indiennes approuvèrent cette attitude à grand renfort de hochements de tête.

L'enfant fut ensuite soigneusement baigné et enveloppé de bandelettes, puis confié à sa mère pour sa première tétée. Son repas terminé, le nourrisson bâilla à se décrocher la mâchoire et s'endormit aussitôt.

– *Go-yath-khla*, sourit Gatita.

Toutes les femmes approuvèrent. Hannah se demandait ce qui se passait. Gatita s'en rendit compte.

– Je l'ai appelé Dormeur, expliqua-t-elle en espagnol.

Le nom était bien choisi car, la première semaine, l'enfant ne fit que dormir.

Le soleil commençait à poindre à l'horizon, nimbant les crêtes du désert de reflets changeants. Stephen se dressa sur ses étriers et se retourna pour surveiller la colonne de ses hommes. Les lueurs du levant creusaient encore leurs visages émaciés après la longue marche forcée. La nuit leur avait permis de couvrir plus de trente kilomètres sans risque d'être remarqués.

Amos Hill le rejoignit du côté de son bon œil.

– Croyez-vous qu'ils nous aient déjà repérés ? demanda le commandant.

– Je l'ignore, répondit l'éclaireur. Mais ils sauront que nous sommes là dès que le jour se sera complètement levé.

– Oui, je sais, fit sombrement le commandant.

Il regarda encore ses hommes puis se tourna vers Jake Cutter qui frottait du revers de la main ses joues dévorées de barbe et de nuit.

– J'aurais bien besoin des services d'un barbier, murmura le capitaine. Combien pensez-vous qu'ils soient, Amos ?

– Nah-tay estime que la plupart des hommes sont partis chasser, répondit le borgne. Il en reste peut-être dix ou quinze, plus une trentaine de femmes et d'enfants.

Stephen observa le ciel qui blanchissait de plus en plus.

– En route, dit-il.

La colonne s'ébranla. Le sable du désert étouffait le pas des chevaux et l'on n'entendait que l'occasionnel tintement d'un mors ou le grincement du cuir d'une selle. Ils ne tardèrent pas à rejoindre Nah-tay et ses pisteurs puis, au détour d'une crête, ils découvrirent le village apache.

Les femmes commençaient à sortir des wigwams et à remettre du bois sur les feux mourants tandis que les enfants jouaient avec les chiens. Soudain, le silence de l'aube fut brisé par la charge de la cavalerie.

Femmes et enfants s'égaillèrent tandis que les rares guerriers restés au camp ouvraient le feu. L'échauffourée ne dura pas. Cinq guerriers apaches furent tués et douze autres faits prisonniers. Un détachement de soldats fut envoyé pour tenter de rattraper les éventuels fuyards.

Stephen arrêta son cheval au centre du camp, près d'un feu. Jake Cutter le rejoignit.

– Qu'on veille à ce que ce feu ne s'éteigne pas, fit le commandant. Je veux que tous ces wigwams soient réduits en cendres. Que tout soit détruit : armes, provisions, tout !

Le but était clair : priver les Indiens de toute possibilité de survie. Inhumain, mais efficace.

– Sergent ! cria Jake Cutter à l'adresse de John T. Hooker, mettez le feu au village !

– Bien, *sir*, répondit John, portant brièvement la main à sa visière.

Stephen se dirigea vers l'enclos des chevaux où les prisonniers avaient été parqués. Cutter l'y suivit.

– Ouvrez la barrière, ordonna le commandant au soldat de garde.

L'homme s'exécuta et Stephen entra au pas, passant en revue les Apaches qui s'y trouvaient.

– Je me demande comment il réagirait s'il découvrait un Indien portant un vêtement ayant appartenu à sa femme, souffla Amos Hill à l'oreille du capitaine.

– Il y a peu de chances que ça se produise, rétorqua le capitaine, toujours à voix basse.

– Il vérifie chaque cadavre avant même que les mouches ne s'y posent, poursuivit le chef des éclaireurs. J'ai rarement vu une telle obstination. Vous savez, capitaine, on dit qu'il y a vingt-cinq mille Apaches dans ces contrées, mais je parierais qu'il n'y en a pas plus de dix mille. Sans compter qu'un bon tiers est constitué de femmes et de vieillards qui ne peuvent plus se battre.

– Possible, fit Cutter, laconique comme toujours. (Comme John T. Hooker passait à portée de voix, il l'interpella :) Sergent, profitez donc de tout ce feu pour nous faire du café !

– Oui, mon capitaine.

Son inspection finie, Stephen sortit de l'enclos, et s'arrêta devant Amos Hill.

– Vous savez les questions qu'il faut poser, dit-il.

Sans attendre de réponse, le commandant Wade poursuivit son chemin.

– Comme si je ne les connaissais pas, grogna le vieux baroudeur du désert. Vous croyez vraiment, capitaine, qu'il espère encore retrouver sa femme ? Qu'a-t-il racheté la dernière fois ? Deux Mexicaines et un gamin aux cheveux blonds ?

– Quelque chose dans ce goût-là, commenta Cutter.

– Et l'une des deux femmes portait un *papoose*[1] dans le dos et l'autre en attendait un ! Quant au gamin, n'en parlons pas, il était encore plus sauvage à lui tout seul qu'une horde d'Apaches réunis. Ça me tue ! Le commandant ferait mieux d'abandonner.

– Mme Wade est une femme exceptionnelle, Amos, rétorqua Jake Cutter, se soulevant de sa selle pour prendre une position plus confortable.

– Ah non ! s'écria Amos Hill. Ne vous y mettez pas aussi ! Vous parlez d'elle comme si elle était toujours vivante !

– J'ai bien peur d'être resté trop longtemps en compagnie du commandant : son optimisme est contagieux !

1. *Papoose :* bébé chez les Indiens.

Jake Cutter fit faire demi-tour à sa monture et s'éloigna.

On avait transformé la grande salle de réunion de l'état-major en salle de bal à l'occasion de la tournée d'inspection du général Edward Hatch, à laquelle, bien sûr, toujours friand de sensationnel, Hy Boler assistait.

Au son de l'orchestre, officiers dans leurs uniformes de parade et dames dans leurs plus beaux atours évoluaient.

Après avoir ouvert le bal au bras de Mme Bettendorf, le général regagna le buffet où il faisait office de sentinelle auprès du saladier de punch. Le corps des officiers lui tenait compagnie, parmi lesquels se dressait la haute silhouette de Stephen Wade, son crêpe au bras droit plus émouvant que jamais.

– Il semblerait que la chasse ait été bonne, commandant, fit le général, emplissant une fois de plus son verre.

– La chance était avec nous, mon général. Nos éclaireurs ratissaient la contrée à la recherche des fuyards quand ils sont tombés sur un deuxième village de ces sauvages. J'ai aussitôt réuni mes hommes en apprenant cette nouvelle et nous leur avons fait rendre gorge.

– Remarquable mission, commandant Wade. Je vous en félicite, répondit le général. En deux semaines, vous avez anéanti sept villages, tué vingt Apaches et fait cinquante-deux prisonniers. Tout ça sans perdre un seul homme. C'est remarquable. Oui, tout à fait remarquable, répéta Edward Hatch, que l'alcool avait tendance à rendre passablement redondant.

– Merci infiniment, *sir*.

– Pas le moins du monde. Pour être honnête, commandant, vous êtes l'une des raisons qui m'ont incité à visiter ce fort. J'ai beaucoup entendu parler de vous ces derniers temps, notamment dans la presse. (Le général marqua un temps d'arrêt. Son regard se porta sur le crêpe de Stephen.) Évidemment, reprit-il, je ne suis pas resté indifférent au sort tragique de votre épouse. Regrettable. Tout à fait regrettable.

– Merci, fit sobrement Stephen, qui ne s'habituait pas à s'entendre rappeler son malheur.

– Vous n'êtes pas sans savoir que vous n'êtes pas seul dans cette terrible épreuve. Des milliers de gens vous soutiennent de leurs prières. Amis et inconnus.

– Oui, je sais. Depuis la disparition de mon épouse, après les articles parus dans la presse, j'ai reçu de nombreuses lettres de sympathie.

– C'est très bien. Tout à fait bien. Le général Pope me disait encore l'autre jour que nous avions besoin d'hommes comme vous aux postes de commandement. Qu'en pensez-vous ?

– Vous me voyez très honoré, s'inclina Stephen. Mais j'espère que vous comprendrez que dans l'immédiat je préférerais rester dans cette région. Je ne sais toujours pas ce qu'il est advenu de ma femme, et le moins que je puisse faire pour elle est de lui donner une sépulture chrétienne.

– Bien sûr. Bien sûr. Mais l'armée peut estimer qu'elle a besoin de vous ailleurs.

– Il est évident que j'obéirai toujours aux ordres, mon général.

– Je n'en attendais pas moins de vous. Pas moins. (Le général Hatch reporta son attention sur le groupe des officiers.) La stratégie que nous avons arrêtée contre les Apaches commence à porter ses fruits. À force de brûler leurs villages et de détruire leurs provisions, il est évident qu'avec l'hiver ils regagneront leurs réserves et finiront par accepter la paix. Ce qu'il faut, c'est les priver de nourriture et de chevaux.

– Connaissez-vous le vieil adage concernant les Apaches et les chevaux, mon général ? intervint Jake Cutter.

Edward Hatch examina l'intervenant de la tête aux pieds. Même parmi ses pairs, tiré à quatre épingles dans son uniforme d'apparat, Jake Cutter donnait toujours l'impression de ne faire que passer.

– Je ne crois pas le connaître, fit enfin le général. Non, je ne crois pas.

– Il dit qu'un Blanc peut monter un cheval jusqu'à ce qu'il tombe sous lui; un Mexicain peut encore le faire avancer de trente kilomètres, et un Apache encore quarante kilomètres avant que l'animal ne tombe mort. Alors, il le mangera et pourra lui-même poursuivre sa route à pied pendant deux cents autres kilomètres.

– Et où voulez-vous en venir ?

– Les Apaches ne sont ni des Comanches ni des Mescaleros. Si vous retirez son cheval à un Apache, il est deux fois plus dangereux. Pour ma part, je préfère combattre cinquante Apaches sur leur monture que dix à pied.

– C'est vrai qu'ils sont passés maîtres dans l'art du camouflage et qu'ils se déplacent sans qu'on les entende, concéda le général. Mais que voulez-vous dire ? Que nous faisons une erreur en pensant les forcer à se retrancher dans leurs réserves en les privant de leurs moyens de survie ?

– Je pense simplement que les hordes anéanties jusqu'à présent n'étaient pas celles qui commettent les pires exactions. Les Apaches que nous voulons neutraliser sont ceux de Juh et de Géronimo. Ceux-là passent la moitié de l'année de l'autre côté du Rio Grande, au Mexique, et se moquent de nous. Et je serais très surpris si ce n'était pas un groupe de ces Indiens-là qui a enlevé Mme Wade. Le seul moyen d'avoir la paix avec eux est de les écraser en un combat sans merci. Une victoire militaire, voilà la seule chose qu'ils comprendront.

Une toux gênée les interrompit.

– Je crains que nous n'ayons oublié qu'il s'agit d'un bal, fit le colonel Bettendorf. Voici une valse. L'un d'entre vous a-t-il aperçu ma femme ?

Les officiers suivirent l'exemple de leur supérieur. Jake Cutter quitta la salle : la danse n'avait jamais été une de ses distractions favorites.

Une heure plus tard, il arrêtait son cheval dans une ruelle de Silver City, devant une maison de piètre apparence.

Le son d'un piano s'échappait des fenêtres entrouvertes dont les rideaux tirés laissaient pourtant filtrer une lumière rose. En quelques enjambées, Jake Cutter gravit les degrés disjoints de la galerie et ouvrit la porte.

Deux prospecteurs, rasés de près, les cheveux gominés sur les tempes, se vautraient sur les sofas recouverts de velours pourpre. Cutter inclina la tête pour ne pas heurter le lustre de cristal qui pendait du plafond et entra.

– Hello, Cutter, dit la femme fardée qui jouait du piano. Si vous venez voir Cherry, elle est en haut. Nita a eu des problèmes avec un client. On joue dans l'arrière-salle, vous connaissez le chemin.

Cutter jeta un bref regard vers l'escalier puis se dirigea vers une porte dissimulée par une tenture.

– Je crois qu'un petit poker me fera du bien, dit-il.

Une heure plus tard, Cherry fit une brève apparition dans la pièce enfumée. Ses yeux qui avaient été beaux croisèrent ceux de Cutter, puis elle gagna son bureau, tout au fond de la maison.

La partie prit fin vers minuit. Jake Cutter

retourna au salon et se servit un whisky en attendant que les derniers clients s'en aillent. Du fond de son fauteuil, Cutter observa Cherry qui raccompagnait un retardataire dont l'état d'ébriété avancé rendait la progression difficile. Elle dut le soutenir par le bras. Cutter fit mine de se lever pour l'aider, mais elle l'arrêta d'un regard.

La porte enfin refermée, Cherry s'y adossa, laissant échapper un soupir.

– Le moins que l'on puisse dire, c'est que la vie est dure, murmura-t-elle, épuisée.

Elle traversa le salon, ramassa les verres qui traînaient un peu partout puis se laissa enfin tomber dans un fauteuil en face de l'officier.

– Un verre ? suggéra-t-il en lui tendant la bouteille.

– Merci. Rien que l'odeur de l'alcool me soulève le cœur. Nita ! Amène-moi une tasse de café ! (Cherry reporta son attention sur Cutter.) Pourquoi les hommes sont-ils tous des cloportes ? dit-elle.

– Si tu commences à te poser ce genre de question, tu ferais mieux de changer de métier.

– Et faire quoi ?

– Tu pourrais te marier.

– Dois-je prendre ça pour une demande ? ironisa-t-elle.

Cherry se laissa aller dans son fauteuil, passant une main lasse dans ses cheveux défaits.

– Je dois avoir l'air d'une vraie chiffonnière, soupira-t-elle.

– Si on enlevait toute cette poudre de riz, ces fards et ce khôl, je suis sûr qu'on trouverait une jolie femme.

Nita parut avec un plateau qu'elle déposa près du couple. Quand elle fut ressortie, Cherry regarda Jake.

– Ce n'est pas gentil de dire des choses pareilles,

murmura-t-elle. Cela donne envie à une femme d'en entendre d'autres, et je sais qu'en ce qui me concerne c'est impossible.

– Pourquoi ça ?

– Il est trop tard pour moi. Il fut un temps où j'aurais pu ouvrir cette porte et partir droit devant moi. Oublier ce métier. Et si tu me demandes pourquoi j'en suis arrivée là, dis-toi bien qu'évidemment c'est à cause d'un homme. Il m'a enlevée, j'étais consentante, et quelques centaines de kilomètres plus loin il m'a laissée tomber. Qu'est-ce que je pouvais faire ? Que peut faire une femme sans la protection d'un homme dans ce pays ? J'étais une fille perdue. Personne ne m'aurait prise comme répétitrice. On ne m'aurait même pas donné à repriser des chaussettes ! Je n'avais pas d'argent, nulle part où dormir. J'ai fait la seule chose qui me restait à faire.

– C'est ce que j'appelle une femme sensée, sourit Cutter en portant son verre à ses lèvres.

– Je vais finir par croire que tu penses sincèrement ce que tu dis.

– Mais je le pense réellement.

– Possible, répondit-elle en se levant. Mais, mon chéri, ce n'est pas une raison pour que ce soit gratuit ! Viens.

Cherry prit Jake Cutter par la main et l'entraîna à l'étage.

10

Avec l'arrivée du temps de la Terre Brune, la horde de Lutero se remit en marche.

Tandis que Lutero sondait la large rivière aux eaux rougeâtres à la recherche d'un gué, Hannah, en compagnie des autres Indiens, l'observait.

Lutero montait le hongre d'Hannah, mais l'animal, après ces mois passés dans le désert, n'était plus que le reflet du cheval gras et luisant qu'il avait été.

Hannah, que sa condition d'esclave obligeait à marcher, se tenait près du poney monté par Gatita.

– Quelle est cette rivière ? demanda-t-elle en espagnol, qu'elle parlait couramment à présent.

– Celle que vous appelez le Rio Grande, répondit l'Indienne. Là-bas, Mexique, ajouta-t-elle en tendant le doigt vers l'autre berge.

Hannah n'avait jamais vu le Rio Grande. Elle comprit qu'ils se trouvaient beaucoup plus à l'est qu'elle ne le pensait.

Le signal de la traversée fut donné et la troupe s'avança dans les eaux boueuses. Hannah ne parvenait pas à s'arracher de la berge. Là, elle était encore aux États-Unis. Sur l'autre rive, aucune juridiction américaine ne pourrait plus rien pour elle.

– Avance ! fit une voix derrière elle.

Un coup de pied la propulsa dans le fleuve, et la jeune femme se retrouva dans les tourbillons d'eau fangeuse, au milieu des chevaux. Elle ne put que s'accrocher à la queue du cheval de Gatita et bon gré mal gré atteignit l'autre bord.

Lorsqu'elle eut pris pied sur la terre ferme, Hannah se retourna une dernière fois et sa gorge se noua en apercevant ce qui avait été son pays.

La plupart du bois mort avait déjà été ramassé autour du campement. Chaque fois, Hannah devait aller de plus en plus loin pour en trouver. Comme la jeune femme ajoutait une nouvelle branche à sa brassée, son attention fut attirée par un bruit étrange : on aurait dit les pleurs d'un bébé. Dormeur s'était montré très capricieux ces temps derniers et Hannah crut qu'il s'agissait de lui. Mais, bizarrement, les cris ne provenaient pas du campement. Abandonnant son fagot, elle décida d'aller voir ce qui se passait.

Hannah découvrit l'enfant dans un bosquet à une cinquantaine de mètres du wigwam. Le panier d'osier dans lequel Gatita transportait habituellement son fils avait été accroché à une branche et, malgré les cris, nulle âme n'était en vue. Hannah décrocha l'enfant et le ramena au village en le berçant. Peu à peu, les cris du bébé se transformèrent en sanglots.

– Que fais-tu ? s'indigna Gatita en lui arrachant le panier des bras.

– Je l'ai trouvé là-bas, expliqua Hannah. Quelqu'un l'avait laissé accroché à un arbre et…

La jeune femme s'interrompit en voyant l'Indienne reprendre la direction du bosquet. Interloquée, Hannah la suivit tandis que l'enfant hurlait de plus belle sans pour autant émouvoir sa mère. Arrivée sous les arbres, Gatita resuspendit le panier à une branche.

– Vous n'allez tout de même pas le laisser là ! s'écria Hannah.

– Dormeur doit apprendre pas pleurer. C'est mal. Lui rester seul et arrêter.

– Mais…

– Si Dormeur pleurer, lui rien avoir. Si Dormeur sage, lui avoir. Pleurer mal : ennemi pouvoir entendre. Lui apprendre très jeune. Manière apache.

Hannah soupira. Décidément, les leçons apaches étaient toujours des leçons cruelles. Tentant d'oublier les hurlements déchirants du bébé, elle retourna à son bois mort.

Quand elle revint de sa corvée, Dormeur était toujours dans son panier mais cette fois accroché à un montant de l'auvent devant le wigwam. Il souriait et babillait gaiement.

Un bruit de cavalcade se fit entendre et une

troupe de guerriers apparut, poussant devant elle du bétail. La région n'était pas assez riche en gibier pour subvenir aux besoins des Apaches, aussi allaient-ils régulièrement voler des bêtes dans les fermes de part et d'autre du Rio Grande. Les animaux ainsi obtenus servaient de monnaie d'échange pour acquérir d'autres provisions. Il se trouvait toujours des Mexicains peu scrupuleux pour participer à ce troc. Quand l'un d'eux venait au village, Hannah était emmenée dans les collines et attachée pour qu'on ne la voie pas.

Hannah aperçut Lutero et frissonna involontairement. Elle ne pouvait voir son faciès aux traits grossiers sans repenser à l'innommable façon dont il l'avait à plusieurs reprises traitée. Pourtant, depuis longtemps l'Indien lui avait épargné ses avances. Il paraissait même garder ses distances le plus possible.

Hannah préféra s'éloigner tandis qu'une fête s'organisait pour célébrer le retour des guerriers.

Désormais, la jeune femme ressemblait à une Apache. Outre sa coiffure nattée et ses vêtements de peau, son teint, à force de soleil et de vie au grand air, avait pris une couleur brique qui ne la différenciait pas des autres Indiens. Elle avait même assimilé leurs gestes et leurs réflexes, et son vocabulaire apache s'accroissait de jour en jour.

Après la fête, des Mexicains vinrent au village pour commercer. Comme toujours, Hannah fut emmenée loin du camp et attachée à un tronc d'arbre. Elle y passa la nuit.

Le soleil était levé depuis une heure quand Gatita parut. Elle délia Hannah et lui tendit une gourde d'eau.

– Vite rentrer, fit l'Indienne. Nous partir.

– Pourquoi ? demanda Hannah.

– Lutero dire partir. Mexicain venu hier soir

pour échanger eau-de-feu dire Apaches tuer trop. Hommes blancs très en colère. Fouiller montagnes. Lutero voir corbeau dans le ciel. Mauvais signe. Nous partir.

– Mais qui a tué ? demanda encore Hannah.

– Juh. Lui fou. Lui cœur de haine.

« Cœur de haine. » L'expression frappa Hannah. Le nom de Juh lui remit soudain le capitaine Cutter en mémoire. Un instant, elle crut revoir ses traits énergiques, ses yeux incroyablement bleus dans son visage hâlé et les boucles brunes qui lui descendaient dans le cou.

Au camp, le travail ne manqua pas. Toutes les provisions furent mises sur les chevaux et les wigwams entièrement détruits. À chaque départ il en était ainsi : toute trace de leur passage devait être soigneusement effacée.

Hannah sursauta en entendant un coup de feu. Elle se demanda aussitôt quel Apache encore mal remis de la beuverie de la veille avait pu commettre une telle imprudence. Mais le coup de feu fut aussitôt suivi de beaucoup d'autres et une troupe de soldats mexicains déferla sur le village. Les Apaches empoignèrent immédiatement leurs armes et se dispersèrent pour se mettre à l'abri, tandis que, le cœur débordant de joie, Hannah se précipitait à la rencontre des attaquants.

– *Americana ! Americana !* se mit-elle à crier en agitant les bras.

Un cavalier se précipita sur elle et ce n'est que lorsqu'il leva son sabre que la jeune femme comprit qu'il ne cherchait qu'à la massacrer. Au dernier moment, Hannah fit un bond de côté. La lame siffla à ses oreilles, les lourds sabots du cheval la bousculèrent et elle tomba de tout son long sur le sol.

Avec sa peau brûlée par le soleil et ses vêtements, Hannah n'avait plus aucune chance que l'on reconnaisse en elle une femme blanche. Comme les autres, elle devait fuir !

Autour d'elle, c'était un vrai carnage. Hommes, femmes, enfants étaient impitoyablement massacrés à grands coups de sabre.

Soudain, la jeune femme entendit les gémissements d'un bébé affolé mais qui parvenait encore à retenir ses pleurs. Elle tourna la tête et aperçut Dormeur dans sa hotte accrochée à un poteau. Hannah se précipita, mais un soldat lui aussi avait repéré l'enfant et galopait vers lui en brandissant son sabre.

Hannah n'avait pas d'arme. Elle ne trouva qu'une jarre d'eau qu'elle jeta à la tête du cheval. Surpris, l'animal rua, désarçonnant son cavalier qui laissa échapper son sabre. Hannah s'en saisit et trancha les liens qui retenaient la hotte à son support. Puis, l'enfant dans les bras, elle partit en courant.

Le combat faisait rage. Les balles sifflaient de tous côtés et le sol était jonché de corps mutilés. La jeune femme finit par trouver refuge dans l'anfractuosité d'un rocher dissimulé par des broussailles.

De son refuge, Hannah assista à des scènes d'horreur que jamais elle ne pourrait oublier. La tête d'un enfant décapité vint rouler près du cadavre de sa mère éventrée, ses entrailles répandues dans la poussière. Partout où ses yeux se posaient, ce n'étaient que membres arrachés, blessés ensanglantés se traînant sur le sol avant d'être piétinés par les chevaux. Un soldat embrocha le fils de Tourterelle Grise et le transporta un moment au bout de sa lance, tel un sanglant étendard, avant de le jeter contre un rocher.

Quand la tuerie fut finie, les soldats mirent le feu au camp. Une âcre fumée vint se mêler à l'odeur fade et écœurante du sang et des entrailles. Hannah eut toutes les peines du monde à ne pas tousser, tandis que dans ses bras Dormeur s'agitait sans néanmoins émettre le moindre cri.

Pendant ce qui lui parut des heures, la jeune femme entendit les soldats courir autour d'elle. Puis un ordre fut crié en espagnol, le pas des chevaux décrut et l'on n'entendit plus que le crépitement des flammes.

Hannah demeura tapie au fond de sa cachette. Les vautours se mirent alors à tourner dans le ciel et peu à peu les cris d'autres animaux retentirent. Ce retour de la vie sauvage rassura la jeune femme : si les animaux se décidaient à revenir, c'est que les soldats étaient bel et bien partis.

Hannah sortit de sous son rocher, effrayant un vautour qui s'envola dans un lugubre claquement d'ailes. Elle aperçut alors Lutero qui errait parmi les décombres fumants, ce qui lui confirma le départ définitif de l'armée mexicaine.

Un peu plus loin, Gatita tournait en rond autour de ce qui avait été son wigwam. Hannah l'appela, soulagée de constater qu'elle avait survécu.

Gatita cria de joie en apercevant son enfant et courut pour le prendre dans ses bras. Elle se mit aussitôt à le câliner et retourna vers son mari pour qu'il puisse partager son bonheur. Quand le couple se tourna vers elle, Hannah put lire la gratitude, même dans les yeux de Lutero.

– *Asoog'd*, merci, dit Gatita.

Hannah sourit faiblement : pour la première fois ses tortionnaires se révélaient humains.

Elle reprit conscience de la boucherie qui avait eu lieu. Le spectacle qui s'offrait à elle était digne des pires cauchemars, et la pensée que des soldats aient pu s'en rendre coupables la bouleversait.

Sur les quinze Apaches massacrés, seuls trois

d'entre eux étaient des hommes. Les corps furent emportés dans la montagne et murés dans des anfractuosités de rochers. Du campement, rien ne put être sauvé. Il ne restait aux survivants que les vêtements qu'ils portaient sur eux et quelques armes. On retrouva deux poneys qui s'étaient enfuis lors de l'attaque : ils serviraient de nourriture le temps de rejoindre l'autre rive du Rio Grande où les Apaches avaient caché des provisions pour passer l'hiver.

La troupe partit à pied, se dissimulant fréquemment pour éviter les patrouilles de soldats qui arpentaient la région. La faim, la soif et la fatigue furent leurs uniques compagnons durant ce périlleux périple.

Ils atteignirent le fleuve par une froide nuit d'hiver et, lorsqu'ils furent sur la rive américaine, Hannah fut soulagée de penser qu'ils étaient désormais hors de portée de l'armée mexicaine : sauvés.

Les Indiens retrouvèrent leurs réserves de nourriture et se réinstallèrent à l'emplacement où Hannah avait été amenée lors de sa capture. Le haut plateau, entouré de falaises, leur assurait un refuge quasi imprenable.

Leurs maigres réserves ne leur permettaient pas de manger vraiment à leur faim. Hannah s'endormait souvent le ventre creux, blottie près du feu de bois, tandis que du wigwam lui parvenaient les protestations de Dormeur : Gatita n'avait plus assez de lait.

Lutero et ses hommes revinrent un jour d'un raid avec un butin considérable. Dix chevaux et une vingtaine de veaux occupèrent le plateau, et de ce jour la vie reprit un rythme normal. Les guerriers avaient également rapporté du riz, de la farine et des couvertures en grand nombre. Hannah s'en vit même donner une ! Elle ne chercha pas à savoir qui avait fait les frais de ce pillage.

Un matin, vers la fin de l'hiver, Hannah revenait de sa corvée d'eau quand elle croisa Lutero sur son chemin. C'était la troisième fois qu'ils se rencontraient ainsi seul à seul en dehors du village, en l'espace d'une semaine.

Comme elle arrivait à sa hauteur, Lutero tendit soudain les mains vers elle. Pensant qu'il voulait la molester, Hannah fit un bond en arrière, mais elle s'aperçut qu'il lui donnait un lapin. Préparer la nourriture étant une tâche féminine, la jeune femme prit l'animal et poursuivit son chemin sans que l'Apache la suivît.

Rentrée au village, Hannah prépara le lapin à la façon apache. Elle le fit d'abord rôtir sur le feu sans le dépouiller puis le dépeça et le mit à bouillir. Quand la cuisson fut terminée, elle l'apporta à Lutero qui taillait des flèches devant son wigwam.

– *Enju*, c'est bien, dit-il.

La jeune femme retourna à ses travaux.

Le soir, comme elle pétrissait des galettes, Gatita s'approcha et s'accroupit près d'elle.

– Mon mari m'a parlé, annonça-t-elle gravement. Il veut t'épouser. Tu m'appartiens, alors il a demandé à moi. Il t'a donné nourriture et tu l'as préparée. C'est signe que tu veux lui. Toi travailler dur. Bien apprendre la manière apache. Toi sauver Dormeur. Moi bien vouloir Lutero épouser toi.

– Mais je suis déjà mariée ! s'exclama Hannah, ne cherchant même pas à expliquer qu'elle ignorait la coutume concernant la cuisson du lapin.

– Ton mari, homme blanc. Pas compter.

– Et si je ne veux pas épouser Lutero ?

– Alors, toi folle.

– Je vais réfléchir.

Hannah se rendait compte que cette proposition était un honneur et signifiait qu'elle était maintenant acceptée dans la tribu. Son refus serait une insulte.

Il fallait regarder les choses en face. Ce n'était qu'en s'adaptant qu'elle avait réussi à survivre. La jeune femme ne savait pas depuis combien de temps elle vivait parmi les Apaches, ni quand cette situation prendrait fin. Peut-être jamais. Épouser Lutero améliorerait considérablement ses conditions de vie...

Mais comment accepter de devenir la femme de celui qui l'avait si atrocement violée ?

Bizarrement, Hannah avait l'impression qu'il y avait désormais deux femmes en elle. Celle que Lutero avait jadis violentée et qui était son ennemie; et celle qui depuis la tragédie mexicaine avait lutté avec lui pour la survie de la horde. Cette deuxième femme ne pouvait plus haïr Lutero autant que la première.

Ses galettes terminées, Hannah les plaça dans une corbeille et entra dans le wigwam. Gatita l'observa et les deux femmes se regardèrent longuement. Finalement, Hannah hocha la tête.

– *Enju*, fit l'Indienne. C'est bien.

La coutume voulait que le mariage ait lieu dans les deux jours suivant la demande. Durant toute la cérémonie, Hannah demeura silencieuse aux côtés de Lutero tandis que les Apaches dansaient et chantaient devant eux. Enfin, deux chevaux furent amenés et les nouveaux époux y prirent place. Ils devaient passer les premiers jours seuls, loin du village, pour apprendre à se connaître.

En s'éloignant sur sa monture, la jeune femme n'avait pas l'impression d'être infidèle à Stephen. Il ne s'agissait que d'une question de survie. Hannah Wade n'appartenait pas à cette réalité-là.

11

Lutero et Hannah descendirent du haut plateau pour gagner une région de profonds canyons. L'Indien emmena ainsi sa nouvelle épouse jusqu'à un wigwam tout neuf, dissimulé par des pins et des buissons de genévriers. Tandis que l'Apache s'occupait de leurs chevaux, Hannah pénétra dans l'abri. Des provisions pour plusieurs jours et des ustensiles de cuisine avaient été installés près d'un foyer rudimentaire. Une ouverture dans le toit permettait à la fumée de s'échapper. Dans un coin, un grand lit de branchages était recouvert d'une couverture.

– Ça te plaît ? demanda Lutero, venu la rejoindre.

Hannah dut faire un effort pour ne pas reculer à son approche et opina du chef.

– Je vais allumer le feu, fit l'Indien en s'accroupissant devant l'âtre.

Déjà, dehors, le soleil hivernal déclinait et les ombres s'allongeaient. Ils avaient apporté de quoi manger pour leur première nuit et Hannah déballa leur dîner, tandis que Lutero s'activait.

Il avait rassemblé quelques poignées d'herbes sèches, des copeaux d'écorce, et frottait un bout de bois contre un autre. Cette méthode pour faire du feu prenait beaucoup de temps, mais les Indiens la préféraient aux allumettes qu'ils pouvaient trouver sur leurs victimes.

Le feu démarré, ils mangèrent en silence. À plusieurs reprises, Hannah sentit Lutero l'observer sans que pourtant leurs regards se croisent.

Le trou dans le toit découpait un carré de ciel mauve et seules les flammes éclairaient l'intérieur du wigwam. Lutero mastiquait lentement en regardant le feu et, en observant ses traits grossiers, les longs cheveux noirs qui lui descendaient au milieu du dos, Hannah sentit monter en elle l'appréhension. Incapable de manger davantage, la jeune femme repoussa la nourriture qui lui restait.

– Tu ne manges plus ?

– Non, je n'ai plus faim.

– Moi non plus. Plus faim. (Lutero continua à fixer le feu en silence tandis qu'Hannah rangeait, puis il se leva et se drapa d'une couverture.) Je vais voir les chevaux, dit-il. Tu viens.

Hannah hésita brièvement puis le suivit dehors.

Le désert baignait dans cette nuit violette que la jeune femme avait appris à aimer.

– Lune se lever, fit Lutero en levant la tête vers le croissant étincelant qui apparaissait à l'horizon.

– Il va faire froid, dit-elle.

– Froid ?

Lutero souleva un pan de sa couverture et voulut en couvrir les épaules d'Hannah. Instinctivement, elle se recula.

– Tu as peur de moi ?

– Non.

– Alors viens où il fait chaud.

De nouveau, Lutero souleva sa couverture et attendit bras tendus que la jeune femme vienne contre lui. Hannah réunit son courage et se rapprocha, réprimant un frisson en sentant le corps musculeux de l'Indien contre le sien.

Elle comprit soudain qu'elle était dans la situation des millions de femmes qui se marient uniquement pour avoir un toit et la certitude du lendemain, et qui considèrent les rapports physiques comme un mal nécessaire. Depuis l'enfance on les persuadait qu'elles ne pouvaient vivre sans la protection d'un homme et elles s'y soumettaient.

C'était une idée toute neuve pour Hannah, et elle n'avait pas fini de la ressasser.

– Tard. Rentrer.

Hannah suivit son pas, refusant de penser au bras puissant qui encerclait sa taille.

Rentrés dans le wigwam faiblement éclairé par le feu, ils se déshabillèrent sans se regarder et la jeune femme rejoignit Lutero sous les couvertures.

Se mordant les lèvres pour ne pas protester, les yeux fixés sur le carré de ciel étoilé découpé dans le toit, Hannah se laissa faire...

Durant les cinq jours qui suivirent, ils ne se quittèrent pratiquement pas, partageant les tâches ménagères, se promenant dans la montagne sans jamais quitter l'abri du canyon encaissé qu'ils avaient élu.

Lutero parlait beaucoup, racontant le plus souvent des histoires de raids héroïques qu'Hannah écoutait distraitement, se contentant de sourire ou de hocher la tête de temps à autre.

– Demain, *ugashé*, annonça Lutero.

Hannah en fut soulagée, même si elle devait admettre que la compagnie de Lutero n'était pas aussi odieuse qu'elle l'avait redouté. Il lui arrivait même de la trouver parfois plaisante.

– Veux-tu ta maison ? demanda l'Apache.

– Je ne comprends pas.

– Veux-tu vivre dans maison avec première femme ou maison séparée ?

– Séparée, s'empressa-t-elle de répondre.

– *Anh*, oui, sourit Lutero d'un air entendu. Deux femmes souvent difficile vivre ensemble. Même sœurs. Combat.

– *Anh*.

Hannah songea qu'après avoir construit et détruit de nombreux wigwams à chaque changement de camp, cela lui ferait un drôle d'effet de construire le sien.

– Regarde ! fit soudain Lutero en montrant du doigt une paroi rocheuse.

La jeune femme fixa la falaise sans comprendre.

– Je ne vois rien, dit-elle.

– Abeilles faire ruche très haut pour empêcher Indien prendre le miel. Mais regarde !

Lutero gravit la roche verticale avec l'agilité d'un chat, tirant parti de la moindre aspérité. En quelques minutes, il fut sous la ruche. Il arracha une branche morte à un arbuste qui poussait là et d'un coup sec décrocha l'essaim qui vint rouler non loin d'Hannah.

À toute autre époque de l'année, les abeilles se fussent échappées, furieuses et menaçantes, mais, engourdies par l'hiver, elles ne bougèrent pas.

L'essaim s'était cassé en deux morceaux inégaux. Revenu près d'Hannah, Lutero s'empara des deux moitiés et les secoua pour les débarrasser des insectes, puis il prit la jeune femme par la main et partit en courant.

Lorsqu'ils furent hors de portée des abeilles, l'Apache tendit le plus gros morceau à Hannah.

La jeune femme mordit à pleines dents dans le rayon parfumé, le miel liquide dégoulinant aux commissures de ses lèvres.

– C'est bon, fit-elle, gourmande.

– Miel très bon pour femmes. Ventre devenir plus grand pour contenir bébé.

Hannah perdit tout plaisir à manger en entendant ces mots. Bien sûr, elle ne croyait pas à cette superstition, mais l'idée d'être enceinte de Lutero la terrifiait.

– Nous commencer à faire *papoose*, reprit l'Indien. Beaucoup de fois pour faire tous les morceaux.

Debout près du poêle, dans le salon des Goodson, Stephen Wade sirotait un verre de porto. Il regarda une fois de plus par la fenêtre en direction de ses appartements où, vingt minutes plus tôt, une lumière s'était allumée. À intervalles réguliers, les cris des sentinelles déchiraient la nuit.

Le matin même, le capitaine Jake Cutter était parti en patrouille en emmenant le sergent John T. Hooker. Comme chaque fois que son mari était absent, Cimmy Lou venait lui rendre visite, et cette lumière à sa fenêtre lui rappelait qu'elle l'attendait.

Cela faisait vingt minutes que Stephen mourait d'envie d'aller retrouver Cimmy Lou, mais il lui fallait encore attendre un peu pour prendre décemment congé de ses hôtes. Il termina son porto.

– Je ne sais comment vous remercier d'une soirée aussi agréable, dit-il enfin.

– Tout le plaisir fut pour nous, commandant, minauda Maude Goodson.

– Allons, vous n'allez pas nous quitter comme ça, intervint son mari. Vous reprendrez bien un peu de porto.

– Non, je vous remercie, répondit Stephen en posant son verre vide sur une console. J'ai beaucoup de retard dans ma correspondance, aussi j'espère que vous voudrez bien me pardonner de vous quitter si tôt.

Maude Goodson émit les protestations d'usage, son mari préférant se taire pour ne pas contrarier un supérieur, et enfin l'ordonnance apporta le chapeau, les gants et la capote de Stephen.

Il s'arrêta sur la galerie pour relever son col et regarda la lune qui découpait la silhouette austère des baraquements du fort... Quelle tristesse qu'Hannah ne soit pas là ! Ils avaient tant rêvé tous les deux de pouvoir quitter Fort Bayard ! Et maintenant que Stephen se voyait enfin sur le point d'obtenir une promotion, sa femme n'était plus à ses côtés pour partager sa joie.

Le commandant Wade poussa un profond soupir et se dirigea vers ses quartiers. Si seulement il retrouvait Hannah ! Il ne lui resterait plus qu'à chercher une solution pour que Cimmy Lou les suive dans leur nouvelle affectation.

Pour Stephen, Hannah et la jeune Noire n'étaient pas incompatibles. De tout temps, les officiers avaient eu des maîtresses, et ses relations avec Cimmy Lou ne remettaient absolument pas en cause la dévotion qu'il avait pour sa femme.

Arrivé chez lui, Stephen jeta gants et chapeau sur un meuble et gagna à grands pas la chambre tout en déboutonnant sa capote. Sur le seuil, il se pétrifia.

– Bonsoir, commandant Wade. Je suis vraiment ravie de vous voir arriver enfin, fit Cimmy Lou, imitant de son mieux les intonations d'une dame.

La jeune femme fit une révérence maladroite dans un grand bruissement de soie puce rehaussée de fils d'or.

Le sang du commandant ne fit qu'un tour en la découvrant dans la robe qu'Hannah portait à leur dernière soirée.

– Sale traînée ! hurla-t-il. Que fais-tu dans cette robe ? Retire-la immédiatement. (Stephen jeta son manteau et marcha sur la jeune femme.) J'ai dit : retire ça !

Terrorisée, Cimmy Lou recula mais, en l'espace d'une seconde, Stephen fut sur elle et lui arracha le vêtement dont il garda les lambeaux entre ses mains crispées, le regard fixe.

Il prit soudain conscience du bruit que faisait Cimmy Lou en enfilant sa robe de simple coton bleu et se retourna. Elle se dirigeait vers la porte.

– Où vas-tu ? demanda-t-il, le sourcil froncé.

– Je m'en vais.

– Reviens !

– Je ne vous appartiens pas, commandant. Je

viens ici de mon plein gré et je n'y remettrai plus les pieds.

– Cimmy Lou, attends ! cria Stephen. Je ne veux pas que tu t'en ailles. Si c'est une robe que tu veux, je t'en achèterai une !

– Je n'attends rien de vous ! Plus maintenant !

Cimmy Lou claqua la porte derrière elle, décrocha son châle de laine de la patère du vestibule et sortit par la grande porte au lieu de s'éclipser par la cuisine comme elle le faisait d'habitude.

Les pans du châle serrés contre sa poitrine, elle se dépêcha de rentrer à sa tente, prenant le raccourci qui passait derrière les baraquements de l'allée des Vapeurs.

Une silhouette se détachant soudain d'un renfoncement la fit sursauter, mais elle ne tarda pas à identifier l'homme.

– Leroy Bitterman, vous ne devriez pas surgir ainsi sans prévenir ! J'ai cru un instant qu'il s'agissait d'un Apache.

– On dirait que vous laissez le commandant bien tôt, aujourd'hui.

– Tôt ou tard, cela ne vous regarde pas ! (Cimmy Lou voulut poursuivre son chemin, mais le soldat s'interposa.) Laissez-moi passer !

– Je trouve que vous allez voir le commandant bien souvent quand votre mari n'est pas là. Je me demande quel service vous pouvez bien lui rendre si tard.

– Vous n'êtes qu'un sale espion, cingla la lavandière. (Elle tenta de le contourner, mais Leroy la saisit aux épaules.) Leroy Bitterman ! Laissez-moi partir ou je crie !

– Non, tu ne crieras pas.

Cimmy Lou voulut protester, mais la bouche de l'homme s'écrasa sur la sienne. La jeune femme détourna aussitôt le visage, mais une main la saisit aux cheveux et de nouveau les lèvres implacables revinrent à la charge.

Cimmy Lou se débattit, lui donnant des coups de pied et lui griffant le visage, révoltée de voir qu'après le commandant le soldat la considérait à son tour comme un objet.

Leroy étouffa un cri et la frappa sauvagement au visage.

Cimmy Lou renonça alors à lutter et demeura immobile, les yeux fermés, la tête emprisonnée par les mains du soldat.

– Tu passes ton temps à te jouer des hommes, dit Leroy. Tu vas de l'un à l'autre et tu n'en as jamais assez. Moi, je peux te donner ce qui te manque, et quand tu l'auras eu tu ne pourras plus t'en passer. Regarde-moi !

La jeune Noire garda les yeux obstinément fermés.

La bouche de l'homme revint à l'attaque, mordant ses lèvres, tentant de sa langue de forcer le barrage des dents serrées.

– Embrasse-moi, ordonna-t-il en vain.

Cimmy Lou demeura de glace, ravie de voir la colère et la frustration de Leroy. Il finit par la lâcher.

– Sale petite pute ! cracha-t-il. Tu mériterais que je te jette à quatre pattes sur le sol et que je te prenne comme la chienne que tu es ! Va-t'en ! Je ne veux pas de toi !

– Tu n'es qu'un menteur, Leroy, le provoqua-t-elle, une main s'attardant sous sa ceinture. Au contraire, tu me veux !

Cimmy Lou s'éloigna en balançant des hanches, son rire moqueur s'égrenant dans la nuit.

De retour au campement, Hannah choisit un emplacement un peu à l'écart et y édifia son wigwam.

La jeune femme redoutait un peu l'accueil de Gatita, mais il fut tout à fait cordial : le choix de Lutero la satisfaisait.

Généralement, les Apaches choisissaient leur seconde femme parmi les sœurs de la première. Le mari devant prendre en charge les familles de ses épouses, cela limitait les responsabilités. Hannah, en tant qu'esclave, n'avait pas de famille. Elle était donc l'élue la plus économique.

Son wigwam achevé, Hannah partit en quête des ustensiles indispensables à sa cuisine. Elle alla trouver Petite Poire, qui faisait des poteries, pour en obtenir quelques-unes en échange de la viande séchée que lui avait donnée Lutero.

Elle trouva Petite Poire en train de préparer des remèdes, car elle faisait aussi office de sage-femme.

– Que faites-vous ? demanda Hannah en s'accroupissant près du feu.

– Je fais médecine pour laver squaw après naissance *papoose*.

– Vous pouvez rendre une femme fertile, n'est-ce pas ?

– *Anh*.

– Et si une femme ne veut pas de *papoose*, vous pouvez l'aider aussi ?

– *Anh*. Il y a potion pour ça, avec pierres du désert.

– Vous voudriez bien m'en faire ? demanda Hannah.

Petite Poire la dévisagea longuement sans rien répondre.

– *Anh*, dit-elle enfin. J'irai chercher pierres du désert pour toi.

Hannah donna sa viande séchée à Petite Poire, préférant l'échanger contre la potion en question plutôt que contre quelques poteries.

12

– Alors, sergent Hooker, qu'en pensez-vous ?

Le capitaine Cutter passa les jumelles au sergent et continua de fixer le sentier qui zigzaguait le long de la falaise à travers les éboulis.

John T. Hooker inspecta longtemps le passage et abaissa ses jumelles.

– Si les Apaches nous surprennent en train de gravir cette falaise, ils pourront nous tirer comme des lapins, dit-il.

– C'est également ce que je pense, répondit le capitaine.

Les deux hommes dégringolèrent de leur promontoire et allèrent retrouver le reste du détachement dissimulé au fond du canyon.

Arrivé en bas, Jake Cutter inspecta rapidement ses troupes. Les soldats, après une semaine dans le désert, commençaient à être passablement fatigués. Cinq chevaux étaient déjà morts d'épuisement et cela faisait autant de fantassins.

– Croyez-vous que ce soit le repaire des Apaches qui ont volé du bétail l'autre fois ? demanda à Cutter le lieutenant Sotsworth.

– C'est bien possible, fit Cutter, observant le visage buriné du jeune officier. Sergent Hooker, poursuivit-il, qu'on attache soigneusement les chevaux. Je ne veux aucune fumée. Pas de feu, même pas de cigarette. Dites aux hommes de prendre le maximum de repos. Ils vont avoir besoin de toutes leurs forces.

Le sergent salua brièvement avant de s'éloigner. La voix du lieutenant s'éleva alors, hésitante :

– Excusez-moi, *sir*, mais les ordres étaient très clairs concernant la poursuite des...

– Je suis parfaitement au courant des ordres ! coupa sèchement Jake Cutter. Mais dites-vous bien, lieutenant, que même le commandant Wade renoncerait à monter à l'assaut de cette falaise en plein jour.

– Loin de moi l'idée de suggérer...

– C'est pourtant ce que vous alliez faire. Mais sachez que je m'en moque. Je sais très bien que vous espérez profiter de la faveur de Wade et quitter avec lui ce régiment. Je n'y vois personnellement aucun inconvénient, mais, en attendant, tâchez de ne pas vous mettre en travers de mon chemin.

Cutter tourna les talons et alla rejoindre Nah-tay qui gardait la squaw qu'il avait capturée avec deux de ses pisteurs. Le capitaine observa l'Indienne. Il ignorait comment les pisteurs s'y étaient pris pour qu'elle révèle l'emplacement du village apache et préférait ne pas le savoir.

– Demandez-lui s'il existe un autre accès que ce sentier pour atteindre le plateau.

Nah-tay pressa la femme de questions. L'Indienne, drapée dans une couverture, se contentait de hocher négativement la tête à chacune d'entre elles.

– Elle dit que non, annonça enfin Nah-tay.

– Envoyez deux de vos hommes vérifier si elle dit vrai, répondit Jake Cutter.

De sa botte, il ménagea un espace de sable lisse sur le sol.

– Dites-lui de nous dessiner la configuration du camp.

L'Indienne donna ses informations au compte-gouttes mais, poussée par Nah-tay, elle finit par dessiner du bout du doigt un plan succinct du plateau avec l'emplacement du village.

Le sergent Hooker les rejoignit.

– Je suppose que cela signifie que nous allons monter, commenta-t-il, après avoir regardé le sol.

– Exact, répondit Cutter. La squaw jure qu'il n'y a pas d'autre accès que celui-ci, poursuivit-il en désignant un point de la carte avec un bâton. Elle dit aussi qu'il n'y a pas de sentinelles. Dès que la nuit sera tombée, nous escaladerons la falaise. Une fois en haut, nous nous déploierons ainsi. (Il traça un arc de cercle dans le sable.) Nous chargerons à l'aube. S'il n'y a effectivement qu'une seule issue, les Apaches seront pris au piège.

– À moins que nous ne tombions dans un des leurs.

Les regards des deux hommes se croisèrent sans un mot. Ils se comprenaient parfaitement et se respectaient. Après plusieurs années passées ensemble, Jake Cutter et John T. Hooker avaient atteint le maximum de complicité qui puisse exister entre un soldat noir et un officier blanc.

N'ayant pas le droit de faire du feu, les hommes n'eurent ni café ni repas chaud. Ils se contentèrent de l'eau tiède de leurs gourdes et de viande séchée. Quand le jour déclina, aucune flamme ne les préserva du froid.

Dès l'apparition des premières étoiles, la patrouille monta à l'assaut de la falaise, laissant derrière elle une poignée d'hommes pour garder la prisonnière et les chevaux.

Leurs bottes enveloppées de chiffons pour étouffer le bruit de leurs pas, les soldats commencèrent l'escalade des éboulis.

Nah-tay et ses pisteurs ouvraient la marche, suivis de Jake Cutter qui précédait ses hommes. Le lieutenant Sotsworth fermait le cortège.

Tendus par l'action, les hommes étaient terriblement conscients du moindre bruit. Une pierre roulant sous une botte retentissait à leurs oreilles avec le fracas d'une avalanche et un ululement de chouette devenait le cri d'alarme d'un Indien tapi dans l'ombre.

Ils n'en atteignirent pas moins le sommet de la falaise sans encombre et y attendirent en silence les premiers rayons du soleil. Dès qu'il fit assez clair, Jake Cutter donna le signal de l'attaque.

En entendant le premier coup de feu, Hannah s'arrêta, incrédule. Le raid de l'armée mexicaine était encore trop présent à sa mémoire pour qu'elle puisse admettre que cela recommençait. Non, ce n'était pas possible ! Les blessures venaient tout juste de se cicatriser et ils pouvaient à peine manger de nouveau à leur faim !

Lutero se jeta dans le wigwam et en ressortit avec sa carabine. Hannah fut jetée dans l'action quand Gatita arriva en courant et lui mit la hotte contenant Dormeur dans les bras. Elle ne dit pas un mot à Hannah mais se contenta de lui indiquer d'un geste la direction opposée aux coups de feu.

Avant d'être enceinte, Gatita avait été une guerrière, et elle s'empressa de s'emparer d'une arme et d'aller rejoindre son mari.

Autour de la jeune femme, les Indiens fuyaient de toute part. Certains tentèrent de contourner les attaquants pour atteindre l'unique chemin menant au haut plateau. Hannah chercha fébrilement un endroit où se dissimuler comme elle l'avait fait la dernière fois au Mexique.

Elle partit en courant, le bébé dans les bras, et à cinq cents mètres du campement trouva des arbres abattus sous les branchages desquels elle tenta de se cacher de son mieux.

Bien après que les armes se furent tues, Hannah demeura dans sa cachette. Elle entendit des hommes marcher et des voix s'interpeller mais, plutôt que d'essayer de comprendre ce qui se disait, la jeune femme cherchait à savoir à quelle distance les hommes se trouvaient d'elle.

Le temps du Fantôme était venu. La terre n'était plus qu'un camaïeu de bruns et de gris dans lequel Hannah, vêtue de peaux, paraissait se fondre.

Des pas dans les hautes herbes sèches près des arbres où elle s'était tapie firent frissonner la jeune femme. Recroquevillée sur elle-même, l'enfant contre son ventre, Hannah aurait voulu disparaître sous les feuilles mortes. Avec le moins de bruit possible, la jeune femme souleva le pan de la couverture qui dissimulait son visage. Elle entraperçut le bas d'un pantalon d'uniforme bleu marine.

Soudain, Dormeur émit un bruit de succion en mordant son petit poing. Si discret qu'ait été le son, les jambes du soldat s'immobilisèrent dans l'herbe. Hannah laissa retomber la couverture sur son visage et retint son souffle.

La jeune femme sentit le sol vibrer sous sa joue comme l'homme s'approchait. L'instant d'après, les branchages qui la recouvraient furent soulevés et elle reçut un coup dans les jambes.

– Ça suffit, je te vois, fit une voix. Sors de là !

Hannah se redressa, serrant toujours Dormeur contre elle, et découvrit le visage d'un soldat noir. Déjà un autre le rejoignait et tous deux braquaient sur elle le canon de leurs armes.

L'homme lui avait parlé en espagnol et Hannah répondit spontanément dans la même langue.

– Ne tirez pas. Je me rends.

La jeune femme n'y comprenait plus rien. Certes, les soldats portaient des uniformes bleus, mais elle ne reconnaissait plus les insignes de l'armée des États-Unis. Elle comprenait ce qu'ils se disaient sans pouvoir identifier leur langue.

– Hé, Kirby ! fit un soldat, comme Hannah sortait de sa cachette. Viens voir, elle ne ressemble pas à une Apache.

– C'est vrai, t'as raison, dit l'autre.

– J'ai l'impression que nous sommes tombés sur une de leurs Mexicaines. Tu ferais mieux d'aller prévenir le sergent. N'ayez pas peur, reprit-il en espagnol à l'adresse d'Hannah. Nous ne vous ferons pas de mal. Venez simplement avec nous.

L'accent du Sud créa soudain un déclic dans l'esprit d'Hannah. Elle prit enfin conscience de l'uniforme du soldat et des insignes.

– *Sir*, fit-elle, le mot anglais lui paraissant étrange dans sa propre bouche, de quel régiment êtes-vous ? Le Neuvième ?

L'homme l'observa brusquement, médusé.

– Êtes-vous... êtes-vous blanche ?

– Qui vous commande ? reprit Hannah, regardant en direction du camp. Où est votre officier ? Conduisez-moi à lui. Tout de suite.

À mesure qu'elle parlait, sa voix s'était peu à peu affermie.

– Bien, madame.

Tournant les talons, le soldat noir lui ouvrit le chemin.

Jake Cutter savourait l'arôme du cigare qu'il s'était retenu d'allumer depuis la veille au soir. John T. Hooker le rejoignit au milieu du village dévasté.

– Combien avons-nous de blessés ? demanda le capitaine Cutter.

– Quatre, mon capitaine. Mais aucune blessure mortelle. Ces Apaches avaient une prisonnière mexicaine avec eux. House est en train de la ramener ici. Comme vous parlez espagnol, vous feriez peut-être bien de venir l'interroger.

– C'est bon, je vous suis.

Jake Cutter vit la femme arriver à travers la fumée bleutée de son cigare. Un homme de troupe l'escortait. Vêtue comme une Indienne, elle tenait dans ses bras une hotte d'osier abritant un enfant, mais quelque chose dans sa démarche, dans sa façon de se tenir, troubla l'officier. Ce n'est que lorsqu'ils furent à quelques mètres l'un de l'autre que Jake Cutter comprit l'importance de sa découverte. Il s'immobilisa, fixa les yeux bruns de la jeune femme et ôta son cigare de ses lèvres.

– Hannah... murmura-t-il, l'appelant par son prénom, comme il en avait pris l'habitude depuis qu'elle avait disparu. Hannah Wade, se ressaisit-il.

– Capitaine... Jake Cutter, n'est-ce pas ?

Les yeux bruns de la jeune femme étaient incroyablement brillants. Elle remonta le pan de sa couverture et prit soudain conscience de son accoutrement.

– Ils m'ont pris tous mes vêtements, fit-elle, pathétique.

Jake Cutter sourit gentiment.

– Ne vous excusez pas pour votre tenue, madame Wade. Nous n'étions même pas certains que vous soyez encore vivante.

– Mon mari... Stephen... Va-t-il bien ?

– Rassurez-vous, il est en bonne santé.

Jake Cutter aurait pu ajouter que Stephen souffrait de son absence, qu'il espérait toujours la retrouver, mais, sans pouvoir se l'expliquer, il s'abstint. Il prit soudain conscience de la hotte qu'Hannah serrait contre elle et un muscle tressaillit dans sa mâchoire volontaire.

– Cet enfant est-il à vous ? demanda-t-il.

– Non, répondit simplement la jeune femme. (Elle comprit brusquement ce que la question du capitaine laissait sous-entendre et le regarda droit dans les yeux.) C'est le fils de Lutero, expliqua-t-elle, et de sa femme, Gatita.

– Je pense qu'il vaudrait mieux confier cet enfant à l'une des prisonnières, dit Cutter. Sergent, dites à l'un de vos hommes d'aller donner ce bébé à une squaw.

John T. Hooker s'approcha pour prendre Dormeur et Hannah le lui tendit. Elle ne put s'empêcher de suivre des yeux le soldat et le bébé lorsqu'ils partirent.

– Les Apaches s'en occuperont, la rassura le capitaine. Peut-être ses parents font-ils même partie des prisonniers, ajouta-t-il, bien qu'il n'ait pas remarqué Lutero parmi les captifs.

– Bien sûr, répondit Hannah, mal à l'aise.

La couverture qui la recouvrait toujours glissa sur ses épaules, découvrant son visage. Jake Cutter vit le bandeau qui ceignait son front par-dessus les cheveux divisés en deux lourdes nattes. Il ne put s'empêcher de penser que cette coiffure primitive lui allait bien.

– Nous avons fait du café. En aimeriez-vous une tasse ?

– Avec plaisir. Cela fait bien longtemps que je n'ai pas bu d'« eau noire », sourit-elle faiblement.

– Je vous préviens, c'est le café de la troupe. Il est très fort, dit Jake Cutter, cherchant à meubler la conversation.

Près de lui, Hannah Wade avançait à grands pas, de cette démarche souple et silencieuse des Indiens. Plus rien chez elle ne rappelait les petits pas précieux de la grande dame entravée par ses lourds jupons.

Du coin de l'œil, Jake Cutter aperçut deux de ses soldats se diriger vers les wigwams, des torches à la main. Il ne fit que noter ce détail, tant il était naturel que l'on mette le feu aux campements indiens avant d'emmener les prisonniers à leurs réserves.

– Que font-ils ? dit soudain Hannah.

– Ils mettent le feu aux huttes.
– Non ! s'écria Hannah, révoltée. Arrêtez-les ! Vous ne pouvez pas laisser faire ça !
Jake Cutter fronça le sourcil, mais déjà Hannah partait en courant vers les soldats, le vent soulevant sa jupe de daim, révélant ses cuisses bronzées au-dessus des hauts mocassins.
En quelques enjambées, Cutter la rattrapa et s'étonna d'avoir tant de mal à la maîtriser. Jamais il ne l'aurait crue aussi forte.
– Madame Wade. Hannah ! Ce sont les ordres.
La jeune femme se débattait de toutes ses forces, mais déjà les flammes crépitaient autour d'eux et une fumée âcre les enveloppait.
– Vous devez les arrêter, dit-elle, cessant de lutter. Vous ne pouvez nous brûler tout encore une fois. Nous avons toutes nos réserves de nourriture dans nos wigwams. Nous...
– Assez ! Hannah, arrêtez ! Vous n'êtes plus l'une d'entre eux. Vous n'êtes pas une Apache ! cria Cutter, la secouant violemment jusqu'à ce qu'elle reprenne conscience de la réalité.
Hannah recula de plusieurs pas, la tête baissée. Elle ne savait plus où elle en était. Allait-elle rester à tout jamais coincée entre la femme qu'elle avait été et celle qu'on l'avait obligée à être pendant près d'un an ? Il lui semblait que des années-lumière séparaient la fausse Apache d'aujourd'hui de la délicate Mme Wade de jadis.
– Que diriez-vous d'un peu de café, maintenant, madame ? fit doucement Jake Cutter.
Hannah croyait encore sentir la poigne de l'officier sur ses épaules. Elle redressa lentement la tête et observa son visage énergique, buriné par le soleil et le vent du désert.
– Oui, soupira-t-elle, cela me fera du bien.
La jeune femme suivit le capitaine jusqu'au feu et s'accroupit, s'asseyant souplement sur ses

talons. Lorsque Jake Cutter prit place sur un rocher près d'elle et lui tendit un quart empli de liquide fumant, Hannah s'avisa qu'il ne seyait pas à une femme d'officier d'être assise à même le sol ou presque.

Hannah observa Cutter tout en buvant. Que pensait-il d'elle ? Il était impossible de lire quoi que ce soit sur son visage.

Le vent les enveloppa soudain d'un nuage de fumée et la jeune femme tourna la tête vers les wigwams qui achevaient de se consumer.

– Il y a deux mois, expliqua-t-elle au capitaine qui l'observait attentivement, l'armée mexicaine nous a attaqués. Ils ont tout brûlé : nourriture, couvertures, vêtements, armes, paniers, poteries, tout... Ils ont même jeté les morts dans le feu. Ils ont massacré tous ceux qui se trouvaient à leur portée. Après, il ne restait plus que l'odeur de l'incendie, du sang... l'odeur de la mort.

– Je comprends, murmura Jake Cutter.

– Vous croyez vraiment ! s'insurgea-t-elle. Quand j'ai aperçu ce jour-là leurs uniformes, j'ai couru vers eux. Je croyais que j'allais enfin être sauvée. Mais ce qu'ils voulaient, c'était tuer ! Hommes, femmes, vieillards, enfants. Tous devaient y passer, qu'ils soient blancs, noirs ou rouges !

La colère d'Hannah retomba soudain et elle demeura silencieuse, les yeux fixés sur sa tasse de café.

– Ils ont essayé de vous tuer aussi, devina Cutter.

– Oui, fit la jeune femme en portant une main tremblante à son front. Alors que j'attendais depuis si longtemps...

Hannah étouffa un sanglot et refoula courageusement les larmes qui lui montaient aux yeux.

– C'est fini, maintenant.

– Oui...

– Quelque chose m'a toujours dit que vous vous en tireriez, madame Wade. Vous n'êtes pas de ces êtres que l'on peut briser.

Cutter termina son café et posa son quart sur le sol.

– Nous partirons dans une heure pour regagner le fort avec les prisonniers, dit-il en se levant. Nous n'avons pas assez de chevaux, nous prendrons les poneys des Apaches. Voulez-vous bien en monter un ?

– Bien sûr, capitaine. J'y suis habituée depuis le temps.

Hannah regarda Jake Cutter s'éloigner pour converser un moment avec ses hommes. Elle était heureuse de se trouver un peu seule.

Une heure plus tard, la jeune femme montait un poney bai sur lequel elle avait sauté avec souplesse sans même penser qu'on aurait pu l'aider. Sa jupe relevée découvrait ses cuisses brunes et musclées, mais là encore elle ne se rendait pas compte que sa tenue était indécente pour une femme de sa condition. Ce furent les regards des soldats qui le lui firent comprendre. Mais que pouvait-elle y faire ? Hannah se contenta de redresser fièrement le menton et de regarder droit devant elle.

Le capitaine Jake Cutter vint à sa hauteur pour lui proposer de chevaucher avec lui à l'avant de la colonne. Hannah accepta avec reconnaissance.

Les prisonniers apaches avançaient à pied, aussi bien les vieillards que les enfants, et les blessés étaient transportés sur des brancards rudimentaires.

– À ce train, dit le capitaine, j'ai bien peur que nous n'arrivions pas au fort avant demain midi. J'aurais aimé vous permettre de partir devant, mais je n'ai pas assez d'hommes pour assurer correctement votre sécurité.

– Je comprends tout à fait, capitaine, répondit Hannah qui, bizarrement, n'était pas pressée de retrouver Fort Bayard.

Cette nuit-là, on bivouaqua au bord de la rivière Gila. Il restait peu de nourriture et on utilisa jusqu'aux dernières rations. Quand un soldat noir porta à manger aux prisonniers, Hannah l'accompagna.

La jeune femme aperçut Gatita parmi les captifs, Dormeur installé dans sa hotte d'osier sur le dos de l'Indienne.

– Il n'est pas là, fit la voix de Jake Cutter, près de la jeune femme.

Hannah ne chercha pas à lui faire croire qu'elle n'avait pas compris à qui il faisait allusion et, lorsque l'officier la prit doucement par le coude, elle se laissa ramener jusqu'au feu.

– Lutero s'est échappé, expliqua Cutter. Il n'était pas non plus parmi les morts.

– Vous savez, n'est-ce pas ? fit Hannah. Comment l'avez-vous appris ?

– Les pisteurs ont interrogé les prisonniers. Ils ont raconté que Lutero avait fait de vous sa squaw. De toute façon, je ne pense pas que vous auriez gardé le silence. Pas vous, ajouta-t-il avec ferveur.

– Moi ? Mais qui suis-je, capitaine ?

– Une femme qui a survécu là où beaucoup auraient péri.

– Merci, murmura Hannah.

La jeune femme frissonna. Autour d'eux, le désert étirait ses ombres étranges, le ciel étoilé découpant les lignes inhospitalières des montagnes. Hannah prit conscience soudain que jamais plus elle ne se sentirait totalement en sécurité où que ce soit.

– J'ai du mal à croire que je rentre chez moi, murmura-t-elle. (Brusquement, ses yeux s'emplirent de larmes.) Excusez-moi, capitaine, fit-elle en essuyant ses joues. Tout semble si doux après ce que j'ai vécu...

– Madame Wade, après les épreuves que vous avez traversées, je me serais inquiété de ne pas vous voir pleurer.

Cette compréhension eut raison des dernières défenses de la jeune femme. Le capitaine la prit chastement dans ses bras et elle se laissa aller enfin, sanglotant contre sa poitrine.

– Votre mari a bien de la chance, madame Wade, dit Jake Cutter avec difficulté.

Près du feu de camp, le sergent Hooker les observait. En voyant l'incroyable rigidité de Cutter, il comprit qu'il s'empêchait de caresser doucement le dos et les cheveux de la jeune femme. Le sergent détourna le regard et saisit un tison pour allumer sa pipe.

Près de lui, le lieutenant Sotsworth avait lui aussi observé la scène.

– Je me demande combien d'Apaches lui sont passés dessus, murmura-t-il entre deux gorgées de bière. Elle va avoir du mal à s'en passer maintenant.

– À votre place, lieutenant, fit Hooker, glacial, je m'abstiendrais de faire ce genre de remarque devant le capitaine !

13

Percevant la nervosité de sa cavalière, le poney d'Hannah se mit à broncher lorsqu'ils arrivèrent en vue du fort. Le capitaine Jake Cutter observa la jeune femme à la dérobée.

Bien qu'habillée comme une Indienne, montant comme une Indienne, son regard fier et son maintien altier rappelaient toujours l'inflexible et courageuse femme d'officier qu'il avait connue.

Un peu plus tôt dans la journée, Cutter avait envoyé une estafette à Fort Bayard pour annoncer le retour de la patrouille et surtout pour prévenir le commandant Wade que l'on avait retrouvé sa femme. Jake Cutter sentait qu'Hannah mourait d'envie de partir au galop mais comprenait aussi pourquoi elle ne le faisait pas : elle avait trop honte de son accoutrement.

Ils atteignirent enfin l'esplanade et Jake Cutter aperçut Stephen Wade debout à l'ombre d'une galerie. Il étouffa un juron en découvrant que l'officier portait toujours son crêpe au bras droit.

Comme toujours l'entrée de la patrouille tira le fort de sa torpeur, mais la présence d'une femme d'officier habillée en Apache, la jupe de peau relevée sur ses jambes nues, transforma vite cette agitation en stupeur. Ceux qui couraient vers les soldats s'immobilisèrent, bouche bée, les yeux rivés sur la jeune femme.

Jake Cutter ordonna à son lieutenant de s'occuper des prisonniers indiens puis accompagna Hannah jusqu'à la galerie où se tenait toujours Stephen Wade. D'autres officiers attendaient un peu à l'écart près de lui, sous l'auvent.

Stephen se décida enfin à venir à leur rencontre. Il s'empara des rênes du poney indien et posa un regard incrédule et profondément troublé sur la cavalière.

– Stephen !

Le sourire qu'Hannah retenait depuis si longtemps illumina enfin son visage et elle sauta prestement à bas de sa monture.

Cutter à son tour descendit de cheval et prit

la bride du poney. Il ne tenait pas à être témoin des retrouvailles.

Stephen Wade prit la jeune femme aux épaules et la maintint à bout de bras, scrutant le visage brûlé de soleil, le bandeau qui retenait les lourdes nattes, la tunique frangée, la jupe trop courte au-dessus des mocassins usés.

– Hannah, souffla-t-il, c'est bien toi ?

Jake Cutter ne put pas ne pas entendre, et une colère noire l'envahit. Stephen ne pouvait-il pas prendre sa femme dans ses bras ? Ne se rendait-il pas compte qu'elle n'attendait que ça ? Ne voyait-il pas ses grands yeux tristes.

Les secondes parurent s'éterniser. Enfin, l'officier prit Hannah contre lui et la serra de toutes ses forces. La jeune femme se laissa aller contre sa poitrine, riant et pleurant de joie, tandis que ses bras se nouaient spontanément autour de son cou.

Stephen mit fin à leur étreinte et prit le visage de sa femme entre ses grandes mains, la dévorant des yeux.

– Nous allons rentrer chez nous, dit-il. La maison m'a paru si vide sans toi ! Je suis sûr que tu veux te débarrasser de ces vêtements et prendre un bain… Te laver de l'odeur de ces sauvages.

Stephen détourna la tête et appela Jake Cutter.

– Cutter ! Pouvez-vous dire à Cimmy Lou de venir à nos appartements ?

– Bien, *sir*.

Jake Cutter remonta sur son cheval et salua Hannah en portant brièvement la main au bord de son chapeau.

– Merci, capitaine, sourit Hannah.

Jake Cutter sourit à son tour et la jeune femme retrouva dans son regard bleu clair le calme et la compréhension qui lui avaient été d'un si grand secours depuis sa délivrance.

– Cutter, reprit Stephen, faites aussi venir le docteur Griswald. J'aimerais qu'il t'examine, poursuivit-il à l'adresse d'Hannah, afin d'être sûr que tu es en bonne santé.

– Je n'ai rien, fit-elle. Je vais très bien... maintenant.

Comme Cutter s'éloignait en emportant le poney d'Hannah, le commandant Wade cria encore :

– Je voudrais vous parler, capitaine ! Passez me voir tout à l'heure.

– Bien, *sir*.

Jake Cutter eut encore le temps d'apercevoir l'officier et sa femme se diriger main dans la main vers leurs appartements, puis il ne tarda pas à atteindre l'infirmerie. Comme beaucoup de gens à Fort Bayard, le docteur Griswald était sorti sur le pas de sa porte pour voir ce qui se passait.

– Le commandant Wade voudrait que vous passiez chez lui pour examiner sa femme.

– Je m'attendais à ça quand je vous ai vu revenir avec elle, répondit le médecin en s'emparant de la sacoche de cuir noir qu'il avait posée à ses pieds. Je suppose qu'après son séjour chez les Apaches elle souffre de graves troubles psychiques. Quel dommage, une femme si distinguée !

– Je pense que vous la trouverez parfaitement saine de corps et d'esprit, rétorqua froidement Jake Cutter.

Il salua brièvement le médecin et reprit sa route. Le capitaine gagna l'allée des Vapeurs, où les enfants noirs jouaient dans la poussière, agitant des bâtons en guise de sabres et poursuivant d'invisibles Indiens. Jake Cutter sourit en les voyant se précipiter vers le poney. Tant que les prisonniers apaches n'auraient pas été renvoyés dans leur réserve, on aurait des problèmes avec les enfants. Ils n'auraient de cesse de se faufiler jusqu'à l'enclos où l'on gardait les captifs pour voir ces « sauvages » que leurs pères combattaient.

Cutter s'arrêta devant la troisième tente, descendit de cheval et tendit les rênes à une fillette d'une dizaine d'années.

– Ne les laisse pas s'échapper, sourit-il à l'enfant, ravie de se voir préférée aux garçons par l'officier.

Jake Cutter ôta son chapeau, passa une main dans ses épaisses boucles brunes et jeta un œil par la porte de la tente. Cimmy Lou repassait à sa table tandis que d'autres fers chauffaient sur le poêle à bois.

– Mais je rêve, se moqua la jeune Noire. C'est le vaillant capitaine Cutter !

Cimmy Lou mit son fer au chaud et traversa la tente en se déhanchant.

– J'ai vu la patrouille revenir, poursuivit-elle, mais je ne m'attendais pas à ce que vous arriviez ici avant John !

Elle s'arrêta devant l'officier et il aperçut une ecchymose au coin de son menton.

– Qui vous a frappée ?

Cimmy Lou détourna aussitôt la tête pour masquer son bleu, mais Jake Cutter la força à le regarder.

– Personne, fit-elle, je me suis cognée dans un poteau.

– Et comment s'appelle ce poteau ? insista l'officier.

– Toujours aussi perspicace, capitaine, ricana Cimmy Lou en se dégageant et en reculant de quelques pas.

– Un jour votre mari finira par tuer quelqu'un à cause de vous, avant même de se rendre compte que vous n'en valez pas la peine !

– Qui vous permet de dire ça ? Ce n'est tout de même pas ma faute s'il part pendant des semaines, parfois des mois ! Une femme finit par s'ennuyer de rester ainsi toute seule. Et n'essayez pas de me faire croire que mon John ne se trouverait pas de la « compagnie » s'il en avait l'occasion !

– Madame Hooker...

– Pourquoi ne m'appelez-vous pas Cimmy Lou comme tout le monde ? coupa la jeune femme.

– Madame Hooker, le commandant Wade demande que vous passiez chez lui. Vous le savez probablement, nous avons ramené Mme Wade, et le commandant souhaite que vous veniez l'aider.

– Elle ne m'a pas paru en trop mauvais état, ironisa Cimmy Lou. Peut-être s'est-elle rendu compte que son enlèvement avait de bons côtés. A-t-elle raconté ce qu'ils lui ont fait ?

Jake Cutter détourna la tête, dégoûté.

– Le commandant Wade vous attend, cingla-t-il.

La jeune Noire retint l'officier par le bras.

– Vous ne prenez pas votre linge pendant que vous êtes là ?

– D'accord, répondit le capitaine, après un moment d'hésitation.

Cimmy Lou traversa la tente et revint, un ballot de linge dans les bras.

– Ça fait cinq dollars.

L'officier fouilla dans sa poche et sortit une pièce d'or qu'il tendit à la lavandière.

– J'ai les bras chargés, lui fit remarquer Cimmy Lou, posant sur lui un regard de braise. Pourquoi ne mettez-vous pas l'argent là où tous les autres officiers le mettent ? Là, entre mes seins.

La jeune femme tenait la pile de linge serrée contre elle, son poids faisant saillir sa poitrine opulente dans l'échancrure de son corsage. Jake Cutter hésita, puis étendit le bras et laissa tomber la pièce entre les lourds globes noirs et luisants.

– Je crois que je ne vous comprendrai jamais, capitaine, fit Cimmy Lou, désappointée. Les autres officiers cherchent un moment avant de trouver le bon endroit. Qu'est-ce qui vous rend si supérieur ?

– Au revoir, madame Hooker, dit Cutter en prenant ses vêtements.

– C'est parce que je prends l'initiative que ça ne vous plaît pas ? Laissez-moi vous dire quelque chose, capitaine, et c'est valable pour toutes les femmes, quelle que soit la couleur de leur peau : ce sont toujours elles qui choisissent. Les hommes croient faire les premiers pas, mais ils n'arriveraient à rien si on ne les laissait pas faire. John vous tient pour quelqu'un d'extraordinaire, mais pour moi, vous êtes juste un homme, et rien de plus.

– C'est possible, madame Hooker, mais le problème est que j'ai plus de respect que vous pour votre mari.

Cette fois, Jake Cutter sortit de la tente et rejoignit la fillette qui gardait les chevaux. Son linge sous le bras, il sauta en selle. Cimmy Lou s'approcha tandis qu'il cherchait ses étriers.

– Combien de temps êtes-vous resté parti en patrouille ? demanda-t-elle, posant une main sur la cuisse de l'officier.

Malgré lui, Jake Cutter sentit son sang courir plus vite dans ses veines et, conscient de son trouble, son cheval s'agita.

– Pourquoi croyez-vous que votre cheval s'excite ainsi ? rit Cimmy Lou.

Le capitaine s'en alla, poursuivi par le rire moqueur de la lavandière. À mi-chemin de l'allée, il croisa John T. Hooker et ils échangèrent un bref salut.

Tout était si délicieusement familier ! Hannah allait de pièce en pièce, caressant un meuble, soulevant un bibelot pour le reposer. Elle avait oublié bien des choses, mais tout lui revenait avec une extraordinaire netteté. Elle fit ainsi le tour du salon et s'arrêta devant Stephen.

– Chaque chose est restée exactement là où tu l'as laissée, sourit-il. Rien n'a bougé.

Hannah fut touchée par cette preuve de sa fidélité. Elle contempla le visage de son mari, y découvrant la trace de ses épreuves.

– Tu as maigri, murmura-t-elle.

D'une main tremblante d'émotion, la jeune femme caressa le mâle visage, en redessinant chacun des traits. Soudain, Stephen arrêta sa main et en fixa la paume, jadis si douce, aujourd'hui calleuse.

– T'ont-ils fait mal ? demanda-t-il, les dents serrées.

– C'est fini, maintenant, répondit Hannah, refusant de se rappeler son martyre.

Elle se rapprocha encore, avide de le sentir contre elle, assoiffée de ses baisers, mais Stephen ferma les yeux.

– À certains moments, dit-il, j'ai bien cru que je ne te reverrais jamais.

– Je sais.

– Comment le sais-tu ?

– À cause de ton crêpe... À moins que quelqu'un ne soit mort dans ta famille ?

– Non, personne n'est mort, répondit-il, s'écartant pour ôter le ruban noir de sa manche. Cela me permettait de me souvenir en permanence de toi, expliqua-t-il. Où que j'aille, quoi que je fasse, ta pensée était toujours avec moi. Quels que soient ma douleur et mon chagrin, je savais qu'ils n'étaient rien comparés à ce que tu endurais. Tu comprends ? (Stephen posa sur Hannah un regard vide puis se ressaisit.) Il est temps que tu changes de vêtements. Où donc est Cimmy Lou ? Elle devrait être là depuis longtemps ! J'ai demandé à

Delancy de faire chauffer de l'eau pour ton bain. Je vais aller voir où ça en est.

Restée seule, Hannah erra encore un moment dans le salon, puis s'arrêta devant le miroir. Malgré son hâle et son accoutrement, elle se reconnut. Elle se souvint alors de la dernière fois où elle s'était vue dans cette glace : c'était le soir de la réception donnée pour les Sloane. Mais où était passée l'élégante jeune femme au teint de lis et de rose ? Les traits que lui renvoyait le miroir étaient les mêmes, mais elle n'arrivait pas à retrouver ce que cette autre Hannah Wade pensait à l'époque, ce qu'elle pouvait ressentir, croire. Qui était cette femme aux manières impeccables, à l'éducation exquise et qui ignorait incroyablement tout de la vie ?

Hannah se détourna et observa le salon, parfaite image d'un passé révolu. Certes, elle n'avait pas complètement changé. Son amour et sa fidélité envers Stephen étaient demeurés intacts, mais une pensée horrible l'angoissait : elle ne pourrait plus jamais être l'autre Hannah Wade. Elle ne savait plus qui était cette femme.

Cimmy Lou arriva enfin et Delancy la fit entrer par la porte de derrière.

En découvrant son bain, Hannah resta médusée. Elle avait oublié qu'il fallait tant d'eau pour remplir une baignoire. Après ces longs mois passés dans le désert, une telle profusion lui parut presque indécente.

Hannah se dévêtit sans la moindre pudeur et se glissa dans l'eau merveilleusement tiède.

– Mon Dieu, mam' Wade, comment avez-vous fait pour avoir de telles cicatrices ? s'exclama Cimmy Lou. Est-ce que c'est les Indiens qui vous ont fait ça ?

– Oui, répondit Hannah, croyant revoir soudain le tison rougeoyant s'approcher d'elle. J'avais essayé de m'enfuir et ils m'ont punie.

– Je parie que vous n'avez plus jamais essayé de vous échapper.

– Seulement une fois, expliqua la jeune femme en se savonnant. C'était quand l'armée mexicaine nous a attaqués. Je me suis précipitée vers les soldats, pensant qu'ils me délivreraient, mais ils m'ont prise pour une Apache et ils ont essayé de me tuer.

Parler ainsi la soulageait. C'était exorciser les démons de sa mémoire. Hannah savait que les questions de la servante n'étaient que les premières de la longue série qu'elle devrait affronter.

– C'est vrai que vous êtes aussi foncée que ces sauvages, reprit Cimmy Lou, enveloppant Hannah d'un drap de bain au sortir de l'eau. Comment avez-vous fait pour être complètement brune ?

– Ils m'ont pris tous mes vêtements.

– Tous ?

– Oui, tous, soupira Hannah. Qu'est-ce que c'est ? poursuivit-elle, comme on frappait à la porte.

– Le docteur Griswald est là, fit la voix de Stephen.

– J'arrive tout de suite ! Cimmy Lou, ma robe de chambre.

La jeune femme passa un minimum de sous-vêtements et enfila son peignoir dont elle noua négligemment la ceinture autour de sa taille fine. Sa resplendissante chevelure cascadant librement sur ses épaules, elle gagna la porte.

– Je vous en prie, entrez, docteur Griswald.

Le médecin, qui parlait à voix basse avec Stephen, s'interrompit et posa un regard perçant sur la jeune femme : ce même regard curieux, inquisiteur, qu'Hannah devrait désormais apprendre à supporter.

– Votre visage s'est aminci, constata le praticien. Pas de doute, vous avez maigri, mais vous avez bonne mine, même s'il est difficile d'en juger à cause de votre bronzage.

– Je me sens parfaitement bien, confirma Hannah.

Depuis deux jours, la jeune femme s'était plus reposée qu'en toute une semaine au milieu des Indiens. De même, elle avait mangé et bu à satiété.

Stephen sourit à son épouse et demeura dans le couloir.

– Tu commences à ressembler à l'Hannah que j'ai toujours connue, sourit-il. Bien, je te laisse avec le docteur Griswald.

– Mam' Wade, intervint Cimmy Lou, que voulez-vous que je fasse de ces vêtements ?

Hannah regarda les oripeaux qu'elle venait d'ôter.

– Brûlez-les, ordonna Stephen avant que sa femme ait pu parler. Brûlez aussi les mocassins. Brûlez tout !

Hannah n'apprécia pas le ton cassant de sa voix, pas plus que la lueur haineuse qui éclairait son regard, mais elle ne dit rien. Il y avait pourtant chez Stephen une dureté qui soudain lui faisait peur.

– Oui, c'est ça, Cimmy Lou, dit-elle finalement. Brûlez-les.

– Comme vous voudrez, mam' Wade, fit la jeune Noire en pliant les vêtements négligemment sur son bras. Avez-vous encore besoin de moi ?

– Non, vous pouvez disposer.

Dès que la servante fut sortie, Hannah se trouva confrontée au regard suspicieux du docteur Griswald.

– Quel jour sommes-nous, madame Wade ? demanda-t-il.

Plus que la question, ce fut le ton avec lequel elle avait été posée qui surprit Hannah. On eût dit que le médecin cherchait à lui tendre un piège.

– Je ne sais pas, répondit-elle, je ne l'ai demandé à personne. On approche de ce que les Apaches appellent le temps des Petits Aigles, ce qui correspond au tout début du printemps. On doit donc être à la fin février… 1877.

– Tout ceci me semble fort bien raisonné, commenta le médecin en sortant son stéthoscope de sa sacoche.

La porte refermée sur elle, Cimmy Lou se dirigea vers la cuisine, suivie de Stephen.

– Va-t-elle bien ? demanda-t-il.

– Si vous cherchez à savoir combien d'Indiens elle a connus, rétorqua-t-elle, irritée, je suis bien incapable de vous répondre. (Arrivée dans la cuisine, Cimmy Lou jeta les défroques d'Hannah dans un carton.) Tout ce que je sais, c'est qu'ils lui ont pris tous ses vêtements et qu'ils l'ont forcée à aller toute nue. Une chose est sûre, elle n'est plus blanche et immaculée comme avant. (La jeune Noire fit face à l'officier et le défia du regard.) Vous vouliez à tout prix qu'elle revienne, n'est-ce pas ? Eh bien, elle est là. On va voir si cela vous plaît toujours !

– Vous ignorez de quoi vous parlez. En fait, vous êtes jalouse.

– Elle est toute à vous, ricana Cimmy Lou. Mais il faut que vous sachiez quelque chose : à force d'être restée toute nue si longtemps, sa peau est presque aussi foncée que la mienne. Comme ça je ne vous manquerai pas trop. La nuit, dans l'obscurité, vous pourrez croire que vous êtes avec moi. Et, qui sait, capitaine, peut-être que les Apaches lui ont appris des choses que vous ne connaissez pas !

– Nom d'un chien ! Je vais…

– Vous allez quoi ? coupa-t-elle. Vous savez très bien que je dis la vérité ! L'autre fois, vous m'avez traitée de traînée, n'est-ce pas ? Et elle, qu'est-ce qu'elle est ?

Stephen leva la main pour la gifler mais tourna finalement les talons et sortit de la pièce, tremblant de rage et de frustration. La joie qu'il avait éprouvée à revoir Hannah saine et sauve était désormais enfuie.

Des coups déterminés frappés à la porte principale l'obligèrent à réagir. Il alla ouvrir d'un pas énergique.

Ophélia Bettendorf et Maude Goodson attendaient sur le seuil. Stephen se raidit en les découvrant avides de détails et de sensations fortes. Malgré leur maintien rigide, elles ne pouvaient s'empêcher de jeter des coups d'œil par-dessus son épaule dans l'espoir d'apercevoir Hannah.

– Comment va-t-elle ? demanda Mrs Bettendorf, plus impériale que jamais.

– Nous sommes venues aussi vite que possible, enchaîna Maude Goodson dont les boucles blondes et le teint de rose rappelèrent à Stephen à quel point Hannah était devenue différente.

– Elle va bien, répondit-il. Elle est en ce moment avec le docteur Griswald.

– L'une de nous devrait être auprès d'elle. Dans une situation pareille, elle a besoin d'une présence féminine, affirma Ophélia Bettendorf avec fermeté. Je suis sûre qu'il y a des choses qu'elle ne peut dire à un homme. Des choses trop embarrassantes...

– Tous ces mois de captivité ! s'embrasa Maude Goodson, sa main gantée crispée sur sa Bible. Ça a dû être un véritable calvaire. Je suis certaine qu'elle a besoin d'épancher son cœur auprès d'une amie.

– Mesdames, sachez que je suis profondément touché de votre sollicitude, mais je pense que vous comprendrez qu'en un moment pareil le repos doit passer avant tout. Peut-être Hannah sera-t-elle en mesure de vous recevoir dans un jour ou deux.

– Vraiment, commandant ! protesta Mme Bettendorf.

– Je crains de devoir me montrer inflexible, rétorqua Stephen.

Les deux femmes eurent toutes les peines du monde à masquer leur désappointement.

– Au moins lui ferez-vous part de notre visite, reprit Mme Bettendorf.

– Bien sûr, et je vous en remercie infiniment.

Stephen attendit que les deux femmes aient quitté la galerie pour refermer la porte. Il gagna alors la fenêtre du salon et les regarda s'éloigner derrière la jalousie.

Quand Jake Cutter quitta les écuries, il se sentait épuisé. Un bon bain, se raser, se changer et siroter un bon whisky en fumant un cigare : à cela se limitaient ses désirs. Ses appartements étaient tout proches, mais il n'y fit qu'une brève halte pour y déposer son linge puis gagna les quartiers du commandant Wade.

Avant même qu'il ait atteint la galerie, Stephen Wade apparut sous l'auvent. Jake Cutter salua et attendit.

– Repos, capitaine, fit-il, le visage tendu.

– Vous souhaitiez me parler, commandant ?

– Oui. (Stephen marqua une pause comme Delancy apparaissait avec un plateau.) Voulez-vous un whisky, capitaine ?

– Non, merci, *sir*.

Le whisky dont rêvait Cutter serait bu calé dans un fauteuil, les pieds sur une chaise, et non pas debout sur cette galerie !

– Vous pouvez disposer, Delancy, fit Stephen après avoir pris un verre. Griswald est à l'intérieur avec ma femme, reprit-il.

Jake Cutter ne répondit pas, se contentant d'observer son supérieur qui buvait son whisky, le regard perdu dans le vague, la mâchoire crispée.

– J'attends de vous un rapport complet sur votre expédition, dit enfin Stephen, regardant le capitaine en face. Je veux tout savoir dans le moindre détail.

– Nous avons appris l'emplacement du campement apache en interrogeant une Indienne que nous avions capturée. Nous l'avons encerclé de nuit et donné l'attaque à l'aube. Ils ont été pris par surprise. Il s'agissait d'un petit groupe commandé par Lutero.

– Où avez-vous trouvé ma femme ?

– Non loin du village où elle s'était cachée durant les combats.

– Que lui avaient-ils fait ?

Stephen parlait calmement, mais ses doigts crispés sur son verre trahissaient son malaise.

– D'après ce que j'ai pu constater, elle ne semblait pas blessée, répondit prudemment Jake Cutter.

– Ce n'est pas ce que je vous demande !

– Vous feriez peut-être mieux d'interroger directement votre femme, rétorqua Cutter, qui commençait à s'énerver.

– C'est à vous que je pose les questions ! Elle est revenue ici habillée comme une squaw. Je veux savoir la squaw de qui et où il se trouve !

– Si vous voulez parler de Lutero, il s'est enfui.

– Vous savez très bien de qui je parle ! s'écria Stephen, avançant d'un pas et renversant un peu de son whisky. Nah-tay a interrogé les prisonniers. Je veux savoir ce qu'ils ont dit. Je veux savoir ce que ces porcs ont fait à ma femme pendant qu'elle était avec eux !

– Vous l'avez retrouvée, bon sang ! explosa

Cutter. Oubliez donc le reste ! Vous ne vous rendez pas compte de la chance que vous avez !

– Encore une remarque de ce genre, capitaine, et je vous fais mettre au trou pour insubordination !

– Stephen ? fit soudain Hannah d'une voix inquiète.

La jeune femme parut sur la galerie et fronça les sourcils en découvrant les deux hommes face à face. Elle portait une longue robe de taffetas pêche aux manches et au décolleté ornés de dentelle blanche.

– Que se passe-t-il ? reprit-elle. On vous entend crier de l'autre bout de la maison.

Jake Cutter fut le premier à se ressaisir. Il recula de quelques pas et détourna le regard.

– Souhaitez-vous un rapport par écrit, commandant ?

– Oui, fit Stephen, finissant d'un trait son verre de whisky.

– Très bien, *sir*.

Cutter se mit au garde-à-vous et attendit que le commandant Wade lui rendît son salut pour s'éloigner. L'officier adressa un simple hochement de tête à Hannah, et il disparut.

– Pourquoi donc criiez-vous ainsi ? demanda Hannah lorsqu'ils furent seuls.

– Crier ? Tu exagères. Cutter a simplement la fâcheuse habitude d'oublier parfois de rester à sa place. J'ai dû l'y remettre.

Stephen prit Hannah par le bras et la fit rentrer au salon.

– Qu'a dit le docteur Griswald ?

Le médecin, auquel Delancy versait un verre à l'autre bout de la pièce, répondit lui-même à la question :

– Un peu maigre, mais en bien meilleure forme que vous et moi, commandant Wade.

14

Debout sur la galerie, Hannah savourait le calme de la nuit, occasionnellement troublé par le cri d'un oiseau nocturne ou le « tout va bien » d'une sentinelle. Elle retrouvait toutes les odeurs familières trop longtemps oubliées de Fort Bayard : les lourds effluves des écuries, le pain chaud, le cuir, les senteurs fades de l'eau dans les *ollas*.

– Dieu, ce que tout ceci a pu me manquer ! murmura-t-elle.

La jeune femme retourna au salon et Stephen lui sourit sans rien dire quand il la vit entrer.

– C'est si gentil à Ophélia et Maude de nous avoir apporté à dîner, fit-elle.

Hannah aurait aimé expliquer à son mari combien il lui avait semblé bizarre et à la fois tout naturel de manger sur une nappe damassée, avec de vrais couverts en argent et dans de la porcelaine. De même, elle aurait souhaité lui dire qu'elle se sentait étrange avec tous ces vêtements sur elle. Mais Stephen était tellement silencieux que la jeune femme se sentait mal à l'aise.

– Tu ne m'as pas encore dit comment tu me trouvais, fit la jeune femme en traversant la pièce.

Stephen observa la gracieuse silhouette qui s'approchait de lui. Pendant des mois, il avait essayé de se l'imaginer, mais cette femme ne correspondait pas exactement au souvenir qu'il en avait. Deux images terriblement ressemblantes mais pas totalement identiques se superposaient imparfaitement sous ses yeux. Ils n'avaient été séparés que onze mois, mais Hannah n'était plus la même.

Il s'attendait à ce que son épreuve la change, mais il n'avait pas imaginé ces changements-là.

Il y avait désormais une fierté chez Hannah qu'il n'avait jamais connue. Tout dans ses gestes, son maintien, sa façon de porter sa tête trahissait un orgueil, un sens de l'honneur inflexibles. Ses lèvres, toujours pleines et sensuelles, n'esquissaient plus les petits sourires timides de jadis et, lorsqu'elle le regardait, c'était droit dans les yeux.

Elle n'était pas revenue honteuse, la tête basse, apeurée, réclamant sa protection. Pire, elle ne paraissait pas ressentir la moindre reconnaissance envers lui. Stephen n'était pas certain d'apprécier cette nouvelle indépendance. Ces changements avaient des racines bien plus profondes que la soudaine couleur brique de sa peau. Hannah n'était pas revenue brisée, elle était revenue plus forte ! Stephen, brusquement, lui en voulait et s'en voulait de lui en vouloir.

Il se leva et la prit aux épaules.

– Comme tu m'as manqué, Hannah ! Sans toi, je ne pouvais plus être moi-même. J'avais l'impression d'avoir été amputé. J'étais à moitié fou. Parfois, la nuit, je croyais que tu étais près de moi, mais lorsque j'étendais la main, je ne trouvais que le vide.

Bouleversée, Hannah se serra contre lui, nouant ses bras autour de son cou. Les lèvres de Stephen s'emparèrent des siennes en un baiser d'une violence inouïe, un baiser par lequel il tentait d'effacer les tourments passés, les affreuses angoisses qui l'assaillaient encore.

Hannah s'abandonna, heureuse de renouer enfin le contact. Plus rien désormais ne les séparait. Stephen était là, Stephen l'aimait : tout allait s'arranger.

Stephen abandonna ses lèvres et pressa la tête d'Hannah contre sa poitrine. La jeune femme ferma ses paupières sur ses larmes et se laissa bercer par les battements du cœur de l'homme qu'elle n'avait jamais cessé d'aimer.

– Je suis si heureuse d'être enfin à la maison, Stephen ! murmura-t-elle.

– Hannah... As-tu été... violée ?

– Non, commença-t-elle, mais elle s'en voulut aussitôt. Oui.

La jeune femme voulut s'éloigner, mais il la retint. Elle redoutait ce sujet mais savait qu'il devait être tôt ou tard abordé, quelles que soient la honte et la douleur qu'elle en éprouverait.

– Il m'a pris mon corps, reprit-elle, mais jamais je ne l'ai laissé s'approcher de mon âme.

– Il ? Il n'y en a eu qu'un ?

– Oui, un seul.

– Qui est-ce, Hannah ? Quel est son nom ?

– C'est un Apache, Stephen. Quelle importance cela a-t-il de connaître son nom ? (Hannah n'avait pas envie de le lui dire mais elle comprit soudain que si elle gardait cette information pour elle, Stephen imaginerait qu'elle cherchait à protéger son tortionnaire.) Lutero, fit-elle, en se reculant et remontant son châle sur ses épaules frissonnantes où les doigts crispés de Stephen avaient laissé une marque rouge.

– Le meneur ? Il n'a pas été capturé avec les autres.

– Oui, c'est ça.

Hannah comprit que son mari avait déjà entendu parler de l'Indien. Était-ce là l'origine de sa dispute de tout à l'heure avec le capitaine Cutter ?

– Hannah, comment...

La jeune femme devina la fin de la phrase et un sourire amer plissa ses lèvres.

– Comment j'ai pu le laisser faire ? Mon pauvre Stephen ! soupira-t-elle. Au début, j'ai pensé que les coups de feu que le lieutenant Sloane avait tirés alerteraient le fort et qu'un détachement serait envoyé à notre secours. J'étais certaine que tu allais venir. Je me répétais que si je parvenais à tenir, tu arriverais avec le reste de la cavalerie et que tu me délivrerais.

– On a suivi votre piste pendant trois jours, se justifia Stephen. Puis le vent s'est levé et a effacé toutes les traces. On a dû faire demi-tour.

– Trois jours ? Au bout de trois jours, tu ne m'aurais déjà plus reconnue. Je n'avais plus de vêtements, tout mon corps était brûlé par le soleil, j'étais en sang. Je n'avais ni mangé ni bu, et j'étais épuisée... C'est alors qu'il a abusé de moi. Je souffrais trop et j'étais trop fatiguée pour pouvoir me défendre. (La gorge de la jeune femme se noua au souvenir de cette scène ignoble. Elle rejeta la tête en arrière et ferma les yeux pour refouler ses larmes.) Oh, mon Dieu ! gémit-elle.

– Je suis désolé, fit Stephen, la prenant dans ses bras et la berçant contre sa poitrine. Je te demande pardon, mon amour. Ça a dû être horrible, je comprends. On m'a tellement répété que les Apaches te tueraient quand ils en auraient fini avec toi.

– Mais ce n'était pas fini, sanglota Hannah. Il avait besoin d'une esclave. Sa femme attendait un enfant et ne pouvait plus faire la plupart des travaux domestiques. C'est moi qui ai dû les faire. Pendant tout ce temps, il m'a laissée tranquille, mais... (Hannah hésita, puis comprit que Stephen ne trouverait jamais le repos s'il demeurait dans le doute.) Chez les Apaches, il est interdit d'avoir des rapports physiques tant que la femme nourrit encore son enfant. Lutero n'avait pas de seconde femme, alors il m'a épousée. Les esclaves font de bonnes épouses.

Stephen parut se statufier. Tout son être exprimait l'indignation.

– Mon Dieu, Hannah !

– Tu ne comprends pas, n'est-ce pas ? Mais je n'avais pas le choix. Aucun. (La jeune femme se recula pour observer le visage de son mari.) Je voulais te revenir, Stephen. Il fallait saisir la moindre chance de rester en vie pour te revoir.

Stephen ne répondit rien : il ne savait quoi répondre. Il était incapable de se faire la moindre opinion, incapable de séparer le bien du mal, le moral de l'immoral, l'amour de la haine.

– Tu ne comprends pas, fit tristement Hannah.

La jeune femme s'éloigna, et il ne fit pas un geste pour la retenir.

– J'essaie, Hannah. Mais ce que je veux avant tout, c'est mettre la main sur cette ordure, ce chien d'Apache. Je le hais ! Je le tuerai pour avoir osé prendre ce qui n'était qu'à moi !

– Mais je suis toujours à toi, Stephen. Au plus profond de mon cœur, de toute mon âme !

– Ne vois-tu pas que je fais tout mon possible pour le croire ? (Stephen se détourna et passa une main fébrile dans ses cheveux : tout son corps tremblait de rage impuissante. Soudain, il fit volte-face et revint prendre la jeune femme dans ses bras.) Je t'aime, Hannah, fit-il presque férocement. Ces mois sans toi ont été un enfer. Tu ne peux savoir tout ce que j'ai imaginé !

– Il... Il nous faudra sans doute du temps, murmura-t-elle.

Ce n'était pas ainsi qu'elle s'était imaginé son retour. Elle avait été stupide de croire qu'elle pourrait retrouver les siens sans avoir à affronter de questions. Son calvaire chez les Indiens ne pouvait s'effacer du jour au lendemain, et c'était une nouvelle et longue épreuve qui commençait maintenant pour elle.

– Hannah, fit Stephen, caressant doucement son visage.

La jeune femme perçut son désir ainsi que la honte qu'il en avait. Elle avait rêvé de lui des jours durant, mais brusquement son contact la laissait indifférente. La joie de leurs retrouvailles était désormais enfuie et elle n'avait plus envie de se retrouver entre ses bras.

– La journée a été longue, fit-elle en se dégageant. Je crois que je vais aller me coucher.

Se sentant rejeté, Stephen tourna les talons et alla se servir un verre.

– Je te rejoins tout de suite, jeta-t-il par-dessus son épaule, sans même lui accorder un regard.

Allongée dans le noir, Hannah s'émerveillait de la douceur du matelas, du moelleux de l'édredon et des oreillers. De temps à autre, le tintement d'un verre ou le martèlement des bottes de Stephen lui parvenaient du salon. Pourquoi n'était-il pas près d'elle ? Elle lui aurait expliqué l'intense plaisir qu'elle éprouvait à être si confortablement étendue dans un vrai lit ! Mais l'aurait-elle pu ? Sans doute Stephen ne comprendrait pas ce qu'elle voudrait lui dire, et son plaisir en fut aussitôt diminué.

Elle entendit Stephen quitter le salon et gagner leur chambre d'un pas décidé. Lorsqu'il ouvrit la porte, elle dut lutter contre la peur et ne comprit pas pourquoi. Elle fixa la haute silhouette de l'homme qui se découpait dans le rectangle de lumière dessiné par le chambranle.

– Hannah, tu dors ?

– Non, répondit-elle après avoir hésité à feindre le sommeil.

– J'ai bien réfléchi. Nous ne parlerons à personne des conditions de ta capture et de ce qui s'est passé ensuite.

– Stephen ! protesta-t-elle en se redressant.

– En as-tu parlé à Griswald ?

– Il m'a posé la question. Il est médecin. Et puis je voulais savoir si...

– Je lui parlerai, coupa-t-il. Il se taira.

La jeune femme cessa de lutter et se laissa retomber sur ses oreillers.

– Que veux-tu que je leur dise ? demanda-t-elle en fixant le plafond.

– La vérité. Que tu étais l'esclave de cette squaw.

– Et si je le répète suffisamment, ils finiront par le croire ? Finiras-tu par le croire, Stephen ?

– Ce n'est pas ça, répondit-il en s'asseyant au bord du lit et en caressant les cheveux de la jeune femme. Je ne veux pas que les gens te regardent en s'imaginant des choses qui ne les concernent en rien. Tu as assez souffert comme ça. Je ne veux plus qu'on te fasse de mal. Je veux te protéger. Tu comprends ?

– Oui, oui, je comprends, murmura-t-elle faiblement.

Du dehors leur parvint le son lointain et lugubre d'un clairon. Stephen se pencha sur Hannah et déposa un baiser sur son front.

– Bonne nuit, mon amour.

Elle ferma les yeux et l'entendit s'éloigner, l'abandonnant au tumulte de ses pensées.

Plus tard, il se coucha près d'elle mais ne la toucha pas. Un bras replié derrière la tête, Hannah l'entendait soupirer dans le noir, et elle se demandait s'il savait qu'elle non plus ne dormait pas.

Les quartiers du colonel Bettendorf étaient relativement confortables et spacieux, comparés à ceux des autres officiers.

Ophélia était assise sur un banc – en réalité une cantine militaire recouverte de velours vert – et regardait dans le miroir qu'elle tenait en main Cimmy Lou coiffer ses cheveux gris.

– Vous avez vraiment de beaux cheveux, mam' Bettendorf, fit la jeune Noire, donnant du gonflant à une longue mèche gris bleuté qu'elle venait de friser au fer.

– Vous reprendrez ce côté-ci, se contenta de répondre l'intraitable douairière en portant une main à sa tête.

– Oui, poursuivit Cimmy Lou en s'exécutant, vous avez vraiment de beaux cheveux. Ils n'ont pas été brûlés par le soleil comme ceux de mam' Wade. Vous devriez voir dans quel état ils sont.

– Vraiment ?

– Je suis allée la coiffer hier. J'ai bien vérifié qu'elle n'avait pas de poux, vous pensez, après tout ce temps passé au milieu de ces sauvages ! Mon mari était là quand ils l'ont découverte sous son tas de bois. Vous connaissez mon mari ? Le sergent Hooker ?

– Pourquoi se cachait-elle ?

– Je suppose qu'elle avait peur. Ça devait tirer dans toutes les directions.

– C'est vrai, il y a toujours le risque d'une balle perdue.

– Ça devait être ça. Elle n'avait sans doute pas envie qu'il arrive du mal à ce bébé.

– Quel bébé ? s'exclama Mme Bettendorf, bougeant son miroir pour observer Cimmy Lou.

– Je ne sais pas, mais mon mari m'a assuré qu'il s'agissait d'un bébé apache. Excusez-moi, il faut que j'aille chercher des épingles.

Cimmy Lou traversa la pièce pour gagner la table de toilette.

– C'était le bébé de qui ? fit la voix d'Ophélia dans son dos.

– Je ne sais pas, mam' Bettendorf, répondit la jeune femme en faisant courir ses doigts sur une pile de petits mouchoirs en dentelle. Vous avez vraiment de belles choses, poursuivit-elle. J'ai toujours admiré ces mouchoirs.

– Oui, oui. Mais revenons-en au bébé.

– Je ne sais rien de plus. Mon mari ne m'a rien dit d'autre. Vous ne trouvez pas que mam' Wade ressemblait à une vraie Apache quand elle est revenue ? (Cimmy Lou marqua une pause calculée et continua de jouer avec les mouchoirs.) Vous avez vraiment de la chance d'avoir d'aussi jolies choses, reprit-elle.

– Pourquoi n'en prenez-vous pas un ?

– Oh, merci, mam' Bettendorf ! Vous êtes si généreuse ! (Cimmy Lou s'empressa de faire disparaître le mouchoir qu'elle convoitait au creux de son corsage, prit enfin la boîte d'épingles et vint reprendre sa place.) Vous savez, fit-elle, ce bébé n'était sûrement pas à mam' Wade parce qu'elle n'a pas hésité à s'en séparer. Le capitaine Cutter lui a dit de le donner à mon mari pour qu'il le remette aux Indiens, et elle l'a tout de suite fait.

– Quel âge avait-il ?

– C'est difficile à dire. Il était tout emmailloté à la manière apache, mais il n'était pas bien grand.

– Et que vous a dit d'autre votre mari sur Mme Wade ?

Une demi-heure plus tard, Cimmy Lou pénétrait dans la maison des Goodson. Maude supervisait dans la cuisine la préparation du repas.

– Désolée d'être en retard, mam' Goodson, mais mam' Bettendorf m'a retenue pour que je la coiffe ! Hum ! Ça sent drôlement bon chez vous !

– Je voudrais que vous me laviez ça et que vous le repassiez pour la fin de la semaine, fit Maude en désignant une pile de nappes et de serviettes. J'espère que vous aurez le temps.

– N'ayez crainte, je vous ferai ça pour vendredi.

(Le regard de Cimmy Lou s'attarda sur les mains de Maude Goodson qui reposaient sur la pile de linge.) Comme vous avez de belles mains, mam' Goodson ! Si douces, si blanches ! Mam' Wade les avait comme ça aussi... avant. Le commandant m'a fait chercher pour que je l'aide à prendre son bain hier. (Cimmy Lou s'abstint d'en dire plus et s'approcha d'un bocal ouvert.) Mais ce sont des pêches, dit-elle. Cela fait des siècles que je n'y ai pas goûté.

– Comment va Mme Wade ? demanda Maude en la rejoignant.

– Aussi bien que possible après ce qui s'est passé. Vous avez vu son teint, poursuivit-elle en baissant la voix, eh bien, elle est comme ça partout... Qu'avez-vous fait avec ces pêches ? dit-elle encore, se penchant au-dessus du bocal où il ne restait qu'un fond.

– Une tarte. Vous pouvez prendre ce qui reste, je n'en ai pas besoin. Vous m'avez bien dit que Mme Wade était brune partout ?

– Absolument, mam' Goodson. Elle m'a dit que les Apaches lui avaient enlevé tous ses vêtements et qu'elle a dû aller toute nue.

– Ce n'est pas possible ! s'écria Mme Goodson en réprimant un haut-le-corps.

– La vérité vraie.

– Mais pourquoi ont-ils fait ça ? demanda Maude, qui frémissait d'horreur et d'excitation, n'osant regarder en face les multiples réponses qui lui venaient à l'esprit.

En repartant vers l'allée des Vapeurs, Cimmy Lou ne put s'empêcher de faire un crochet par l'esplanade : elle avait envie de voir les têtes se tourner dans sa direction et de sentir le regard des hommes la dévorer.

Elle gagna ensuite les écuries et ne tarda pas

à entendre des coups de marteau. Elle s'arrêta à la porte pour observer John T. Hooker. Torse nu, un sabot bloqué entre ses cuisses puissantes, il remettait un fer à son cheval. Son ouvrage fini, il laissa retomber la lourde patte et prit l'animal par la bride. C'est alors qu'il aperçut sa femme. Aussitôt un large sourire illumina son visage.

– Que fais-tu ici ? demanda-t-il en la rejoignant.

– Je ne t'avais pas revu depuis ce matin.

Le regard insistant avec lequel la jeune femme ponctua sa phrase rappela aussitôt à John T. Hooker le mal qu'il avait eu à quitter leur couche, et le désir s'alluma violemment au creux de ses reins.

– Qu'as-tu là ? fit-il, cherchant à oublier son trouble.

– Du linge de table que m'a donné mam' Goodson. Elle organise une réception à la fin de la semaine pour célébrer le retour de mam' Wade. Il y aura des huîtres. Tu te souviens du goût que ça a ? On en mangeait parfois quand le régiment était en garnison à Brownsville. C'était bon.

John ne répondit pas mais entraîna le cheval jusqu'à son box. Cimmy Lou posa son ballot de linge sur une caisse renversée et l'y suivit.

– On ferait peut-être bien d'acheter des huîtres, dit enfin John, se tournant vers elle. Il paraît que c'est bon pour les hommes... surtout au lit.

– C'est vrai ? répondit Cimmy Lou, se collant contre lui et caressant lentement son torse musclé.

– Quand on a une femme comme toi, il ne faut rien négliger.

Les bras puissants se refermèrent autour de la jeune femme qui se laissa aller contre l'homme, se frottant rythmiquement contre lui, avide de sentir l'impétuosité de son désir. John T. Hooker s'empara des lèvres pleines tout en glissant une main dans l'échancrure du corsage.

– Qu'est-ce que c'est que ça ? demanda-t-il en sortant le fin mouchoir, moite d'être resté longtemps entre les seins de Cimmy Lou.

– Mam' Bettendorf me l'a donné.

– Et que lui as-tu dit pour qu'elle te fasse ce cadeau ?

– Elle voulait savoir des choses sur mam' Wade.

– La pauvre ! Elle a suffisamment souffert comme ça. (John reprit ses baisers auxquels la jeune Noire répondit avec fougue.) C'est curieux, tu sens la pêche.

– Mam' Goodson m'en a donné, murmura Cimmy Lou au creux de son cou.

Les lèvres de Cimmy Lou descendirent lentement le long des puissants pectoraux tandis que ses mains s'attaquaient au ceinturon de John.

– Tu es folle, haleta-t-il, pas ici.

Mais la jeune femme ne s'arrêta pas pour autant. Au contraire, l'idée d'être surprise l'excitait peut-être encore plus que le désir évident de son mari. Il voulut encore protester mais sa phrase s'acheva en un gémissement quand la bouche de Cimmy Lou se referma définitivement sur lui.

15

Hannah avait perdu l'habitude de ne rien faire, et la matinée lui parut très longue. Les choses qui par le passé l'occupaient pendant des heures lui semblaient désormais des petits riens dont elle avait vite fait le tour. Elle avait pris la première robe qui se présentait à elle en ouvrant sa penderie et, quand Delancy vint lui soumettre le menu, elle se demanda sincèrement comment elle pouvait jadis peser longtemps le pour et le contre entre une crème anglaise et un coulis de framboises pour accompagner la charlotte aux poires.

Vers la fin de la matinée, son oisiveté lui pesa trop, et elle décida d'aller faire un tour.

La journée était douce pour une fin de février, et un soleil radieux éclairait les montagnes à l'horizon. La jeune femme marchait tranquillement le long de l'allée des Officiers, quand elle vit un civil s'avancer vers elle. Trapu, un chapeau melon vissé sur la tête et portant une veste criarde à carreaux, l'homme la fixait avec curiosité. Arrivé à sa hauteur, il ôta son melon, découvrant un crâne chauve.

– Madame Wade ?

– Oui ?

– Je n'avais pas encore eu le plaisir de vous rencontrer. Je m'appelle Boler, Hy Boler de Silver City. Je tenais à être l'un des premiers à vous dire notre joie de vous revoir parmi nous.

– C'est très aimable à vous, monsieur Boler, répondit poliment Hannah.

La jeune femme demeurait sur ses gardes. Après des mois passés chez les Apaches à se méfier de tout, elle ne se sentait pas prête à s'ouvrir au premier venu.

– Vous avez dû vivre des moments bien cruels, madame Wade.

– Comme vous voyez, j'ai survécu. Au revoir, monsieur Boler. Ravie d'avoir fait votre connaissance.

Hannah reprit son chemin, mais l'homme lui emboîta le pas.

– J'ai rencontré votre mari à plusieurs reprises pendant que vous étiez chez les Indiens, reprit le petit homme. Je me suis énormément intéressé à votre aventure, et ce depuis son début. Voyez-vous, je dirige la *Gazette de Silver City* et j'ai publié de nombreux articles sur la façon chevaleresque dont votre époux cherchait à vous retrouver. J'ai également imprimé les affiches pour votre rançon.

– Je ne savais pas.

– C'est bien rare qu'une histoire comme la vôtre se termine bien, et j'aimerais en faire un article.

– Je suis certaine que mon mari vous donnera toutes les informations que vous pouvez souhaiter, monsieur Boler. Pourquoi ne vous adressez-vous pas à lui directement ?

– Je le ferai, mais j'aurais aimé avoir vos impressions personnelles. Les gens aimeraient savoir comment c'était; quelle vie vous avez menée au milieu des Apaches. Vous ont-ils maltraitée ?

– Vous comprendrez qu'il s'agit là d'un sujet que je préférerais éviter.

Hannah pressa le pas, regrettant de ne pas avoir ses mocassins aux pieds : ils auraient été bien plus pratiques que ces bottines à talons hauts !

– Il me semble que vous étiez devenue la femme d'un chef apache ?

– Qui vous a dit ça ?

Un frisson glacé parcourut Hannah, mais elle ne ralentit pas pour autant. Intérieurement, elle refusait de croire que le capitaine Cutter ait pu être l'indiscret.

– J'ai parlé aux Indiens qu'on a ramenés en même temps que vous. L'espagnol est une langue fort utile dans ces contrées... Peut-être pourriez-vous raconter une cérémonie de mariage apache ?

– Je n'ai pas vécu assez longtemps avec les Indiens pour connaître leurs coutumes, rétorqua Hannah en s'arrêtant. Cette conversation a assez duré ! Au revoir, monsieur Boler.

La jeune femme repartit et, cette fois, le journaliste ne la suivit pas. Au bout de l'allée des Officiers, Hannah tourna, passa devant le quartier général et la procure, saluant d'un bref signe de tête ceux qu'elle rencontrait. Les gens se retournaient sur son passage, la dévisageaient, et les conversations allaient bon train dans son dos.

Elle quitta l'esplanade et prit le chemin de l'allée des Vapeurs. Elle longea les tentes, au milieu de l'habituelle marmaille, puis atteignit l'enclos où l'on parquait les chevaux.

Un cheval hennit; Hannah tourna la tête vers les écuries : Cimmy Lou sortait de la grange, un volumineux ballot de linge dans les bras. Son mari, le sergent Hooker, venait tout de suite derrière elle, un large sourire sur son visage franc.

– Bonjour, mam' Wade, s'écria Cimmy Lou, un regard curieux faisant briller ses yeux noirs.

– Bonjour, Cimmy Lou. Bonjour, sergent.

– Bonjour, madame Wade, répondit John. Cherchez-vous le commandant ?

– Est-il dans les parages ? répondit Hannah, qui n'avait pas songé à cette éventualité mais eût été ravie de voir son mari.

– Je ne l'ai pas vu, mais je peux aller le chercher si vous le désirez.

– Non, merci, sergent, ce n'est pas nécessaire.

Hannah s'approcha de la barrière de l'enclos pour flatter l'encolure d'un cheval.

– Le règlement l'interdit, fit John T. Hooker en venant la rejoindre, mais c'est bien agréable de pouvoir de temps en temps voir sa femme pendant le service.

– Surtout quand elle est aussi jolie que la vôtre, sourit Hannah.

– Merci, madame. Si vous vous cherchez une monture, poursuivit le sergent, il y a une superbe jument brune avec des balzanes qui vous irait parfaitement. Elle est bien trop belle pour l'un de mes hommes.

– Je n'avais pas encore songé à remonter, fit

la jeune femme, regardant en direction de l'animal désigné.

– On ne peut quitter le fort sans escorte en ce moment. Il y a beaucoup trop d'Apaches dans les environs. Si vous décidez de monter, j'ai bien peur que vous ne deviez vous limiter à l'esplanade.

– Oui, c'est en effet plus prudent. Merci, sergent. Si j'ai envie d'un nouveau cheval, je me rappellerai cette jument.

John la regarda repartir vers l'esplanade, puis il remonta ses bretelles qui lui battaient les reins et repartit à son travail.

En chemin, Hannah fut attirée par quelques phrases échangées en apache. Ce fut plus fort qu'elle, elle suivit les voix et, derrière les tentes de l'allée des Vapeurs, elle découvrit un groupement de wigwams montés à la hâte pour abriter les prisonniers.

– Halte ! cria soudain un soldat en lui barrant le chemin.

L'air menaçant de l'homme se dissipa en reconnaissant la visiteuse.

– Excusez-moi, madame, mais les ordres sont formels : personne n'a le droit d'approcher les prisonniers.

– Je comprends tout à fait, sourit la jeune femme.

Hannah se remit en marche et son regard fut attiré par une Indienne sortant d'une des huttes de branchages, un enfant dans les bras : c'était Gatita. Si l'Apache la vit, elle n'en laissa rien paraître. Hannah n'en fut pas autrement surprise : après tout, elles n'avaient jamais été amies ! Pourtant, avec Gatita, elle avait partagé la faim, la soif, la peur et le danger. Somme toute, mille fois plus de choses qu'avec aucune femme blanche de Fort Bayard. Elles n'étaient pas amies, mais elles n'étaient pas ennemies non plus, et un lien étrange existait entre elles.

Soudain, un cheval s'arrêta près d'elle dans un grand bruit de sabots. Stephen sauta immédiatement de sa monture et marcha sur sa femme, le visage extraordinairement tendu.

– Ainsi, tu étais là, accusa-t-il. J'ai dû parcourir le fort en tous sens pour te retrouver. Ne peux-tu rester ne serait-ce qu'une journée loin d'eux ? ajouta-t-il, jetant un regard en direction des wigwams.

– Je suis simplement allée me promener. Je ne savais pas qu'ils étaient là.

Vexée, Hannah tourna les talons dans un froissement de tissu et partit vers l'esplanade.

– Arrête de me mentir, Hannah, fit Stephen, les dents serrées, retenant sa femme par le bras. Je sais qu'on t'a trouvée avec un enfant. Est-ce lui que tu venais voir ? Est-il à toi ?

– Non ! cingla la jeune femme en se dégageant.

Profondément blessée, elle repartit, marchant aussi vite que le lui permettaient ses bottines sur le sol inégal. Stephen lui emboîta le pas, menant son cheval par la bride.

– Je te demande pardon, Hannah, dit-il d'un ton qui démentait ses paroles. Mais tu ne peux imaginer le choc que j'ai eu en ne te trouvant pas à mon retour chez nous. Tu n'as même pas dit à Delancy où tu allais.

– J'ignorais que j'étais aux arrêts.

Hannah continuait d'avancer, les yeux fixés droit devant elle.

– Il ne s'agit pas de cela, mais tu aurais pu au moins dire à quelqu'un où tu allais. Mme Bettendorf voulait te rendre visite, mais j'ai dit que cela t'était encore impossible. Ne pouvais-tu rester simplement chez nous ?

– Je m'ennuyais. J'avais envie de marcher, de retrouver l'ambiance du fort. Je n'ai plus l'habitude de rester assise à ne rien faire.

– Mais pourquoi être allée au campement apache ? Ce ne sont pas les buts de promenade qui manquent ! S'ils t'ont maltraitée autant que tu le dis, il me semblerait plus logique que tu les fuies le plus possible.

– Je t'ai déjà dit que je ne savais pas qu'ils étaient là ! Je croyais qu'on les avait réexpédiés dans leur réserve. J'ai atterri ici tout à fait par hasard. Sache que je n'apprécie nullement tes insinuations.

Ils longeaient maintenant le mur des écuries, et Hannah devait relever ses jupes pour ne pas les souiller, le sol étant couvert d'excréments. Elle jeta un regard noir à son mari et, comme elle tournait l'angle du mur, elle alla percuter quelqu'un qui arrivait en sens inverse. L'homme la retint d'une main ferme pour l'empêcher de tomber et Hannah découvrit le mâle visage du capitaine Cutter.

Cutter lança un regard soulagé à Stephen.

– Ah, je vois que vous l'avez retrouvée.

– Je n'ai pas été retrouvée, capitaine, car je n'étais pas perdue !

Hannah poursuivit sa route mais eut le temps d'apercevoir une lueur d'amusement dans les yeux bleus du capitaine.

– Occupez-vous de mon cheval, ordonna Stephen.

Il jeta la bride à Jake Cutter et suivit Hannah.

Un détachement de cavaliers qui retournaient aux écuries s'arrêta sur l'esplanade pour laisser passer la jeune femme. Une odeur de poussière, de sueur et de cheval l'enveloppa.

En longeant l'allée des Officiers, la colère d'Hannah n'était toujours pas retombée.

– Dis-moi, Stephen, fit-elle tout à coup, qu'aurais-tu fait si cet enfant avait été le mien ?

– Dans la mesure où ce n'est pas le cas, je ne

vois pas comment je pourrais te répondre. De toute évidence, il me serait excessivement difficile d'accepter un enfant conçu... dans ces conditions.

La réponse était parfaitement honnête, Hannah le sentit bien. Le sujet lui rappela sa récente rencontre avec Hy Boler.

– En sortant de chez nous, j'ai été arrêtée par ce journaliste de Silver City.

– Que lui as-tu dit ?

– Rien. Mais ça n'a pas changé grand-chose : il sait. Il a parlé avec les prisonniers apaches et ils lui ont dit que Lutero m'avait épousée.

– Arrête de dire ça ! Tu es mariée avec moi ! s'enflamma Stephen.

– Je t'avais dit qu'il ne servirait à rien de faire des mystères.

– Je sais, soupira-t-il lourdement.

Comme ils approchaient de chez eux, Stephen prit Hannah par la taille et la força à ralentir, lui imposant une allure qui convenait mieux à un officier se promenant tranquillement avec sa femme.

– Les Goodson donnent une petite réception samedi soir. En fait, c'est pour célébrer ton retour. C'était ce que j'étais venu te dire quand je ne t'ai pas trouvée.

– As-tu accepté ?

La jeune femme était sûre qu'il avait dit oui et elle lui en voulait de ne pas l'avoir consultée.

– Évidemment ! Ils font ça en ton honneur. Ce sont tes amis, Hannah. Ne me dis pas que tu ne veux pas y aller.

– Bien sûr que non, mentit-elle.

La jeune femme dut sourire et faire un petit geste de la main en apercevant Mme Bettendorf qui arrosait ses rosiers devant chez elle. Elle portait un grand chapeau de paille.

– Et la prochaine fois que tu sors, reprit Stephen, mets un chapeau ou prends une ombrelle. Le soleil t'a déjà suffisamment abîmé la peau comme ça.

– Une ombrelle ! ironisa Hannah. Mais bien sûr, voilà ce qui me manquait ! Mon Dieu, Stephen, comment ai-je pu sortir sans ombrelle ?...

La jeune femme pénétra dans leur salon, au comble de l'exaspération. Les doutes, les insinuations et le mauvais caractère de son mari avaient eu raison de sa dernière once de patience.

– Seras-tu là à mon retour ou devrai-je mettre encore une fois le fort sens dessus dessous pour te retrouver ?

– Pourquoi ne pas me mettre tout de suite les fers, Stephen ? Comme ça, tu ne craindras plus que je m'en aille.

– Mais, bon sang, Hannah ! ne peux-tu pas comprendre que je me suis fait du souci ? J'avais peur qu'il ne te soit arrivé quelque chose !

– Inutile d'avoir peur, Stephen ! explosa Hannah. S'il y a une chose que j'ai apprise chez les Apaches, c'est bien celle-là ! Pas besoin d'avoir peur, jamais. Aussi cruelle que soit l'épreuve, elle finit par s'estomper avec le temps. On peut devenir à moitié fou à force d'avoir faim ou soif, mais on s'aperçoit qu'on peut survivre bien plus longtemps qu'on ne l'imaginait sans boire ni manger. Tu en serais étonné toi-même.

Les hurlements d'Hannah déchirèrent l'atmosphère feutrée du salon, puis un imposant silence leur succéda. Le sourcil froncé, Stephen fixait son épouse comme s'il se fût agi d'une étrangère. La jeune femme tourna le dos.

– Je te demande pardon, fit-elle, je n'aurais pas dû m'emporter ainsi. Je n'avais aucune raison d'élever la voix.

– Je retourne au quartier général, dit froidement l'officier, qui sortit aussitôt.

Hannah ne fit rien pour le retenir et gagna sa chambre.

Cette dispute avec Stephen l'avait épuisée. Elle avait mal aux pieds et se sentait mal à l'aise dans tous ces jupons et cette robe stupide. Elle ôta ses bottines en pestant puis se déshabilla, ne gardant que sa lingerie. Comme elle allait chercher son peignoir dans la penderie, la porte de la chambre s'ouvrit.

Stephen s'immobilisa en la découvrant à demi nue, puis il jeta son chapeau sur un meuble et entra.

– Hannah, je ne veux pas que nous nous disputions ainsi.

Il hésita une seconde avant de la prendre dans ses bras, son regard plongeant dans le décolleté de son caraco.

La peur s'empara d'Hannah, mais elle sut la maîtriser.

– Cela faisait si longtemps que je ne t'avais sentie entre mes bras, Hannah. Si longtemps...

Stephen fit glisser le léger vêtement et commença à dégrafer le corset de la jeune femme. Lorsqu'elle fut totalement nue, il la souleva et la déposa sur le lit. Il se débarrassa rapidement de son uniforme et l'y rejoignit.

Stephen la prit avec une violence qu'elle ne lui connaissait pas et, quand il eut fini, Hannah demeura pantelante, frustrée. Elle enfila son peignoir sans mot dire.

Tandis que Stephen se rhabillait, la jeune femme s'appliqua à ranger lentement ses vêtements dans l'armoire afin de ne pas avoir à rencontrer son regard. Elle savait que, pour lui aussi, cela n'avait pas été satisfaisant : trop de cruels souvenirs hantaient leurs mémoires.

– Pourquoi, Hannah ? fit soudain Stephen en enfilant sa veste d'uniforme.

– Pourquoi quoi ?

– Pourquoi as-tu accepté de faire l'amour en pleine journée ? Cela ne t'était jamais arrivé avant.

– Je ne comprends pas où tu veux en venir.

– As-tu maintenant l'habitude de le faire en plein jour ? Était-ce comme ça avec les Apaches ?

Hannah demeura bouche bée, incapable de dire quoi que ce soit.

– Stephen, réussit-elle enfin à articuler, qu'est-ce qui te prend de me poser une pareille question ? Pourquoi ruiner...

– Qu'est-ce qui est pire, Hannah, coupa-t-il, poser ouvertement la question ou ruminer seul dans son coin ?

– Puisque tu tiens à savoir, répondit-elle, glaciale, c'était plutôt la nuit. Mais pourquoi fais-tu ça, Stephen ? Pourquoi te tourmenter ainsi ?

– Peut-être parce que je n'arrive pas à comprendre comment tu as pu le laisser te toucher... Pourquoi tu ne t'es pas tuée avant qu'il ne pose ses sales pattes sur toi.

– C'est facile à dire, Stephen, mais ce n'est pas aussi facile de choisir entre la vie et la mort.

– Il m'est déjà arrivé de voir la mort en face !

– Tu crois ? Celle d'un soldat, oui. Une mort rapide qu'on ne sent pas venir. Moi, je te parle d'une autre, une mort lente, qu'on a le temps de voir s'approcher. Je peux te dire qu'on s'accroche au plus petit espoir de survie. Et je te connais, Stephen, tu es un soldat et, dans de telles circonstances, tu te battrais jusqu'au bout.

– Mais toi, tu es une femme raffinée ! Jamais tu n'aurais dû vivre ça.

Hannah égrena un rire amer.

– Je t'accorde que ce que j'ai vécu ne correspondait guère à ma condition.

– Mais te rends-tu compte de ce que j'ai traversé ? De mon horrible sentiment d'impuissance ? Une brute bestiale s'empare de *ma* femme, la brutalise, en fait une esclave, puis sa squaw ! Et je ne pouvais rien faire. Une épouse est le bien le plus précieux que puisse avoir un homme. L'idée que quelqu'un d'autre puisse te toucher ! Je veux le tuer ! Je veux qu'il meure pour m'avoir volé, que dis-je ? violé, au sens propre, mon bien le plus cher. Nous savions que Juh était dans les parages. Jamais je n'aurais dû te laisser sortir du fort. Surtout pas avec ce bleu de Sloane et ce crétin de Delvecchio qui était tellement amoureux de toi qu'il était incapable de penser à quoi que ce soit d'autre !

– Ce qui est fait est fait, Stephen, on ne peut changer le passé.

– Qu'ils soient maudits pour avoir laissé les Apaches s'emparer de toi.

– Delvecchio a essayé de me tuer. C'est la dernière chose qu'il a voulu faire, mais j'ai détourné son arme. Je voulais vivre. Stephen, regrettes-tu vraiment que je ne sois pas morte ? M'en veux-tu d'être là, devant toi ?

– Non, non.

Il la prit dans ses bras, mais Hannah sentait son conflit intérieur. Chaque fois qu'il la regardait ou pensait à elle, il se répétait qu'un autre l'avait touchée. La jeune femme se demandait s'il serait capable un jour d'oublier.

Quand Stephen la laissa aller, le peignoir d'Hannah glissa de son épaule. Elle voulut remonter le vêtement, mais Stephen vit, cette fois, ses cicatrices et lui immobilisa la main.

– Il a même laissé sa marque, grinça-t-il.

Hannah ne chercha même pas à lui expliquer que ces brûlures avaient été faites par Gatita et non Lutero. Elles étaient de toute façon les stigmates de son séjour chez les Indiens.

– Elles disparaîtront... avec le temps, murmura-t-elle.

– Oui, soupira-t-il en sortant.

Hannah écouta ses pas décroître dans le couloir et se jeta sur son lit. Elle comprenait soudain l'étendue de la douleur de son mari : il avait été blessé au plus profond de son orgueil. Un sanglot la parcourut soudain. Elle s'était battue, elle avait survécu et, désormais, elle se demandait si Stephen le lui pardonnerait un jour.

Où était le bien et où était le mal ? Elle ne le savait plus. Un certain code de l'honneur avait été rompu et, pour Stephen, elle avait perdu sa respectabilité.

16

Assise près d'une lampe, Hannah était le centre de l'attention de tous, y compris celle du capitaine Jake Cutter. La soie safran de sa robe mettait admirablement en valeur son teint doré et les reflets fauves de sa superbe chevelure.

Adossé à un mur, une coupe de champagne à la main, Jake Cutter observait la jeune femme. La veille, comme beaucoup d'autres, il avait lu à la une de la gazette : « Une femme blanche devient squaw lors d'une cérémonie païenne. » Cutter n'avait pas dépassé le titre et avait aussitôt jeté ce torchon.

Toute la soirée, Hannah avait su garder la tête haute. Un sourire distant retroussait légèrement ses lèvres, et une lueur presque amusée autant qu'ironique éclairait fugitivement son regard. À force de l'observer, Jake Cutter avait de plus en plus l'impression qu'Hannah Wade était encore plus forte que tout ce qu'elle avait pu affronter. Tel le roseau, elle avait appris à plier mais non à rompre.

– Dites-moi, madame Wade, avez-vous rencontré un des grands chefs apaches, Géronimo, Vittorio... ? demanda le colonel Bettendorf.

– Juh est venu plusieurs fois au village. Deux fois en simple visite et les autres pour organiser un raid. Gatita, Petite Chatte, ma maîtresse, m'a dit que les Indiens le considèrent comme un fou. Ils l'ont surnommé « cœur de haine ».

– Avez-vous rencontré d'autres chefs ?

– Géronimo est venu une fois, mais je ne savais pas que c'était lui. Je ne l'ai su qu'après son départ. Géronimo est plus qu'un chef pour les Apaches, il est aussi un devin. Ils croient qu'il a le pouvoir de prédire l'issue d'une bataille.

– Vous ne croyez tout de même pas ça ! intervint le capitaine Goodson.

Hannah haussa les épaules.

– Les Apaches disent qu'il ne s'est encore jamais trompé. Après tout, beaucoup de gens soutiennent que les Irlandais ont le don de double vue.

– Ça, c'est vrai, soutint le lieutenant Hennessy. Ma mère a rêvé que Lincoln tombait sous les balles juste une semaine avant l'attentat.

– Tout cela est passionnant, reprit le colonel Bettendorf. Mme Wade est une mine de renseignements. Il faut absolument qu'elle vienne au quartier général et nous montre sur les cartes les lieux de campement des Indiens et les routes qu'ils suivent lorsqu'ils se déplacent.

– Pas ce soir, mon ami, s'écria Ophélia. Cette soirée est donnée pour qu'Hannah se détende et s'amuse au milieu de ses amis.

– Il paraît que les Apaches maltraitent leurs épouses. Est-ce vrai, madame Wade ? demanda la jeune femme du lieutenant Digby, les yeux brillant de curiosité malsaine.

– Je l'ignore, rétorqua Hannah. Je n'étais pas une épouse mais une esclave.

– Moi, j'en suis sûre, coupa Maude Goodson. Les Apaches sont des barbares. Je n'oublierai jamais notre arrivée à Fort Bayard. Sur la route, nous avons rencontré une caravane. Tous les chariots avaient été brûlés, il n'y avait pas un seul survivant. Non seulement les Indiens avaient tué hommes, femmes et enfants, mais les corps étaient atrocement mutilés.

– C'est dommage que vous n'ayez pu voir ce que l'armée mexicaine a fait lorsqu'elle a attaqué notre campement. Les soldats ont éventré les enfants à coups de sabre. Ils ont même écartelé une femme enceinte...

– Hannah ! s'exclama Stephen, indigné.

– Je vous prie de m'excuser, mesdames, reprit Hannah. Je cherchais simplement à expliquer que la barbarie et la cruauté ne sont pas l'exclusivité des Apaches.

– Seigneur Jésus, fit Mme Digby, se tamponnant le front avec un fin mouchoir de dentelle. Je n'arrive pas à comprendre comment vous avez pu supporter toutes ces horreurs. Je crois qu'à votre place je me serais tuée.

Un léger murmure parcourut l'assemblée, prouvant que nombreux étaient ceux dans l'assistance qui partageaient cette opinion. Hannah pinça les lèvres et fit front.

– À ma place, madame Digby, vous vous seriez aperçue que l'instinct de survie est le plus fort. On peut *penser* vouloir mourir, mais, confronté à cette éventualité, on choisit de vivre.

Hannah jeta à Stephen un regard qui fit comprendre aux témoins que ce sujet avait déjà été abordé entre eux.

– Quoi qu'il en soit, reprit le colonel Bettendorf, Mme Digby a soulevé un excellent sujet. Les dames de notre monde ne devraient pas se trouver confrontées à certaines situations. C'est notre devoir, à nous, gentlemen, de les en protéger, et la dernière balle de notre barillet doit être gardée pour délivrer la femme et l'enfant des ultimes outrages. Regardez le Fort Kearney. S'il se voyait attaqué et sur le point d'être investi par ces brutes, les soldats ont pour devoir d'enfermer les femmes et les enfants dans la poudrière et d'y mettre le feu.

Le colonel Bettendorf se plaisait à donner cet exemple magistral de l'intelligence et de l'humanisme du corps militaire. Hannah l'avait entendu de nombreuses fois et, par le passé, elle aurait sans doute plaisanté avec le supérieur de son mari, lui disant que peut-être ces femmes et ces enfants avaient plus à redouter de leurs maris et pères que des Indiens !

– Je me suis souvent demandé qui avait pu donner une telle consigne, choisit-elle de répondre. C'est si implacable... On dirait qu'elle émane directement du général Custer ! Au fait, l'ébullition créée à Washington par ses attaques contre le Bureau des Affaires Indiennes est-elle retombée ?

Un silence pesant se fit que le colonel Bettendorf se décida enfin à rompre :

– Personne ne vous a dit pour Custer ?

– Non, répondit Hannah, dévisageant curieusement son entourage.

– Le tiers du Septième Régiment a été anéanti, fit le lieutenant Digby. Une bataille farouche a eu lieu dans le Montana, près de la rivière Little Big Horn. Custer y a trouvé la mort ainsi que près de deux cents hommes. Ça s'est passé en juin dernier. Pratiquement aucun survivant, conclut Digby, avec cette économie de langage propre aux militaires.

– À part le major Reno et les trois compagnies

que Custer lui avait confiées, s'enflamma Stephen. Custer serait encore de ce monde s'il avait pris les Indiens à revers comme il en avait la possibilité. Au lieu de ça, il a tenu à garder ses positions, et ce fut le désastre. Custer affrontait seul les Indiens à quatre kilomètres de là, et il s'en serait tiré avec l'aide de Reno !

– Les compagnies que commandait Reno étaient elles-mêmes menacées, lui rappela le colonel Bettendorf. Il était fort difficile d'arriver au secours de Custer dans ces conditions. Et même si Reno était venu à la rescousse, les Indiens étaient supérieurs en nombre. Alors, c'est le régiment en entier qui aurait été décimé.

– Le capitaine Weir s'est porté de son propre chef au secours de Custer, malgré l'avis contraire de Reno. Mais, hélas ! il était déjà trop tard. En tout cas, Weir a essayé, alors que Reno n'a rien tenté !

De toute évidence, la bataille avait déjà été disséquée dans ses moindres détails. Hannah percevait l'intonation agressive de Stephen et savait comment il aurait réagi à la place de Reno : il se fût lancé au secours de Custer, et peut-être l'eût-il sauvé.

Murmurant une excuse, la jeune femme se leva et laissa les hommes à leurs élucubrations stratégiques. Elle gagna le buffet où une bouteille de champagne tiède l'attendait. Hannah réfléchit à ce qui se serait passé si, au lieu de rester au Neuvième, Stephen avait accepté de rejoindre le Septième à la fin de la guerre civile. Sans doute aurait-il enfin trouvé la gloire et réalisé ses ambitions au lieu de demeurer obscur et presque sans grade dans ce trou ! Et elle, évidemment, n'aurait jamais été capturée par les Indiens. Il ne fallait pas néanmoins oublier que si Stephen avait rejoint le Septième, elle serait probablement présentement veuve...

– Puis-je me permettre ? fit une voix basse tandis qu'une longue main brune et nerveuse sortait la bouteille de champagne de son seau en argent.

Hannah leva les yeux et se sentit rassurée en découvrant le capitaine Jake Cutter.

– Merci, capitaine.

Hannah tendit sa flûte et observa le visage de l'homme pendant qu'il la remplissait. Il y avait chez Jake Cutter une réserve et une détermination qui prouvaient qu'il n'était pas homme à juger les êtres ou les choses précipitamment, et sous ses airs désinvoltes se dissimulait une volonté farouche.

– Vous savez, sourit-elle, quand il lui rendit sa flûte pleine, le mur ne s'écroulera pas si vous cessez de vous y appuyer !

– Un célibataire apprend vite à rester près du buffet, répondit Cutter, imperturbable.

Quatre jours déjà qu'Hannah était de retour ! Quatre longs jours durant lesquels elle avait découvert que ce qui jadis faisait sa joie l'ennuyait désormais à mourir.

La jeune femme buvait lentement son champagne. Dans son dos, les militaires poursuivaient leur éternel débat.

– N'oubliez pas que les Sioux et les Cheyennes sont parmi les meilleurs cavaliers de la terre, disait le colonel Bettendorf.

– La cavalerie, soupira Hannah, attirant aussitôt l'attention de Jake Cutter. Les Apaches ne sont pas de grands cavaliers. J'ai bien peur que mon mari ne se soit trompé de régiment. Ce qu'il veut, c'est une bataille rangée, alors qu'ici il ne trouve que la guérilla.

– Les gens veulent toujours plus que ce qu'ils ont, fit le capitaine avec un léger haussement d'épaules.

– C'est effectivement ce que j'ai tendance à penser.

– C'est la vérité, insista Cutter. Pourtant, il suffit bien souvent que la vie soit tout simplement agréable; que le vent soit frais et que le soleil resplendisse dans le ciel.

Jake Cutter avait raison et, pendant un moment, Hannah oublia le reste de l'assemblée pour ne plus songer qu'à ce qu'il venait de dire. Elle prit soudain conscience que les éclats de voix de tout à l'heure s'étaient peu à peu transformés en murmures : ces mêmes murmures dont elle était entourée où qu'elle aille depuis quatre jours.

– Sont-ils tous en train de m'observer, capitaine ? demanda-t-elle, sans se retourner.

– Oui.

– Dommage, ironisa la jeune femme, j'aurais bien aimé voir quelqu'un au moins une fois de dos, ce soir ! Mais ils ne me quittent pas des yeux. Je sais quelle est la question qui les obsède. C'est d'ailleurs la seule qu'ils n'ont pas eu le courage de poser : combien d'Indiens a-t-elle connus ?

Jake Cutter posa sa coupe en silence et tourna les talons. Hannah leva la tête vers lui, s'attendant à le voir s'éloigner, mais il n'en fit rien. Elle fixa, étonnée, les larges épaules qui tendaient le tissu bleu de la veste d'uniforme et les boucles brunes sur la nuque bronzée.

– Voilà, murmura-t-il, je vous tourne le dos.

Quand il la regarda de nouveau, un sourire éclairait ses yeux si bleus. Hannah ne réussit pas tout à fait à réprimer son fou rire et s'en sentit merveilleusement soulagée.

– Vous devriez sourire plus souvent, fit Cutter en reprenant son verre. Cela rend les choses tellement plus belles...

– Je ne crois pas vous avoir encore correctement remercié... pour tout.

– Vos remerciements sont inutiles, madame Wade. J'ai simplement fait ce que n'importe qui d'autre aurait fait à ma place.

– Votre devoir ?

– C'est ça, mon devoir, répondit-il avant de finir son champagne.

Hannah entendit des pas. L'instant d'après Stephen la prenait par le bras. À contrecœur, la jeune femme se tourna vers son mari, apercevant de nouveau les regards curieux de l'assistance.

– Comment te sens-tu, Hannah ?

– Très bien, Stephen, mentit-elle.

– Encore du champagne ? dit Stephen en fronçant le sourcil.

– Ce n'est que ma deuxième flûte, se défendit-elle. Rassure-toi, ce n'est pas ça qui me fera parler inconsidérément.

Stephen accueillit cette phrase avec un pincement de lèvres.

– Je pensais que tu étais peut-être un peu fatiguée, reprit-il. Nous pourrions prendre congé.

Cinq minutes auparavant, Hannah aurait accepté avec joie cette proposition. Mais elle se rendait compte que, plus que son bien-être, c'était la crainte qu'elle ne parlât trop qui poussait Stephen à lui suggérer de rentrer.

– Pas tout de suite, répondit-elle. Je n'ai pas encore fini le champagne que le capitaine Cutter vient de me servir.

Hannah porta la fine flûte de cristal à ses lèvres en échangeant avec Cutter un regard complice.

– En voulez-vous, commandant ? fit le capitaine en s'emparant de la bouteille.

– Non ! s'écria Stephen. Merci, capitaine, se reprit-il.

Jake Cutter haussa les épaules et se contenta

de se resservir tandis qu'Ophélia Bettendorf se dirigeait vers eux.

– Un peu de champagne, madame Bettendorf ?

– Non, merci, une coupe de plus et la tête me tournerait. Hannah, ma chérie, je suis sûre que ce doit être merveilleux de se retrouver au milieu de gens civilisés après toutes les horreurs que vous avez vécues. Comme je le disais au colonel, ce doit être un vrai miracle !

– Oui, c'est cela, fit Hannah en fixant sa flûte.

– Je disais au colonel, poursuivit Ophélia, qu'il serait sans doute bon de demander au révérend de Silver City de venir vous voir. Je suis sûre qu'après tout ce que vous avez enduré, parler à un homme de Dieu vous ferait du bien.

– Je suis toujours prête à prier auprès d'un ministre du culte, madame Bettendorf, mais sachez bien que je n'ai aucun péché à confesser !

La voix claire et coupante d'Hannah retentit nettement dans le brouhaha du salon. Tout le monde l'entendit. D'ailleurs, comment aurait-il pu en être autrement, chacun étant à l'affût de ses moindres faits et gestes ?

L'arrivée d'un soldat demandant le lieutenant Digby d'urgence fit diversion. Les conversations reprirent après son départ, mais chacun restait en alerte, conscient qu'il s'était passé quelque chose.

Quelques minutes plus tard, le lieutenant Digby réapparut et vint se mettre au garde-à-vous devant le colonel Bettendorf.

– Mon colonel, annonça-t-il, un chariot de marchandises a été attaqué par les Apaches alors qu'il se rendait à la mine. Un des hommes a réussi à s'échapper pour venir demander du renfort.

Dehors, un clairon sonnait le rassemblement. Les hommes gagnèrent la sortie. Hannah vit Stephen suivre le mouvement. Plus que le goût tout militaire d'en découdre avec l'ennemi, la jeune femme sentait la soif de vengeance animer son mari.

– Je me porte volontaire, fit Stephen au colonel.

– Entendu. Prenez une douzaine d'hommes avec vous. Digby, l'homme a-t-il dit où se trouvait exactement le chariot et combien d'Apaches l'avaient attaqué ?

Par le passé, Hannah avait vu plus d'une fois son époux se porter au-devant du danger, mais cette fois elle en ressentait une impression bizarre. Elle sortit sur la galerie. Stephen revenait des écuries sur sa monture.

– Hooker ! cria-t-il, péremptoire. Réunissez les douze premiers hommes qui seront prêts quelle que soit leur compagnie !

On s'agitait sur l'esplanade. Deux soldats aidèrent un homme à descendre de son cheval tandis que le docteur Griswald, sa sacoche à la main, se dépêchait de les rejoindre.

L'éclair d'une allumette fit sursauter Hannah : Jake Cutter allumait près d'elle un de ses éternels cigares. À la lueur de la flamme, leurs regards se croisèrent, puis ils reportèrent leur attention sur l'esplanade.

Au commandement de John T. Hooker, les hommes se mirent en selle d'un même mouvement. Stephen poussa sa monture jusqu'à la galerie où se tenait Hannah.

– Ça ira ? demanda-t-il.

– Bien sûr, répondit-elle.

– Je veillerai personnellement à ce que Mme Wade regagne ses appartements en toute sécurité, intervint Jake Cutter. Bonne chasse, commandant.

Les deux officiers échangèrent un bref salut, puis Stephen rejoignit les soldats.

– En rang par deux, en avant, marche !

La petite colonne s'ébranla et ne tarda pas à

disparaître, le lourd martèlement des sabots sur le sol durci résonnant encore quelques minutes dans la nuit après qu'ils eurent quitté le fort.

La soirée avait fait long feu : quelque chose s'était brisé. Hannah retourna au salon prendre congé de ses hôtes, affrontant encore une fois les regards curieux, voire suspicieux, de l'assemblée.

– Merci pour cette charmante soirée, madame Goodson, fit-elle le plus poliment du monde.

– Le plaisir fut pour nous, madame Wade. Je suis néanmoins surprise que votre mari se soit porté volontaire pour conduire la patrouille. Je ne m'attendais pas à ce qu'il vous laissât toute seule si vite.

– Il a toujours fait passer son devoir avant tout, dit Hannah. Vous êtes prêt, capitaine ? Bonsoir, madame Goodson.

Hannah eut toutes les peines du monde à ne pas presser le pas tant elle bouillonnait de rage contenue. Près d'elle, le capitaine Cutter fumait imperturbablement son cigare.

Hannah lui était reconnaissante de son silence. Elle avait l'impression d'avoir passé toute la soirée devant un tribunal. On l'avait jugée et on l'avait condamnée. C'était si injuste ! Elle avait été la victime impuissante de son malheur, et on le lui reprochait. Si elle avait péri sous les coups de ses tortionnaires, chacun l'aurait pleurée. Mais elle avait survécu, et c'était impardonnable. Elle avait été squaw et en demeurait à jamais souillée : elle porterait pour toujours la marque de son infortune. Hannah en aurait pleuré tant sa révolte était grande face à cette injustice.

Arrivée à sa porte, la jeune femme s'arrêta, la main sur la poignée.

– Merci de m'avoir raccompagnée, capitaine.

– C'est dur, n'est-ce pas ? fit-il, calmement.

Hannah s'immobilisa, fixant le battant.

– J'ai peur de ne pas comprendre de quoi vous voulez parler, capitaine Cutter.

– Je crois que vous me comprenez très bien, madame Wade, fit Cutter, ôtant son cigare de ses lèvres. J'ai suivi tout ce qu'ils ont pu vous dire et vous demander ce soir. Ils ne vous ont pas laissé une minute de répit.

– Mais pourquoi ? soupira la jeune femme, soudain anéantie. Qu'ai-je donc fait ?

– Ce n'est pas ce que vous avez fait qui compte, reprit Cutter, suivant pensivement la fumée bleutée de son cigare, mais plutôt ce qu'on leur a toujours appris. Certaines mères expliquent à leurs enfants qu'un fruit tombé à terre ne peut plus être mangé, même si on le lave cent fois.

– Vous auriez peut-être mieux fait de ne pas me délivrer, capitaine. Vous auriez dû me laisser où j'étais.

– Vous ne parlez pas sérieusement, Hannah... Pardon, madame Wade.

– Je vous en prie, vous pouvez m'appeler Hannah. Croyez-vous que les gens finissent par dépasser leur aversion pour les fruits tombés à terre ?

– Il suffit qu'ils aient vraiment faim.

– Et si ça ne leur arrive jamais ?

– Ils meurent idiots.

Hannah fixait la haute silhouette qui se découpait sur la nuit étoilée. Jake Cutter porta la main au bord de son chapeau et, bien qu'elle ne pût voir son visage, la jeune femme sut qu'il ne souriait pas.

– Bonne nuit... Hannah.

Elle le regarda s'éloigner dans la nuit, pensant désormais plus à lui qu'à ses propres tourments. Cet homme taciturne avait le don de balayer en quelques mots ce qui dérangeait tellement la plupart de ses contemporains. Sans doute sa vie ici, au milieu du désert, lui avait-elle appris à relativiser bien des choses. Dommage que Stephen ne puisse partager quelques-uns de ses points de vue...

Le départ de la patrouille avait attiré sur l'esplanade les gens de l'allée des Vapeurs, puis, les soldats partis, chacun était rentré chez soi. Cimmy Lou, qui était elle aussi venue assister au spectacle, repartit à regret vers sa tente. Elle n'avait pas envie de retrouver tout de suite le lit encore chaud du corps de John. Quelle idée aussi avait-il d'être sergent-chef ! Il était toujours sur la brèche, et il arrivait à Cimmy Lou de détester les trois galons dorés qu'il portait sur sa manche. Pourtant, c'était en grande partie à cause d'eux qu'elle l'avait épousé. Et aussi parce que John savait lui donner du plaisir... quand il était là !

Un mouvement dans l'obscurité la fit sursauter. Était-ce un Apache prêt à lui bondir dessus ? Cimmy Lou fut rassurée en reconnaissant l'homme dégingandé qui se détachait de l'ombre.

– Eh bien, soldat Bitterman, le nargua-t-elle, n'est-il pas un peu tard pour venir chercher votre linge ?

– Je t'attendais, fit-il, tendu. Tu le sais bien.

– Je n'en avais aucune idée, répondit-elle en lui tournant le dos.

– Je savais que Hooker partirait avec la patrouille et que tu serais seule cette nuit. (Il la retint par le bras et la fit se retourner.) Jamais je n'aurais dû t'embrasser, dit-il, la dévorant des yeux.

– Je sais à quoi tu penses, Leroy, et ce que tu veux. Tu es bien comme tous les autres hommes.

– Je suis venu te dire de me laisser tranquille, Cimmy Lou. Arrête de m'allumer. Je ne suis pas comme les autres, et ce n'est pas ton sergent de mari qui me fait peur.

– Je ne t'ai pas demandé de m'attendre ce soir ! Tu es venu tout seul.

– Et je te répète de me fiche la paix si tu ne veux pas de moi !

Elle voulut reprendre sa route, mais il l'en empêcha.

– Qui voudrait de toi, Leroy Bitterman ? rétorqua la jeune femme.

– T'en va pas ! J'ai pas fini !

Cimmy Lou se débattit de toutes ses forces, mais en vain. Leroy réussit à lui immobiliser les poignets dans le dos et son autre main lui bloqua le menton. Quand les lèvres de l'homme s'écrasèrent sur les siennes, Cimmy Lou resta de marbre, mais quand il mit fin à son baiser, elle le regretta. Il y avait chez lui une telle violence qu'elle en était troublée malgré elle.

– Tous les hommes qui te voient ont envie de toi, Cimmy Lou, et tu t'amuses à les rendre fous. John te sert de rempart. Mais je te le répète : il ne m'arrêtera pas. Je te veux et je t'aurai. Tu verras.

Cimmy Lou lui rit au nez, mais elle n'était plus aussi sûre d'elle quand elle reprit le chemin de sa tente.

17

Dormeur éclata de rire et agita ses petites mains quand il aperçut Hannah. La jeune femme sourit, mais son sourire s'évanouit quand elle vit les autres Indiens dans le chariot qui les emmenait vers leur réserve : de lourdes chaînes les entravaient. Le chariot passa devant elle en brinquebalant, et le soldat noir qui l'accompagnait lui jeta un regard suspicieux, sans pour autant lui ordonner de ne pas rester là.

Hannah n'arrivait pas à haïr ces gens. Elle connaissait leurs exactions, la façon cruelle dont ils l'avaient traitée, mais elle se souvenait aussi du grand chasseur qu'était Chien Coléreux. Ne leur avait-il pas permis de survivre grâce à son gibier, lors de leur longue fuite du Mexique ? De même elle n'avait pas oublié Loco, le clown du groupe, et la manière dont il trouvait toujours le moyen de faire rire sa femme.

Qui, à Fort Bayard, aurait pu la comprendre ? Personne, et surtout pas Stephen ! Il était rentré de patrouille cinq jours plus tôt, au coucher du soleil. Les Apaches qui avaient attaqué le chariot n'avaient laissé aucun survivant, et c'étaient des cadavres atrocement mutilés que les soldats avaient ramenés avec eux. Pour Stephen, il ne pouvait y avoir de pardon.

On transportait les prisonniers à Ojo Caliente dans le nord du Nouveau-Mexique. Apercevant Hannah, Gatita tourna la hotte de Dormeur pour qu'il ne la vît plus.

– Ojo Caliente est un bon endroit, cria néanmoins la jeune femme, en espagnol.

– Si l'endroit si bon, répondit Gatita en lui lançant un regard dur, que les jambes jaunes y aillent ! Nous rester ici !

Hannah repartit tristement. Elle savait que le destin des Apaches était scellé à jamais. Peut-être leur vie de nomades continuerait-elle encore un peu, mais elle était vouée à disparaître. Les cultures blanche et indienne étaient incompatibles. Les Apaches devraient être assimilés, ou balayés à tout jamais de la surface de la terre.

Stephen remonta le convoi et descendit de cheval devant Hannah. Son visage dissimulait mal sa colère quand il l'entraîna par le bras.

– Tu leur parlais ! accusa-t-il.
– Oui.
– Qu'as-tu dit ?
Le cœur d'Hannah s'emplit d'amertume.
– À quoi bon te répondre ? Tu ne me croirais pas.
– Hannah ! soupira-t-il, excédé.
Où donc était passée la femme qu'il aimait ? Comment faire pour la retrouver ? Pourquoi ne pouvait-il oublier le passé et reconstruire leur bonheur sur le présent ?
Quand Hannah regarda son mari, elle vit toutes ces questions dans ses yeux.
– Quand nous aurons ramené tous les prisonniers dans leur réserve, les choses s'arrangeront, fit-il. Ils ne seront plus là pour te rappeler ton passé. Tu pourras oublier.
Hannah sourit tristement. Ce discours ne s'adressait pas à elle, mais bien à lui !
– Bien sûr, répondit-elle.
– Je serai de retour dans une semaine.
Stephen hésita un instant, puis se pencha pour déposer un baiser sur le front de sa femme. C'était son premier geste tendre depuis une semaine. La seconde suivante, il était remonté sur son cheval et s'éloignait.
Le convoi s'ébranla enfin dans les grincements des roues et les claquements de fouet, et Hannah eut encore le temps d'apercevoir une dernière fois Gatita. Quand elle fit demi-tour pour rentrer chez elle, elle vit Jake Cutter qui l'observait sous la galerie du quartier général. Elle lui sourit, heureuse de savoir qu'au moins lui ne la jugeait pas.
Depuis son retour à Fort Bayard, Hannah n'avait guère participé à la vie sociale. Stephen préférait qu'elle reste chez elle, et elle espérait qu'en demeurant discrète les autres finiraient par

cesser de la considérer comme une bête curieuse. Mais maintenant qu'elle se retrouvait seule, il était temps de reprendre des relations plus suivies. Hannah décida donc d'inviter les femmes d'officiers à venir prendre le thé chez elle deux jours plus tard.

En fouillant dans sa penderie, la jeune femme constata que sa robe puce n'y était plus. Elle inspecta alors malles et tiroirs et découvrit la disparition de son châle gris, d'une affreuse broche en pâte de verre qu'une de ses tantes lui avait jadis donnée, d'un vieux peigne en écaille de tortue et de deux jupes démodées qu'elle avait gardées pour le tissu. Hormis la robe puce, tout ce qui manquait n'avait aucune valeur, et elle ne s'en était jamais servie.

– Delancy ! appela Hannah.

En entrant dans la cuisine, Hannah découvrit l'ordonnance en conversation avec Cimmy Lou.

– J'ai rapporté vos serviettes, mam' Wade.

– Merci, répondit Hannah sans y penser. Delancy, je n'arrive pas à mettre la main sur ma robe de soie puce avec les fils d'or. D'autres choses manquent. Avez-vous idée de l'endroit où elles se trouvent ?

Le regard que l'ordonnance et la lavandière échangèrent éveilla les soupçons de la jeune femme.

– J'ai trouvé votre robe un matin dans le jardin, se décida enfin à répondre Delancy. Elle était toute déchirée. J'en ai parlé au commandant, mais il m'a dit qu'il était au courant...

– Je vois, fit sombrement Hannah. Merci, Delancy.

Comme elle s'apprêtait à sortir, le regard d'Hannah fut attiré par quelque chose de jaune qui brillait au corsage de Cimmy Lou.

– Mais ? N'est-ce pas ma broche que vous avez là ?

– C'est le commandant qui me l'a donnée.

– Et mon châle, mon peigne, mes jupes ? Il vous les a donnés aussi ? fit Hannah, stupéfaite.

– Oui, mam' Wade.

– Mais pourquoi ?

Hannah n'avait pas voulu poser la question : elle était partie toute seule.

– Je ne sais pas, fit Cimmy Lou, la défiant du regard. Vous pourriez peut-être lui demander.

Hannah ne répondit rien et sortit de la cuisine, les joues en feu. Toute femme d'officier savait que si elle n'accompagnait pas son mari en garnison, il irait satisfaire ses besoins charnels avec une quelconque créature. On n'y pouvait rien : les hommes étaient ainsi faits ! Mais se trouver soudain confrontée à cette évidence était une possibilité qu'Hannah n'avait jamais envisagée.

Quand ces dames arrivèrent pour le thé, Hannah avait recouvré son sang-froid. Elle installa ses amies au salon et servit le thé, la distribution des tasses respectant l'ordre hiérarchique des maris.

On commença par évoquer les potins ayant trait aux autres compagnies du Neuvième Régiment de Cavalerie, disséminées dans les différents forts du Nouveau-Mexique. Hannah ne prêtait qu'une oreille distraite à ces bavardages, s'apercevant au passage que certains noms lui étaient inconnus.

– Je le trouve très bel homme, fit soudain Mme Bettendorf à Hannah. Vous vous rappelez le commandant Austin ?

– Non, je suis désolée.

– Mais c'est vrai ! Elle n'était pas avec nous, se souvint Maude Goodson. C'était après que les Indiens l'eurent enlevée. Vous êtes vraiment restée très longtemps avec eux, ma pauvre chérie.

– Oui, en effet, répondit calmement Hannah, reposant sa tasse sur la table et s'emparant de la théière. Quelqu'un reveut du thé ? enchaîna-t-elle, remarquant malgré elle combien sa main paraissait brune sur l'anse de porcelaine blanche.

– Avec plaisir, minauda Maude. Oh, chère madame Wade, je voulais vous dire : vous devriez essayer de vous frictionner avec du jus de citron. C'est ce que je fais quand j'ai trop pris le soleil et que je veux que ma peau redevienne blanche.

– J'essaierai, sourit Hannah, se demandant si Maude Goodson se rendait compte du nombre de citrons qu'il faudrait.

– Est-ce vrai qu'ils vous ont pris tous vos vêtements ? fit Grace Digby en la dévorant des yeux.

Des petits gloussements effarouchés vinrent ponctuer une question si osée, contre laquelle néanmoins nul ne protesta. Hannah comprit qu'elles n'étaient venues que dans le but de glaner des potins bien croustillants afin de pouvoir les répandre partout. La moins hypocrite d'entre elles était finalement Maude Goodson !

– Je n'ai que des souvenirs cruels de ces longs mois, mesdames, et vous comprendrez que je ne tiens pas à les évoquer.

Ophélia Bettendorf gratifia Hannah d'un sourire sournois.

– Je dois vous avouer, ma chère, que j'ai été très surprise de voir le commandant Wade vous laisser seule si rapidement. Vous êtes restés séparés si longtemps... Je m'attendais à le voir tout le temps près de vous.

Hannah ne fut pas surprise par la question : il était vrai que, depuis son retour, Stephen trouvait toujours un motif pour ne pas être là. Il préférait fuir ses problèmes plutôt que de les affronter.

– Pour Stephen, le devoir passe toujours avant tout. C'est d'ailleurs ce qui fait de lui un bon officier. (En disant cela, Hannah se souvenait de l'époque où elle était fière de ce comportement. Aujourd'hui, elle répétait les mêmes mots, mais uniquement pour excuser son mari.) Mon mari n'acceptera jamais de voir ses affaires privées passer avant son devoir, reprit-elle.

Un silence s'installa durant lequel ces dames échangèrent des regards entendus.

– C'est absolument délicieux, fit Grace Digby en reprenant un gâteau. Il faudra que vous me donniez la recette.

– J'ai peur que vous ne deviez demander à Delancy. C'est lui qui les a faits.

– Vous n'avez jamais vraiment été férue de cuisine, n'est-ce pas, madame Wade ? intervint Mrs Bettendorf.

– Pas par le passé, la provoqua délibérément Hannah, mais j'ai fait des progrès. Par exemple, je sais accommoder le daim en farcissant la panse avec du sang caillé, des piments et des oignons sauvages.

– Vous n'avez tout de même pas mangé ça ! s'exclama Grace Digby, reposant d'un air dégoûté son petit gâteau entamé dans son assiette.

– Bien sûr que si. Et la prochaine fois que vous préparerez un lapin, faites-le griller un peu avant de le dépouiller et de le vider...

Hannah enchaîna recette apache sur recette apache, ne leur épargnant aucun détail et prenant plaisir à s'attarder sur les plus répugnants.

Lorsqu'elles s'en allèrent enfin, Hannah les observa par la fenêtre du salon. À peine furent-elles dehors que les langues se délièrent et elles papotèrent avec agitation. Ce spectacle n'amusa pas la jeune femme. Elle poussa un soupir, haussa les épaules et s'effondra sur le sofa.

Le retour de Stephen n'arrangea rien. Il affecta une attitude désinvolte, ne parla pas du passé, mais jamais il ne s'approcha d'Hannah, jamais il ne la toucha et il trouva le moyen de la laisser seule la plupart du temps.

Le retour de Stephen coïncida avec une reprise des attaques apaches. Leurs cibles privilégiées étaient les convois de chariots transportant l'argent des mines à la ville. Le fort vivait dans une agitation permanente, les patrouilles se croisant sans cesse, soit pour aller au secours d'un convoi pris en embuscade, soit pour en protéger un autre.

Un soir, un transporteur blessé réussit à atteindre Fort Bayard. Aussitôt un détachement fut expédié sur les lieux de l'attaque, et Hannah ne fut nullement étonnée de voir Stephen se porter volontaire pour le conduire. Pour Stephen, lutter contre les Indiens était devenu une affaire personnelle.

Les ombres nocturnes du désert paraissaient vouloir se refermer sur le groupe de cavaliers qui suivait un étroit canyon. Seuls le bruit des chevaux et le hurlement occasionnel d'un coyote invisible déchiraient le silence imposant.

Le sergent John T. Hooker se pencha vers le commandant Wade et lui dit à voix basse :

– Selon l'homme, les Apaches les ont attaqués juste après les éboulis. C'est dans quelques centaines de mètres.

– Tout a l'air bien calme, ajouta le lieutenant Digby. Qu'en pensez-vous, mon commandant ?

– Les Apaches se sont peut-être repliés, répondit Stephen. Ils n'aiment pas se battre de nuit. Que chacun reste sur ses gardes.

Le message fut passé de bouche à oreille tout au long de la colonne tandis qu'ils approchaient du lieu de l'embuscade.

Les sens en alerte, le commandant Wade continua de mener ses hommes, maudissant les épais nuages qui obscurcissaient la lune et rendaient la visibilité quasiment nulle.

Soudain, son cheval broncha et coucha ses oreilles en arrière. Stephen s'arrêta, scrutant l'obscurité, et finit par apercevoir une masse noire obstruant l'étroite route.

– Holà ! du chariot ! cria-t-il.

Seul le silence lui répondit. Stephen attendit encore un peu puis sortit son revolver et, d'un coup d'éperons, força son cheval à avancer.

Le chariot avait été couché sur le côté, barrant le passage, mais de derrière parvenait un sourd gémissement. L'officier continua d'avancer, entraînant ses hommes à sa suite.

La bâche du chariot était constellée de flèches, et de l'attelage il ne restait qu'un cheval mort. Stephen descendit de son cheval, tendit les rênes au lieutenant Digby, puis il avança lentement dans la nuit lourde de l'odeur âcre de la poudre. De nouveau, Stephen perçut un gémissement et ne tarda pas à découvrir un homme à demi évanoui sous les roues.

– J'en ai trouvé un, fit-il, d'une voix étouffée mais parfaitement claire. Il respire. Cherchez aux alentours, sergent !

Tandis que les soldats se dispersaient, le commandant Wade rampa sous le chariot pour atteindre le blessé. Il serrait encore sa carabine contre lui et, quand l'officier la lui prit, il ouvrit les yeux.

– Où êtes-vous blessé ? demanda Stephen.

– Curly… murmura l'homme, il a réussi à atteindre le fort… Une balle dans la jambe… Une flèche dans l'épaule…

À sa voix sifflante, Stephen comprit que la flèche devait se trouver plus bas et avait dû traverser le poumon. Il continua d'interroger le survivant tout en l'examinant.

– Que s'est-il passé ? Où sont les autres ?

Le sang coulait abondamment de la cuisse gauche de l'homme, et Stephen lui fit un garrot à l'aide de son foulard.

– Ils nous sont tombés dessus sans prévenir. Ils étaient cachés dans les éboulis. Cinq... six, peut-être. Gillis a essayé de partir avec le premicr chariot, mais ils ont sauté sur les chevaux et s'en sont emparés. Irish et Shaughnessy sont allés se cacher dans les rochers... quand le chariot s'est... retourné sur moi.

– Cessez de vous agiter, dit Stephen.

Il s'extirpa de dessous le chariot et alla retrouver le lieutenant Digby, toujours sur son cheval.

– Donnez des ordres pour qu'on s'occupe de cet homme !

– Il y en a deux autres par ici, mon commandant, cria un soldat dans les éboulis. Morts tous les deux.

Le commandant Wade se fraya un difficile chemin à travers les caisses échappées du chariot renversé et rejoignit le sergent John T. Hooker près du cheval mort. Il était hors de lui. Chaque fois, c'était la même chose : ils arrivaient après la bataille et ne réussissaient jamais à mettre la main sur le moindre Indien !

– Faites remettre ce chariot sur ses roues, sergent. On s'en servira pour ramener le blessé. Envoyez une demi-douzaine d'hommes à l'avant, qu'ils essayent de localiser l'autre chariot et son conducteur. Les Apaches n'ont pas pu l'emmener bien loin. Ils ont dû l'abandonner et ne garder que les chevaux.

– Bien, *sir*. Voulez-vous que j'envoie aussi des hommes à leur poursuite ?

– Ce serait une perte de temps, sergent. Impossible de retrouver leur piste avant le jour, et ils auront six heures d'avance sur nous.

– Bien, *sir*.

Les bruits s'entendent de loin dans le désert et, soudain, le hennissement d'un cheval leur parvint.

– Ça vient du nord, commandant, à deux ou trois kilomètres d'ici, dit John T. Hooker. C'est peut-être un des chevaux du chariot qui leur a échappé.

– Possible, commenta Stephen. Que cinq hommes restent là et que les autres remontent en selle.

Une heure plus tard, la patrouille se frayait toujours un chemin pénible à travers le désert, guidée de temps à autre par le hennissement du cheval. Plusieurs fois, ils avaient rebroussé chemin, égarés dans des culs-de-sac, mais cette fois, lorsque le cheval hennit, il était tout proche. Aussitôt, Stephen leva sa main gantée et la colonne s'immobilisa.

– Ce cheval est resté au même endroit depuis le début, lui souffla le lieutenant Digby.

– C'est peut-être une embuscade. Les Apaches s'en sont servis comme d'un appât pour nous attirer, dit le sergent John T. Hooker.

– Envoyez deux hommes en éclaireurs, répondit Stephen.

Deux soldats furent immédiatement désignés. L'obscurité les absorba ainsi que leurs montures.

Les secondes qui suivirent parurent interminables. Enfin un des éclaireurs revint : ombre surgissant de la nuit.

– La voie est libre, mon commandant.

La colonne s'ébranla et ils eurent vitc rejoint l'autre soldat qui les attendait près du chariot abandonné.

– Ils l'ont laissé là avec le cheval, expliqua-t-il. Enfin, ce qu'il en reste, car les roues sont cassées et il a à demi basculé dans un ravin.

– Cherchez le corps du conducteur, ordonna Stephen, au comble de l'exaspération, car encore une fois ils arrivaient trop tard.

Les soldats fouillèrent les alentours, trébuchant sur les caisses que les Indiens avaient sorties du chariot. Un bruit de verre cassé retentit, un des hommes ramassa une bouteille.

– Du whisky, renifla-t-il. Évidemment, ces sauvages ont tout bu, la bouteille est vide !

– Dételez le cheval, dit Stephen.

– C'est curieux que les Apaches l'aient abandonné, fit remarquer le lieutenant Digby.

– Oui, je sais, répondit Stephen.

Lui non plus ne comprenait pas leur comportement, et cela l'inquiétait. Mais qui pouvait prévoir les réactions de ces brutes ?...

– Ça sent le brûlé, mon commandant, dit le sergent, se portant à la hauteur de son supérieur, le sourcil froncé.

Le commandant Wade ne perçut d'abord que l'odeur fraîche des conifères puis décela effectivement une odeur de brûlé : celle de ces feux sans fumée que savent faire les Indiens.

– Ils ont fait un feu pas loin, sergent. Trouvez-le.

Les recherches ne durèrent pas longtemps. En quelques minutes ils découvrirent le campement apache à une cinquantaine de mètres de là, en contrebas. Autour des braises encerclées par un rang de pierres, plusieurs silhouettes immobiles paraissaient dormir.

Stephen ordonna à ses hommes de se déployer autour du camp. Cette situation ne lui plaisait guère : tout semblait trop simple, et il redoutait une ruse. Mais quand il lança l'attaque, toutes ses craintes tombèrent. C'étaient des Indiens complètement saouls qui furent tirés de leur léthargie et, au lieu de se défendre, ils cherchèrent à s'enfuir.

En un éclair, Stephen se retrouva auprès du feu, rengainant son revolver, tandis que ses hommes poursuivaient deux fugitifs. À ses pieds, un Apache gravement blessé était allongé auprès des cadavres de deux de ses congénères.

– Nom de Dieu ! fit quelqu'un d'une voix blanche que Stephen finit par identifier comme étant celle de Hooker. Commandant, reprit-il, j'ai trouvé le conducteur du chariot.

Stephen rejoignit le sergent près d'un arbre où flottait une atroce odeur de chair brûlée. Hooker gratta une allumette et, à la lueur orangée de la flamme, le commandant Wade découvrit l'horrible spectacle. Le conducteur avait été pendu par les pieds à une branche de l'arbre, juste au-dessus d'un feu. Les Indiens avaient veillé à ce qu'il ne pende pas trop bas pour que sa mort fût lente. De sa tête il ne restait plus qu'une masse immonde, gluante et charbonneuse.

La vision ne dura que le temps de l'allumette, mais Stephen sut qu'il la garderait pour toujours en mémoire. Il se détourna en luttant contre la nausée.

– Ils lui ont brûlé la cervelle, commenta Hooker d'une voix redevenue calme.

– Détachez-le.

– Oui, *sir*. Cooper, Johnson ! Venez ici !

Le commandant Wade regagna le premier foyer qu'on avait ranimé et le sergent lui emboîta le pas. Les hautes flammes éclairaient les multiples bouteilles vidées par les Indiens et qui avaient permis leur capture.

– Sergent, fit un homme accroupi près de l'Apache blessé, il faudrait faire quelque chose : il est en train de se vider de son sang.

– N'y touchez pas ! cingla Stephen.

– Mais, *sir*, c'est un blessé.

– J'ai dit de ne pas toucher à cette ordure !

hurla le commandant, faisant un pas vers le soldat.

– Dans l'état où il est, il n'y a rien que vous puissiez faire pour lui, Moseby, tempéra le sergent Hooker.

Les soldats partis à la poursuite des fugitifs revinrent, poussant leurs prisonniers devant eux du bout de leurs fusils. Quand le premier Apache arriva près du feu, le sergent John T. Hooker se mordit la lèvre. Il observa le torse puissant, les épaules larges, les traits grossiers et les longs cheveux noirs retenus par un bandeau : Lutero. Un frisson glacé lui parcourut l'échine, et il se tourna aussitôt vers le commandant Wade, redoutant sa réaction. C'est alors qu'il se souvint que Stephen n'avait jamais vu Lutero, et Amos Hill n'étant pas là, nul ne pouvait lui dire qu'il venait de capturer l'homme qu'il recherchait depuis si longtemps. Nul, sauf lui, John T. Hooker... Il choisit de se taire.

Debout sur sa galerie, Hannah suivait d'un œil distrait la parade du matin. Mme Mitchell passa devant chez elle, se protégeant d'une ombrelle des ardeurs du soleil, et la salua d'un petit signe de la main. Hannah se contenta de hocher la tête, mais n'engagea pas la conversation.

Hannah savait que Mrs Mitchell allait prendre le thé avec quelques autres élues chez Ophélia Bettendorf. Elle ne s'étonnait pas de ne pas être invitée : comment papoter à loisir en sa présence ?

Quelle ironie du sort ! Après tout ce qu'elle avait enduré, on ne la jugeait plus fréquentable. Peut-être lui en voudrait-on moins si elle se faisait plus humble, montrait quelque honte pour ses actions au lieu d'en être fière. On... Et ce « on » incluait Stephen. La seule personne qui ne la tenait pas pour coupable était cet homme qui commandait d'un air las la parade : le capitaine Jake Cutter.

Un cavalier fit soudain irruption, annonçant le retour de la patrouille. Aussitôt, le fort fut en ébullition, et Hannah quitta sa galerie pour gagner l'esplanade.

Stephen fit une entrée impeccable à la tête de ses hommes; seul son visage noirci de barbe indiquait qu'il avait passé la nuit dehors. Derrière suivaient les hommes du rang, le regard las, l'épaule tombante. Préoccupée de savoir si tout le monde était de retour, Hannah ne prêta guère attention aux deux prisonniers apaches.

Stephen vit Hannah s'avancer vers lui et la salua en portant brièvement la main au bord de son chapeau. La jeune femme remarqua les cernes bistre qui soulignaient ses yeux et lui en voulut d'avoir préféré une nuit de combats à leur couche.

Elle détourna les yeux et vit le prisonnier apache qui suivait. Elle reconnut aussitôt la façon féline qu'il avait d'épouser chaque mouvement de son cheval.

Hannah s'immobilisa, le regard fixe, le souffle coupé, incapable de penser.

Puis, peu à peu, les abominables souvenirs qu'elle avait jusqu'ici tenté de reléguer au tréfonds de sa mémoire la submergèrent en vagues déferlantes. Elle revécut avec une acuité terrifiante chacune de ses douleurs physiques et morales, ses longs mois d'esclavage et surtout, surtout, son mariage forcé. Elle crut même un instant sentir le contact de l'Indien sur sa peau, son haleine fétide, son écœurante odeur de sueur acide.

Hannah fixait l'Apache et voyait en lui la source de ses tourments passés et présents. Même si c'était contre son gré, Stephen la rejetait. Tout le monde la rejetait ! Parce qu'un jour Lutero l'avait enlevée, elle avait définitivement perdu sa place parmi les siens. Il était responsable de ces murmures, de ces doigts pointés vers elle, de ces regards qu'on lui jetait à la dérobée partout où elle allait. Et maintenant, pour couronner d'épines son incessant calvaire, voilà qu'il était là. Lui ! Lutero !

Hannah se remit à marcher, sa haine se nourrissant de chaque souvenir, inconsciente de ce qui l'entourait, le regard fixé, fou, sur son bourreau.

Elle ne vit pas Stephen se retourner sur sa selle pour suivre son regard, pas plus qu'elle ne vit Jake Cutter pousser son cheval pour lui barrer le chemin.

Le capitaine sauta de sa monture et la prit aux épaules.

– Hannah, non !

– Laissez-moi passer, fit-elle, tentant de le repousser. Ne voyez-vous pas qui c'est ? Je le veux ! J'y ai droit !

La jeune femme ne se rendait même pas compte qu'elle faisait appel au vieux privilège apache de l'offensé réclamant sa vengeance immédiate. Jake Cutter dut la secouer pour qu'elle le regarde.

– Que voulez-vous en faire, Hannah ? Le tuer ? Et ça changerait quoi ?

Hannah cessa de se débattre et évita le regard intense des yeux bleus de l'officier.

– Je ne sais pas.

Stephen rejoignit le couple étrange.

– Que se passe-t-il ? Qui est cet Indien ? Le connais-tu ?

– Lutero, fit Cutter, comme s'il eût parlé de Satan.

Le commandant Wade se statufia littéralement sur sa selle, ses yeux lançant des éclairs fous. Que n'avait-il abattu cette ordure la nuit précédente lorsqu'il en avait eu l'occasion ! Maintenant, il ne le pouvait plus : impossible de tuer ce sauvage de sang-froid devant son supérieur et les autres officiers. Il fallait qu'il pense à sa carrière et à sa réputation !

Le silence s'éternisa, puis Stephen avança son cheval jusqu'à Lutero et s'arrêta. Impassible, l'Apache soutint le regard haineux de l'officier.

– Sergent ! Mettez cet Indien au cachot. Rompez.

Deux hommes s'emparèrent de Lutero. Hannah observait la scène, comme hypnotisée, et se rendit à peine compte que, près d'elle, le capitaine Cutter la prenait par le bras.

– Venez, dit-il, je vais vous raccompagner chez vous.

– Non ! répondit-elle, sans quitter l'Indien des yeux. Je veux le voir jeter en prison.

Cutter poussa un profond soupir et l'escorta en silence. La situation ne lui plaisait pas, mais il ne pouvait rien y changer. L'air déterminé d'Hannah lui prouvait assez qu'elle suivrait son idée jusqu'au bout, quoi qu'il arrive. Ils quittèrent donc ensemble l'esplanade.

En présence d'Ophélia Bettendorf et de Mme Mitchell, Stephen donna un court rapport de l'expédition à son colonel.

– Comment va le conducteur blessé ? demanda Bettendorf.

– Il n'a pas survécu à ses blessures.

– Et cet Apache ?

– C'est lui le chef. Il est entièrement responsable des tortures et de la mort de ces hommes.

– Votre femme semble le connaître. Est-ce lui qui…

– Oui, mon colonel, coupa Stephen, ne voulant pas entendre la fin de la question.

– Je vois.

Ces deux petits mots firent bouillir Stephen de rage. Lui aussi « voyait » parfaitement ce que le colonel Bettendorf voyait lui-même : Hannah livrée aux instincts les plus bas de cette brute à la peau rouge ! Impossible de chasser cette vision de son esprit, et impossible d'empêcher tout le monde à Fort Bayard de la partager.

Stephen en eut confirmation lorsqu'il entendit Mme Bettendorf dire à sa compagne :

– Vous avez entendu ? L'Apache qu'ils viennent de capturer est celui qui a fait de Mme Wade sa squaw !

– Bon travail, commandant. Rompez.

Stephen salua et remonta en selle. Son cheval cherchait à prendre le chemin des écuries, mais Stephen l'entraîna vers la prison.

Hannah se tenait debout devant la lourde grille de fer, le soleil allumant des reflets fauves dans ses cheveux. Près d'elle, la tête légèrement inclinée sur le côté, Jake Cutter tirait sur un cigare.

– Pourquoi l'avez-vous amenée ici, capitaine ? fit Stephen, haineux.

– C'est elle qui a insisté, répondit Cutter, observant l'officier à travers la fumée de son cigare.

– Tu n'as rien à faire ici, Hannah.

Il prit la jeune femme par le bras, mais elle résista, fixant toujours la forme accroupie dans l'ombre de la cellule.

– Que vont-ils lui faire ? demanda-t-elle.

– Nous allons le garder ici jusqu'à ce que le juge vienne. Il passera en cour martiale, siffla Stephen, visiblement révolté que Lutero ait droit à de tels égards. Viens, rentrons à la maison.

Jake Cutter regarda le couple s'éloigner, marchant au même pas, mais à mille lieues l'un de l'autre. Il se rendit compte que John T. Hooker s'approchait de lui mais ne détourna pas les yeux pour autant.

– Si je lui avais dit cette nuit que c'était Lutero, fit John, il l'aurait massacré.

– À coup sûr, murmura Jake Cutter.

18

Après avoir donné sa liste de courses au vendeur, Mme Bettendorf se promena quelques instants parmi les rayonnages de la procure. Comme elle regardait le peu de mercerie qu'offrait la devanture, son attention fut attirée par une silhouette, de l'autre côté de la vitrine.

– Madame Mitchell, fit-elle aussitôt à la jeune femme restée près du comptoir, venez vite. Regardez-la, reprit-elle, je suis sûre qu'elle va à la prison voir cet Indien. Mon mari m'a dit que le juge ne serait pas ici avant une semaine.

Mme Mitchell émit un petit claquement de langue fort réprobateur.

– C'est vraiment une honte, dit-elle. Je trouve qu'elle aurait quand même pu rester chez elle tant que ce sauvage n'a pas été jugé.

– C'est en tout cas ce que j'aurais fait ! C'est vraiment très triste, mais Mme Wade est une femme perdue... Oui, perdue. Les mois qu'elle a passés avec les Indiens l'ont marquée à jamais d'une tache indélébile. Une femme décente ne peut vraiment plus se montrer avec elle.

– Je l'ai déjà maintes fois répété : elle aurait dû se tuer avant qu'ils ne portent la main sur elle. Dieu seul sait ce qu'ils ont bien pu lui faire... Mais qui sont les femmes qui se laissent ainsi toucher par des étrangers, je vous le demande ?

Les deux femmes, la bouche pincée, regardèrent passer Hannah. La conduite inqualifiable de l'épouse du commandant Wade rejaillissait sur elles. Une femme d'officier ne pouvait se comporter de la sorte. L'accepter serait reconnaître qu'elles en auraient fait autant. Qu'en auraient pensé leurs maris ?

Hannah Wade n'avait pu être que consentante – comme toutes les femmes violées, d'ailleurs, c'est bien connu ! –, autrement elle aurait tenté de s'échapper, se serait refusée et aurait été tuée. La bonnc santé évidente d'Hannah prouvait bien qu'il n'en avait rien été ! Elle aurait mieux fait de rester avec ces sauvages puisque ça lui plaisait tant, plutôt que de revenir ici, éclabousser tout le monde de sa honte, à commencer par son pauvre mari !

Les jours recommençaient à être chauds, et Hannah sentait la brûlure du soleil sur ses épaules, à travers la popeline prune de sa robe. Elle ralentit le pas en arrivant devant la prison, puis s'arrêta.

Les gardes noirs la connaissaient et ne dirent rien quand elle s'approcha des lourdes grilles de fer. Lutero était assis en tailleur sur la dalle, ombre dans l'ombre de la cellule.

Hannah ne discernait pas ses traits, mais sentait ses yeux posés sur elle. L'air entre eux était chargé d'une intense électricité. Malgré son attitude stoïque, la jeune femme savait que l'Apache souffrait d'être privé des vastes espaces du désert.

Hannah savait par expérience que les Indiens étaient capables d'accepter le chagrin, la peine et même la mort. Mais ils étaient un peuple errant, habitué à aller et venir à sa guise, et se retrouver enfermé entre quatre murs était la pire des punitions pour ces êtres habitués à courir par monts et par vaux comme les animaux sauvages.

Lutero se leva et s'approcha de la grille. Il jeta un dernier regard froid à la jeune femme avant de lui tourner définitivement le dos, niant sa présence.

Hannah n'éprouvait aucun plaisir à le voir enfermé. Elle avait souhaité qu'il soit puni, mais cela n'avait rien changé. Lutero ne différait en rien des autres Apaches, et ce qu'il avait pu faire, n'importe quel autre de ses frères de race l'aurait fait aussi. « La manière apache », comme disait Gatita.

En tout cas, Hannah ne pouvait plus tout reprocher à Lutero. Ceux qui la rejetaient étaient responsables de leurs actes. La haine d'Hannah avait pris une forme plus abstraite : celle de la révolte face à l'injustice qu'elle subissait.

– Quelle surprise de vous rencontrer ici, madame Wade ! fit soudain une voix derrière elle.

Hannah sursauta et fut aussitôt sur ses gardes en découvrant le journaliste.

– Ce n'en est pas une pour moi de vous trouver là, monsieur Boler.

Bizarrement, Hy Boler parut apprécier cette remarque cinglante. Il reporta son attention sur la cellule.

– C'est lui, n'est-ce pas ?

– C'est Lutero, précisa la jeune femme malgré elle.

– J'ai cru comprendre que votre mari l'avait ramené il y a deux jours.

– Exact.

– Que croyez-vous qu'il faisait dans les parages ?

Lutero leur tournait toujours le dos. Les gardes noirs ne leur prêtaient aucune attention.

– Je suis certaine que vous savez déjà qu'il faisait partie de la bande qui a attaqué le convoi qui se rendait à Silver City. Mais pourquoi ne le lui demandez-vous pas directement, monsieur Boler ?

Hannah tourna les talons et s'éloigna, nullement étonnée d'entendre le petit homme la suivre.

– Le bruit a couru qu'il était venu pour vous.

– Et pourquoi cela ?

– Vous étiez sa squaw.

– Sa femme et son fils sont à Ojo Caliente. S'il avait dû aller chercher quelqu'un, je suis persuadée que ç'aurait été eux.

– Quel effet cela vous fait-il de le voir derrière les barreaux ? Cela vous ennuie-t-il de le voir ainsi mis en cage ?

– Ses hommes et lui ont tué et torturé quatre personnes, monsieur Boler. J'ose espérer que vous ne croyez pas que j'approuve de tels actes !

– Mon expérience m'a appris que les femmes avaient souvent des notions de morale bien élastiques. Surtout quand elles aimaient des hommes mauvais. Elles disent que ce sont des mal compris. Leur romantisme les aveugle. Elles ressemblent un peu à ces chiens qui aiment leurs maîtres bien qu'ils les battent.

– Et vous croyez que j'appartiens à cette catégorie ?

– Je ne sais pas, madame Wade. Vous seule pouvez me répondre.

– Monsieur Boler, fit Hannah en s'arrêtant, je ne doute pas que cela ferait une superbe histoire si vous pouviez raconter à vos lecteurs que j'aime passionnément être torturée et que Lutero était venu m'enlever pour que nous puissions vivre follement et dangereusement dans le désert ! L'ennui, c'est qu'il n'y aurait pas une seule parcelle de vérité dans tout ça. Je commence à me demander, monsieur Boler, si vous écrivez un journal ou des romans roses !

Cet éclat fit sourire le journaliste, tandis que du coin de l'œil la jeune femme voyait s'approcher un uniforme. Elle tourna la tête et découvrit Stephen.

– Y a-t-il un problème ? s'enquit-il en jetant un regard suspicieux au journaliste.

– Aucun, répondit Boler. Mon métier consiste

à poser des questions, madame Wade, et je vous demande pardon si certaines vous ont offensée. Au revoir, madame. Commandant...

Hy Boler souleva son melon et disparut.

– Que voulait-il ? fit Stephen.

– Il voulait savoir plein de choses sur Lutero. Des choses qui, bien sûr, corroboreraient ses propres spéculations.

– Viens, je te raccompagne.

Stephen la prit par le bras et Hannah renonça à protester, se laissant conduire le long de l'allée des Officiers. D'ailleurs, depuis quelque temps, la jeune femme ne discutait plus : à quoi bon compliquer encore les choses et mettre un peu plus leur mariage en péril ?

– Pourquoi as-tu fait ça, Hannah ? Pourquoi lui as-tu parlé ? Dieu sait ce qu'il va écrire ! Il va encore remuer toute cette boue et rappeler à tout le monde que tu as été la squaw de cet homme. Les gens se remettront à jaser.

– Qu'ils jasent ! Je n'y peux rien.

Stephen demeura un moment silencieux.

– Le colonel Bettendorf, reprit-il, suggère que tu ailles faire un tour dans l'Est. Cela te permettrait de te reposer.

– Mais je n'ai pas besoin de repos, Stephen, soupira Hannah, que la seule idée d'être encore plus oisive rendait folle.

– Un changement te ferait du bien. Il y a trop de choses ici qui te rappellent ton passé. Tu as déjà assez souffert comme ça pour ne pas en rajouter.

Hannah ne fut pas dupe.

– Tu veux que je m'en aille, n'est-ce pas, Stephen ? Je te suis devenue un fardeau.

– Je n'ai jamais dit ça.

– Il y a des choses qui vont sans dire.

– Je pense seulement qu'un changement d'environnement te serait bénéfique et permettrait à ces commérages de se calmer.

– Je veux rester, Stephen. Je n'ai rien fait dont j'aie à rougir. Je ne m'enfuirai pas.

– Hannah, tu ne comprends pas ! s'énerva Stephen. Ton attitude ne fait que compliquer les choses.

– Pour toi ?

– J'ai demandé mon changement...

– Parce que tu crois que les autres unités ne sont pas au courant ! Je suis certaine qu'à Fort McRae, Fort Wingate, Fort Stanton et tous les autres on en fait déjà des gorges chaudes.

– J'ai demandé mon changement de régiment, reprit-il, là où elle l'avait interrompu. Je devrai sans doute rétrograder dans la hiérarchie.

La colère d'Hannah fit alors place à la tristesse.

– Oh, Stephen ! Et que se passera-t-il si cette histoire nous poursuit dans ta nouvelle affectation ?

– Ça ne sera pas le cas. Surtout si tu pars quelque temps dans l'Est avant que je reçoive ma nouvelle nomination. Quand tu me rejoindras, tout le monde croira que tu arrives de l'Est.

Hannah baissa la tête, anéantie. Il lui semblait déjà terriblement injuste d'être condamnée pour des fautes qu'elle n'avait pas commises, mais que Stephen en subisse les retombées dans sa carrière était un comble.

– Je vais y réfléchir, Stephen, promit-elle.

Une colonne d'hommes revint de patrouille comme ils atteignaient leur logis.

– Cutter est de retour, fit Stephen. Je pars demain. Tu ferais bien de me préparer mes affaires.

– J'y vais.

Le commandant Wade se précipita pour assister au rapport. Il tenait toujours à avoir les informations concernant l'ennemi de la bouche même de celui qui les avait recueillies. En le regardant s'éloigner, la jeune femme comprit à quel point ils étaient devenus des étrangers l'un pour l'autre. Stephen n'était pratiquement jamais là, et quand par hasard ils étaient ensemble, ils trouvaient le moyen de se quereller.

Elle entra dans la maison, dont l'atmosphère confinée l'oppressa. Quelques minutes plus tard, elle prenait place dans un rocking-chair, sous l'auvent de la galerie.

Un à un, les hommes menèrent leurs chevaux à l'écurie, puis s'égaillèrent dans le fort. Hannah aperçut un officier remontant l'allée des Officiers et reconnut le capitaine Cutter. Son uniforme était couvert de poussière et il paraissait exténué.

Comme il passait à sa hauteur, la jeune femme ne put s'empêcher de l'appeler :

– Capitaine ! Si vous avez soif, je peux vous faire un citron pressé.

Jake Cutter releva la tête, la fixa quelques instants de son regard bleu et perçant et finit par sourire.

– Ça me semble une excellente idée.

Cutter suivit la jeune femme jusqu'à la cuisine et se lava les mains dans l'évier tandis qu'elle pressait les fruits.

– Je regrette que nous n'ayons pas de neige à mettre avec, fit-elle en remplissant un verre.

– Trop tard dans la saison. (Cutter but son verre d'un trait, claqua la langue en signe d'approbation et dédia un large sourire à Hannah.) Délicieux, commenta-t-il, et c'est rare que j'apprécie autre chose qu'un whisky.

– Comment s'est passée la patrouille ?

– Comme toujours, répondit-il en s'asseyant sur un coin de la table. D'interminables heures à cheval, des signaux de fumée à l'horizon et de la viande séchée pour ordinaire.

– Vous devez être mort de fatigue.

Cutter haussa les épaules et passa une main brune sur ses joues noircies de barbe.

– Je dois avoir une tête à faire peur.

– Non. Fatigué, c'est tout.

– Et qu'avez-vous fait, de votre côté ?

– J'ai apporté de l'eau au moulin des commérages.

– En faisant quoi ?

– Je suis allée voir Lutero à la prison aujourd'hui. Je pensais... J'espérais trouver une certaine satisfaction à le voir enfermé; prisonnier, comme je l'avais été, même si mes barreaux étaient invisibles. Mais je n'arrive plus à le haïr. Je ne peux pas lui reprocher les mesquineries des autres.

– Non, c'est impossible.

– On m'a suggéré de partir quelque temps dans l'Est.

– Vous y allez ?

– Je ne sais pas.

Énervée, la jeune femme arpenta la pièce. Elle s'arrêta devant la fenêtre, faisant face à l'officier.

– Qu'en pensez-vous ?

Cutter sembla réfléchir et peser soigneusement ses mots.

– Je pense que vous nous manquerez, fit-il enfin. Nous n'avons pas ici tant de jeunes et jolies femmes que ça.

– Vous éludez ma question.

– Je ne peux prendre votre décision à votre place. (Jake Cutter quitta la table et rejoignit la jeune femme près de la fenêtre, les sourcils froncés.) Avez-vous envie de partir ? interrogea-t-il, la regardant droit dans les yeux.

– Non, admit-elle.

Hannah eut l'impression que cette réponse le

soulageait, mais il était bien difficile de lire quoi que ce soit sur le visage impassible de ce joueur de poker invétéré.

– Vous devez faire ce que vous estimez être bien, Hannah, et non ce que les autres vous disent.

– Hannah ? appela Stephen depuis le salon.

– Je suis dans la cuisine !

Cutter quitta la fenêtre, mettant la table entre la jeune femme et lui. Quand Stephen entra et aperçut Cutter, il se raidit, visiblement mécontent de le découvrir chez lui.

– Veux-tu un peu de citronnade, Stephen ?

Le commandant Wade s'empara du verre que sa femme lui tendait, tandis que le capitaine reposait le sien sur la table.

– Merci, fit-il, rien de tel pour étancher la soif d'un homme. Bonne chance pour demain, commandant.

Quand ils furent seuls, Stephen s'en prit à Hannah.

– Que te prend-il de recevoir un officier toute seule ici ? Tu trouves que les gens n'ont pas assez de potins à se mettre sous la dent ?

– S'ils sont capables de faire tout un roman d'un malheureux verre de rafraîchissement, qu'ils le fassent ! Cutter est le seul ami que j'aie au fort.

Hannah reposa son verre sur la paillasse de l'évier avec un claquement sec et sortit sans se retourner.

Ils ne se parlèrent pratiquement pas du reste de la soirée.

Le soir trouva Hannah à sa coiffeuse, brossant longuement ses cheveux. En soupirant, elle regarda le grand lit vide que lui renvoyait le miroir : Stephen écrivait dans le salon.

Cela ne pouvait plus durer. Elle ne pouvait le laisser partir en patrouille le lendemain sans avoir tenté quelque chose. Depuis plusieurs nuits, ils partageaient la même couche sans se dire un mot, sans jamais se toucher.

La jeune femme enfila son peignoir et se glissa dans le couloir. Quand elle entra dans le salon, Stephen ne releva que brièvement le nez de ses papiers. Hannah traversa la pièce sans bruit, se plaça derrière lui et posa ses mains sur ses épaules.

– Il se fait tard, Stephen. Tu ne viens pas te coucher ?

– Pas tout de suite.

Hannah glissa doucement ses doigts dans les boucles claires.

– Alors, murmura-t-elle, je vais veiller avec toi.

Stephen se dégagea, irrité.

– Je ne veux pas que tu m'attendes, Hannah. Va te coucher.

– Non. Je ne veux pas que tu partes demain sans avoir réglé ce différend.

Hannah se recula de quelques pas et croisa résolument les bras sur sa poitrine, creusant ainsi involontairement son décolleté. Stephen s'en aperçut sitôt qu'il se retourna. Il en fronça le sourcil et ses lèvres se pincèrent sous son épaisse moustache.

– Referme ton peignoir, Hannah ! Inutile de me rappeler que tu es aussi brune qu'une Indienne !

– Ce n'est pas quelque chose que je peux changer du jour au lendemain, fit-elle en obéissant néanmoins. Ça partira avec le temps.

Stephen reposa son porte-plume et s'accouda à son bureau, enfouissant son visage dans ses mains.

– Quand tu es revenue, je ne souhaitais qu'une chose : capturer Lutero pour qu'il soit châtié. Je me disais que tout s'arrangerait si j'arrivais à mettre la main sur lui et à lui faire payer ce qu'il t'avait fait. Aujourd'hui qu'il est dans la prison du fort, c'est pire : je vous *vois* tous les deux ensemble.

– Stephen, arrête.

– Chaque fois que je pose les yeux sur toi, c'est lui que je vois. Chaque fois que je te touche, je me demande s'il t'a fait les mêmes choses. Tu m'as dit que tu le haïssais. Que tu haïssais qu'il t'approche !

– C'est la vérité.

– Non. Autrement tu te serais tuée avant !

– La mort est une chose irrémédiable et je n'étais pas prête à mourir. J'espérais être secourue. Je ne savais pas qu'en étant secourue je devrais affronter autant de cruautés et de mesquineries qu'au milieu des Apaches. Parce que j'ai été une victime, je suis jugée, condamnée et rejetée par tous ceux que je croyais mes amis.

– Comment veux-tu que les gens réagissent autrement, alors que tu as accepté d'être la squaw d'une de ces brutes ? Tu n'as eu aucun respect de toi-même, pourquoi veux-tu qu'on te respecte ?

– Quand un Apache estime que sa femme lui a été infidèle, il lui coupe le nez ! Pourquoi n'essaies-tu pas, Stephen ?

– Je pense que tu préférais être sa squaw. En tout cas, tu n'es pas heureuse avec moi.

– Non ! En effet, je ne suis pas heureuse. Je croyais que tu serais content de me retrouver. Je pensais que tu voulais de moi, que tu m'aimais. C'est un miracle si j'ai survécu, et je croyais que tu en serais aussi reconnaissant que moi. En fait, je me rends compte que tu aurais préféré que je meure.

– Il aurait mieux valu que tu meures : pour toi comme pour tout le monde. Ça nous aurait épargné tout ce scandale, cette humiliation, tous ces ignobles commérages. Parfois, je regrette vraiment que tu ne sois pas morte. Pourtant, je t'aimais... Maintenant, quand je te regarde, je vois l'empreinte des pattes de ce sale porc sur ta peau. Tout le monde peut les voir !

– Si quelqu'un te vole ton cheval et que tu le retrouves, tu remonteras dessus. Si un voleur entre par effraction dans ta maison, tu n'en déménageras pas pour autant. Pourquoi me méprises-tu parce qu'on m'a violée ?

– Tu n'es ni une maison ni un cheval, tu es ma femme. Une femme qu'un autre homme a possédée est souillée à jamais. Elle n'a plus aucune vertu, plus rien de respectable.

– Je suis une putain, c'est ça que tu veux dire ? Une femme adultère ?

– Va te coucher, Hannah. Nous ne reparlerons plus de ça. Plus jamais. Avec le temps, nous finirons par oublier.

Hannah ne répondit pas. Elle tourna les talons et quitta la pièce. Trop de choses entre eux avaient disparu pour toujours, à commencer par l'amour et la confiance.

19

Le lendemain matin, l'appel fut sonné à 6 heures. On donna à manger aux chevaux et vingt d'entre eux furent sellés et lestés des équipements de campagne. Le soleil de l'aube allongeait ses rayons roses et jaune pâle sur l'esplanade quand la patrouille s'y rassembla.

Un peu à l'écart des autres femmes d'officiers, Hannah assistait au départ. Tandis que le sergent Hooker inspectait ses hommes, le commandant Wade et le lieutenant Digby rejoignirent le colonel Bettendorf pour les dernières consignes. Les deux officiers serrèrent ensuite la main de ceux qui restaient, acceptant les encouragements du capitaine Cutter et du lieutenant Sotsworth.

Parvenu à la hauteur d'Hannah, Stephen, le visage contracté, lui prit la main.

– Au revoir, Hannah.

C'étaient les premiers mots qu'il lui disait depuis la veille au soir.

– Bonne chance, Stephen, répondit-elle avec autant d'indifférence qu'il venait de lui en montrer.

Elle le regarda partir, la rage au cœur.

– La patrouille est prête, mon commandant, fit John T. Hooker.

Stephen approuva d'un bref signe de tête.

– En selle ! reprit le sergent.

Les hommes enfourchèrent leurs montures dans un ensemble impeccable, sous l'œil amusé d'Amos Hill et de deux de ses éclaireurs apaches.

– En rang par deux ! En avant, marche !

La poussière soulevée par les chevaux retomba peu à peu et les spectateurs se dispersèrent par petits groupes. Hannah s'éloigna, consciente des regards et des murmures dans son dos.

La pensée de retrouver l'atmosphère confinée de ses appartements la révolta soudain. Pourquoi irait-elle s'enfermer comme une coupable ? Elle n'en avait aucune envie et n'en voyait pas non plus la raison.

La jeune femme obliqua vers les écuries. L'air y serait peut-être chargé d'odeurs lourdes, mais il lui paraîtrait plus respirable.

– Puis-je me joindre à vous ? fit soudain le capitaine Cutter, qu'elle n'avait pas entendu approcher tant sa jupe de taffetas bruissait au rythme rapide de son pas.

– Êtes-vous bien sûr de vouloir vous commettre en ma compagnie ? fit-elle, amère. Au cas où vous ne l'auriez pas remarqué, je suis devenue un vrai paria dans ce fort.

– J'ose espérer que ma réputation n'en souffrira pas trop.

Hannah perçut l'ironie de son ton mais n'en fut pas calmée pour autant.

Les écuries débordaient d'activité. Un nouveau lot de chevaux était récemment arrivé, et les plus expérimentés des soldats noirs les dressaient dans le manège. La jeune femme ne s'arrêta pas, préférant poursuivre son chemin. Elle avait besoin de marcher, droit devant elle, désireuse par cet exercice physique de se défouler.

– Je n'ai pas le droit de vous laisser aller plus loin, dit soudain Cutter. Sortir du fort est dangereux, même en plein jour, ces temps-ci.

La jeune femme fit demi-tour sans protester, croisant nerveusement les bras sur sa poitrine.

– Vous savez ce que j'ai fait de mal ? Je ne suis pas revenue la tête basse. Je ne me suis pas jetée aux pieds de mon mari pour implorer son pardon. J'ai vécu un enfer, mais j'en suis sortie. Voilà ma faute. Maintenant, ils attendent tous que je me sente coupable de ne pas m'être tuée. Eh bien, non !

– Je sais, répondit-il calmement.

Hannah fixa brusquement la veste bleue de l'officier, l'insigne du régiment gravé sur les boutons dorés.

– Je hais cet uniforme, reprit-elle. Je n'ai rien fait de mal. Rien. Absolument rien ! C'est trop injuste ! (Elle se jeta alors contre lui et se mit à marteler sa poitrine de ses poings en répétant ces derniers mots :) Trop injuste, trop injuste !

Jake Cutter la laissa faire, encaissant les coups, la laissant exprimer sa révolte. Quand elle se fut calmée, il la prit dans ses bras et la serra contre lui.

Hannah eut le réflexe de se dégager, puis finalement se laissa aller, blottissant sa tête au creux de son épaule.

Cutter souffrait de la voir malheureuse et maudissait toutes ces âmes étriquées, imbues de leurs grands principes et de leur cruelle bonne conscience.

Il la berça un moment entre ses bras, lui caressant doucement le dos et les cheveux, puis il se pencha et déposa un baiser sur son front. Sans même y penser, il embrassa les larmes qui avaient roulé sur ses joues et, lorsqu'elle releva la tête pour le regarder, il se rendit compte que ce visage le hantait depuis des mois.

– Vous êtes belle, Hannah, murmura-t-il, s'adressant non pas au joli visage levé vers lui mais à la femme qui se cachait derrière.

Quand il posa ses lèvres sur les siennes, Cutter fut surpris de sa réponse. Le baiser qu'il avait voulu tendre devint vite violemment passionné et, lorsqu'elle se dégagea, évitant son regard, il en ressentit une intense frustration.

Cutter fit un pas vers elle, désireux de la reprendre dans ses bras, mais la jeune femme l'arrêta.

– Non ! fit-elle fièrement. Je suis une femme mariée. Même si mon mariage ne signifie plus grand-chose, Stephen est toujours mon mari. Pensez-vous qu'à cause des Apaches je n'aie plus de moralité ?

– Grand Dieu, non ! Je suis peut-être allé trop loin, mais ça n'avait rien à voir avec eux. Je voulais...

– Ne dites rien, coupa-t-elle. (Hannah ferma un instant les yeux, les rouvrant pour le fixer bien en face.) Ne dites rien que nous pourrions regretter ensuite.

La mâchoire serrée, Jake Cutter la regarda s'éloigner lentement. Il n'avait pas envie de la voir s'en aller seule, mais elle lui avait clairement rappelé qu'il n'avait aucun droit d'être à ses côtés. Cela ne ferait que compliquer encore les choses.

Cutter n'avait jamais voulu penser à Hannah, mais désormais il ne voyait pas comment il pourrait s'en empêcher. Souvent, il s'était dit qu'il ferait mieux de quitter le régiment et de ne plus la revoir. Chaque fois, il avait remis cette décision à plus tard. Peut-être l'heure était-elle venue ? Il la regarda disparaître puis s'éloigna à son tour.

– Mais n'est-ce pas là le respectable capitaine Cutter ? fit brusquement Cimmy Lou, émergeant de derrière un arbre. Je ne vous croyais pas capable de faire le joli cœur avec la femme d'un autre. N'avez-vous aucun respect pour le commandant Wade ?

– Depuis combien de temps étiez-vous là ?

– Assez longtemps. Vous croyez qu'elle cherche à se venger des heures que le commandant et moi avons passées ensemble pendant qu'elle n'était pas là ?

– Nom de Dieu ! jura Cutter. Est-ce que John est au courant ?

– Non, rit Cimmy Lou. Et ce n'est pas vous qui irez le lui dire.

– Il finira bien par l'apprendre un jour ou l'autre. Il n'a pas besoin de moi pour ça. Et que croyez-vous qu'il fera alors ?

– Je ne m'inquiète pas pour ça. Je sais comment le ramener à la raison.

Jake Cutter lui jeta un regard dégoûté.

– Je me demande bien comment vous avez fait pour vous mettre dans la tête que votre corps suffit pour rendre un homme heureux !

Sur ce, le capitaine lui tourna le dos et partit à grands pas.

Un large sourire éclaira le visage de Cimmy Lou. Maintenant, mam' Wade ne pourrait plus faire d'histoires au sujet des cadeaux que le commandant lui avait faits. Si elle disait quoi que ce soit, elle raconterait tout. Cela servirait de leçon au capitaine Cutter. Pour qui se prenait-il, celui-là ? Cimmy Lou reprit son chemin vers le baraquement des engagés, mais l'arrivée de Leroy Bitterman la fit s'arrêter.

– Alors, on travaille dur ? dit-elle en désignant la brouette de fumier qu'il poussait.

– En tout cas, tu ne peux pas en dire autant.

– Je viens d'aller étendre ma lessive sous les arbres, répondit-elle.

– N'essaie pas de me faire croire ça. Je t'ai vue avec le capitaine. Tu ne peux vraiment pas laisser les officiers tranquilles ?

– Occupe-toi de tes affaires.

– Mes affaires, c'est toi, rétorqua Leroy en l'attrapant par le poignet.

– Tu n'es qu'un bon à rien. Tout le monde le sait.

– Il ne tient qu'à toi de me changer. Il faut une femme pour qu'un homme rentre dans le droit chemin. Fais-moi rentrer dans le droit chemin, Cimmy Lou, reprit-il, l'entraînant vers les broussailles.

– Non, laisse-moi ! Je ne veux pas !

Dans les buissons, Leroy la jeta à terre et se coucha sur elle, lui immobilisant les poignets au-dessus de la tête. Comme elle continuait de se débattre, il la gifla.

– Pourquoi m'obliges-tu à te faire du mal ? Tu sais très bien que moi seul je peux te donner ce que tu veux.

Cimmy Lou cessa de se débattre, tandis que Leroy relevait ses jupes et lui arrachait d'un coup sec ses panties.

– Tu vas voir, je vais te faire crier comme une chienne, haleta-t-il.

– Oui, gémit-elle, vas-y, Leroy, prends-moi.

La jeune Noire s'accrocha aux épaules de l'homme, enroulant ses jambes autour de ses reins. Très vite la terre parut basculer sous eux et elle cria plusieurs fois son nom.

– Bitterman ! Eh, Bitterman ! appela un soldat.

Essoufflé, Leroy se redressa et se rhabilla en vitesse, les yeux toujours fixés sur la femme offerte.

– Tu veux me revoir, n'est-ce pas ? fit-il, sûr de lui.

– Oui, avoua-t-elle en se redressant.

– Toi et moi, on va partir et se faire plein d'argent sur le dos de ces crétins de mineurs. Bientôt, très bientôt.

Sur cette promesse, Leroy s'éloigna en vitesse. Quelques secondes plus tard, Cimmy Lou l'entendit dire :

– Vous me cherchez, caporal ?

– Où diable étiez-vous passé ? Je commençais à me demander si votre scalp n'était pas déjà accroché à la ceinture d'un de ces maudits Apaches !

Cimmy Lou resta encore un moment dans les buissons tandis que les voix des deux hommes décroissaient. Elle se sentait merveilleusement satisfaite : repue.

La *Gazette de Silver City* raconta dans les moindres détails la capture et l'emprisonnement de Lutero, sans dire qu'il était venu dans la région pour tenter de récupérer sa squaw blanche mais en laissant au lecteur tout le loisir de le penser. Les commérages recommencèrent à aller bon train, mais Hannah ne tenta rien pour les arrêter : les gens ne cherchaient nullement à savoir la vérité, ils voulaient croire ce qui les excitait.

Le soldat de faction s'extirpa de son rocking-chair quand la jeune femme arriva sur la galerie du quartier général.

– Je voudrais voir le colonel Bettendorf.

– Bien, madame.

Le regard du planton s'attarda une seconde de trop sur la jeune femme, puis il disparut à l'intérieur du bâtiment. Hannah entendit des bruits de voix et le soldat revint.

– Le colonel vous attend, madame.

Le colonel était assis à son bureau, son lourd visage aux favoris en broussaille se découpant sur une carte du Nouveau-Mexique.

– Que puis-je faire pour vous, madame Wade ?

– J'aimerais avoir un cheval.

– Je suis désolé, mais je ne peux autoriser aucune promenade hors du fort. J'espère que vous comprenez que c'est pour votre sécurité.

– Je comprends parfaitement, colonel. Je suis tout à fait disposée à rester dans l'enceinte du fort. Je ne cherche pas à changer de paysage mais simplement à prendre de l'exercice.

– J'ai bien peur que nous n'ayons pas de cheval pouvant convenir à une dame.

– Pardonnez-moi de vous contredire, mais le sergent Hooker m'a montré une jument brune qu'il garantit très douce. Je suis sûre qu'elle me conviendra parfaitement. Peut-être pourriez-vous demander à votre ordonnance de m'accompagner jusqu'aux écuries ? Sinon, je suis parfaitement capable de l'attraper et de la seller moi-même.

Le colonel Bettendorf poussa un soupir excédé mais céda.

– Henry ! appela-t-il. Accompagnez Mme Wade jusqu'aux écuries et sellez-lui un cheval. Elle vous montrera lequel.

– Bien, *sir*. *Sir*, le capitaine Cutter est dehors.

En entendant ce nom, le cœur d'Hannah sauta dans sa poitrine.

– Faites-le entrer.

Hannah croisa Cutter dans l'antichambre. Il était assis nonchalamment sur le coin d'une table et soutint son regard lorsqu'elle passa. La jeune femme comprit qu'elle n'avait pas été la seule à être troublée par leur dernière rencontre.

– Capitaine, salua-t-elle dans un petit hochement de tête.

– Madame Wade, répondit-il, portant la main à son chapeau.

– Mon capitaine, fit le soldat, vous pouvez entrer, le colonel vous attend.

– Merci.

Cutter quitta sa table mais attendit qu'Hannah soit sortie pour entrer dans le bureau. La froideur dont elle venait de faire preuve à son égard lui avait fait mal.

– Bonjour, capitaine. Je viens justement d'apprendre que sept compagnies du Neuvième sont requises à San Carlos le 21 avril prochain. Géronimo recommence à faire des siennes du côté d'Ojo Caliente et il faut lui faire réintégrer sa réserve. Ce ne sera pas une partie de plaisir : j'imagine mal Géronimo se laissant faire.

– En effet, mais je n'en serai pas. Je viens vous apporter ma lettre de démission, et je compte quitter l'armée à la fin mars.

– Mais nous avons besoin d'officiers de votre trempe ! protesta Bettendorf.

– Vous vous passerez très bien de moi, mon colonel, sourit Cutter. Je pense depuis longtemps acheter de la terre et y élever des chevaux et du bétail. Je connais une vallée qui ne manque ni d'herbe ni d'eau, au nord-est d'ici. J'ai mis de l'argent de côté et je vais m'y installer.

– Vous faites une erreur, capitaine. Vous avez l'armée dans le sang.

– Non. Si je suis resté dans l'armée après la

guerre, c'était par entêtement. Quelqu'un voulait me la faire quitter pour des motifs que je n'approuvais pas. Il y a trop de choses que je ne supporte plus, à commencer par la haine et toutes ses retombées. Je suppose que lorsque j'étais jeune, je croyais que j'arriverais à changer tout ça, mais je n'ai plus d'illusions. Il est grand temps que je parte.

– Si telle est votre décision...

– Elle est irrévocable.

Jake Cutter s'arrêta sur la galerie pour allumer un cigare. Devant lui, sur l'esplanade, Hannah montait une jument brune à balzanes. Il eut envie d'aller lui faire part de la décision qu'il venait de prendre et quitta l'auvent pour la rejoindre. Comme il marchait sous le soleil, il comprit soudain que sa démission ne changeait rien entre eux et il fit demi-tour.

En le voyant rebrousser chemin, la jeune femme stoppa son cheval. Cutter avait cette démarche souple des cavaliers endurcis. Il n'était pas beau, mais il y avait chez lui un charme naturel, une virilité tranquille qui l'attiraient irrésistiblement.

La jeune femme remit de l'ordre dans les plis de la longue jupe-culotte qu'elle s'était confectionnée et sourit en pensant que le capitaine Cutter était sans doute la seule personne au fort qui ne trouverait rien à redire à cette tenue. Lui au moins la comprendrait.

Son uniforme maculé de sueur et de poussière après cinq jours de chevauchées incessantes dans le désert, Stephen se tenait devant la grille de la prison. Le garde le salua respectueusement.

Wade fixait l'Indien accroupi dans l'ombre. Ce sauvage avait violé sa femme, souillé à tout jamais son nom, enveloppé sa carrière d'un odieux parfum de scandale. Tant que cet homme vivrait, les langues iraient bon train.

Stephen ne se rendait pas compte qu'il se battait la jambe avec le journal vieux de quatre jours qu'il tenait roulé dans sa main. Ce fut finalement le bruit et non pas le contact qui lui en fit prendre conscience. Il s'arrêta immédiatement et fixa le garde.

– Pourquoi le shérif n'est-il pas venu chercher ce sauvage ? Nous ne sommes pas censés garder ici les civils !

– Je ne sais pas, *sir*.

– A-t-il eu des visites ?

– Quelques-unes... Ce sont surtout les femmes qui sont venues le voir.

– La mienne aussi ?

– Oui, *sir*.

– S'il tente de s'échapper, vous tirez. Et vous ne tirez pas aux jambes, vous tirez pour l'abattre !

– Oh, il ne bouge pas. Il reste assis dans son coin toute la journée, et quand on lui apporte à manger, il ne fait pas un geste.

– Rappelez-vous ce que je viens de vous dire, rétorqua sèchement le commandant Wade avant de s'éloigner à grands pas.

Il gagna l'allée des Vapeurs et finit par s'y arrêter, respirant profondément. Dans l'état de tension où il se trouvait, il ne connaissait que deux remèdes : le combat ou le sexe. Ici, il pouvait trouver le second. Stephen se remit en marche sans prêter attention aux gamins noirs qui s'étaient arrêtés de jouer pour l'observer.

Wade entra sans prévenir dans la tente de Cimmy Lou et sentit son sang courir plus vite dans ses veines en découvrant la jeune Noire à l'opulente poitrine, occupée à plier le linge qu'elle venait de repasser. Elle lui jeta un regard en biais.

– Que faites-vous ici, commandant Wade ?

– Ça faisait longtemps que je ne t'avais vue, Cimmy, fit-il en avançant vers elle.

– Pour vous, je suis mam' Hooker.

– Je suis sûr que ce n'est pas ce que tu veux, sourit-il.

– Vous ignorez ce que je veux ou pas !

Cimmy Lou lui fit face et les yeux de l'officier furent immédiatement attirés par les seins lourds qui tendaient le léger tissu du corsage.

– Dis-moi ce que tu veux exactement, reprit-il en commençant à défaire les boutons du chemisier, je te le donnerai. Une robe neuve ? Un bijou ? Un chapeau ? Tu n'as qu'à demander. J'ai besoin de toi, Cimmy Lou.

La jeune Noire avait beau lui taper sur les mains, il réussit à ouvrir suffisamment le corsage pour plonger dedans et empoigner les lourds globes d'ébène. Elle tenta de s'échapper, mais il l'enlaça par la taille.

– Je ne dors plus la nuit, haleta-t-il. Je me souviens de ce que tu me faisais et j'ai envie que tu recommences.

– Lâchez-moi, dit-elle, le griffant, vous ne pouvez pas m'acheter comme ça !

– Je l'ai pourtant déjà fait. Souviens-toi de toutes les affaires d'Hannah que je t'ai données. Cette fois, je te promets quelque chose de neuf, de bien à toi.

– Je n'en veux pas ! rétorqua-t-elle, se débattant de plus belle.

Stephen se mit à rire, encore plus excité de sentir ce jeune corps s'agiter contre le sien.

– J'aime bien quand tu te débats... (Le commandant Wade la saisit au menton et dévora ses lèvres pleines.) Retrouve-moi quelque part, souffla-t-il. N'importe où. Je t'achèterai tout ce que tu veux.

– Non... Ce n'est pas possible. John ne... (Cimmy Lou détourna la tête et se tut, fixant, les yeux hagards, l'entrée de la tente.) John, répéta-t-elle, effrayée.

Le commandant Wade regarda à son tour et découvrit le sergent Hooker comme statufié, les mains crispées sur une carabine.

20

– Sergent, dit Stephen, avançant d'un pas.

– Vous feriez mieux de partir, *sir,* répondit Hooker entre ses dents. Partez avant que je vous tue.

Le commandant Wade hésita l'espace d'une seconde, puis sortit. À peine fut-il dehors que Cimmy Lou se précipita vers son mari.

– John, ce n'est pas ce quc tu crois.

– Ce que je crois, c'est que toutes ces choses que le commandant t'a données n'étaient pas innocentes. J'ai entendu ce qu'il a dit. Tu as couché avec lui !

– Non, ce n'est pas comme ça que ça s'est passé. Il m'a forcée. Je ne voulais pas.

John T. Hooker se détourna, hésitant à accepter ce nouveau mensonge.

– Ne me fais pas plus bête que je suis, Cimmy Lou… Je crois que j'ai toujours su ce qui se passait entre vous, mais je ne voulais pas le voir.

– John, écoute-moi, supplia la jeune femme, s'accrochant à ses épaules.

Malgré lui, Hooker se sentit attiré par l'extraordinaire sensualité de son épouse. Dans un coin de son cerveau, il comprenait que l'on puisse perdre la tête pour elle.

– Un officier blanc ! Comment as-tu pu faire ça ? Je suis sergent-chef. Je pouvais marcher la tête haute. Les gens me respectaient. Je sais lire et écrire et j'ai la réputation d'être intelligent.

Tu as fait de moi un imbécile aux yeux de tout le monde. Te rends-tu compte de ce que les gens vont penser ? De ce qu'ils vont dire de toi ? Tu n'as donc aucun orgueil ?

– Ça ne se reproduira plus, je te le promets. J'arrangerai les choses. Tu verras, tout rentrera dans l'ordre.

Cimmy Lou se pressait contre lui, caressant sa nuque, ses épaules, et malgré lui John se sentait fléchir. Le fusil qu'il tenait toujours lui échappa et tomba sur le sol, le ramenant à la réalité.

– L'aimes-tu ? demanda-t-il en la repoussant.

– Non !

– Alors, pourquoi ? Pourquoi as-tu fait ça ?

Il l'attrapa par les épaules et la secoua de toutes ses forces.

– Parce qu'il me faisait des cadeaux ! cria-t-elle.

– Salope ! Quand tu as tout obtenu d'un homme, tu passes à un autre, hein ? Ça a été moi, puis le commandant. Qui est le suivant ? Car il y en aura un, n'est-ce pas ? Mais ça ne se passera pas comme ça, Cimmy Lou. J'ai beau t'aimer, je peux te jurer que si je ne me retenais pas, je te tuerais !

Il la rejeta si violemment qu'elle alla rouler à terre, et il sortit comme un fou de la tente.

Prostrée sur le sol de terre battue, Cimmy Lou se mit à trembler de tous ses membres. Elle savait que John avait dit la vérité. Elle ne le contrôlait plus et il fallait qu'elle parte avant qu'il ne mette sa menace à exécution. Car il la tuerait, elle le connaissait suffisamment pour en être sûre. Une seule personne pouvait la tirer de cette situation. La jeune Noire se remit debout et sortit de la tente en courant, à la recherche de Leroy Bitterman.

Elle arriva hors d'haleine aux cuisines et le trouva en train de faire la vaisselle. Cimmy Lou se jeta contre lui, à bout de force, et il dut la retenir pour l'empêcher de s'écrouler.

– Que se passe-t-il ? Qu'est-il arrivé ?

– C'est John. Il est devenu fou. Il a dit qu'il allait me tuer et il va le faire, je le connais.

– Te cherche-t-il ? Où est-il ? Tu le sais ?

Leroy regarda anxieusemcnt vers la porte, s'attendant à voir apparaître le sergent.

– Je ne sais pas. La dernière fois que je l'ai vu, c'était devant la procure. Je me suis cachée en attendant qu'il s'en aille. Je ne sais pas où il est allé.

– Était-il armé ?

– Non. Si, il a son revolver, répondit-elle, s'agrippant désespérément à sa chemise. Tu as dit qu'on partirait ensemble. Il faut le faire. Tout de suite !

– Comme ça ? En plein jour ? C'est impossible, n'oublie pas qu'on peut m'abattre comme un lapin pour désertion. (Leroy se tut, réfléchissant à toute vitesse.) En a-t-il après moi ?

– Non, il ne sait pas. C'est à cause du commandant. Il essayait de me reprendre quand John est entré.

– Avec un peu de chance il tuera Wade, et nous serons tranquilles.

– Qu'est-ce qu'on va faire ?

Cimmy Lou commençait à recouvrer son calme. Le danger n'était pas écarté, mais elle avait réussi à le faire partager à Leroy et se sentait du coup un peu plus maîtresse de la situation.

– Tout d'abord, il faut que je sache où il est et ce qu'il fait. Toi, reste ici en attendant que je revienne.

Restée seule, Cimmy Lou imagina sa vie future. En ville, on lui donnerait cinq dollars pour chaque chemise qu'elle laverait. Cela lui permettrait de vivre confortablement sans rien demander à personne. Elle s'achèterait toutes les robes qu'elle voudrait. Les hommes n'auraient qu'à lui offrir des bijoux... Elle regarda ses mains, croyant les voir déjà couvertes de bagues.

La porte s'ouvrit sur Leroy Bitterman.

– Je l'ai trouvé. Il est chez Grimshaw, assis devant une bouteille de whisky, manifestement décidé à se saouler. Ça nous donne du temps. Toi, retourne chez toi et plie bagages. Retrouve-moi à minuit derrière les écuries.

– Et si John revient avant ?

– Il sera ivre mort. Je te fais confiance, tu sauras te débrouiller. Allez, sauve-toi, sourit-il en lui assenant une claque sur les fesses.

Accompagné de deux soldats armés de fusils, Jake Cutter pénétra dans la tente. Après le grand soleil du dehors, il mit un moment à s'accoutumer à la pénombre. Un sentiment de soulagement l'envahit en découvrant le grand Noir affalé, tout habillé, sur son lit. Cutter s'approcha et heurta une bouteille de whisky vide qui roula sous le grabat.

Une bouffée d'alcool le frappa au visage quand il se pencha sur l'homme endormi, bouche ouverte.

– Hooker ! fit-il en le secouant. Hooker, réveillez-vous !

Cutter n'obtint qu'un grognement sourd en guise de réponse.

– Allez, John, reprit-il. Vous avez déjà manqué l'appel.

Le capitaine se redressa, irrité, et se tourna vers un de ses hommes.

– Passez-moi ce seau.

Il en aspergea copieusement le sergent, qui finit par s'asseoir pour porter aussitôt les mains à son crâne.

– Oh, ma tête, gémit-il d'une voix pâteuse. Quelle heure est-il ?

– Bitterman n'était pas non plus présent à l'appel ce matin, expliqua le capitaine, et il manque deux chevaux dans les écuries.

– L'appel, répéta Hooker, fixant de ses yeux injectés dc sang le rai de lumière qui filtrait à travers la toile. Pourquoi Cimmy Lou ne m'a-t-elle pas réveillé ? Où est-elle ?

– Je ne l'ai pas vue.

– Ça y est, ça me revient, gémit John en se prenant la tête dans les mains pour cacher sa douleur.

– Mais qu'est-ce qui vous prend ?

– Cimmy ? appela Hooker, se mettant debout et chancelant vers la porte. Cimmy, où es-tu ? Cimmy Lou ?

– Allez me chercher du café, Grover !

John T. Hooker sortit dans l'allée des Vapeurs où déjà les femmes s'affairaient à leurs lessives.

– Bess, demanda-t-il à l'une d'elles, avez-vous vu Cimmy Lou ?

– Même pas son ombre, répondit la Noire sans interrompre son ouvrage.

Le sergent Hooker regagna sa tente et chercha partout tel un dément, éparpillant le linge dans tous les coins, puis il se laissa tomber sur une chaise.

– Tenez, buvez ça, dit Cutter en lui tendant un quart.

– Elle a pris toutes ses affaires, elle est partie !

– Bitterman aussi.

– Quoi ? fit John, stupéfait.

– Bitterman n'était pas à l'appel ce matin, et on a volé deux chevaux cette nuit dans les écuries.

La vérité se fraya un pénible chemin dans le cerveau embrumé de John T. Hooker.

– Oh non, pas lui aussi... Elle m'avait promis

qu'elle ne recommencerait plus. J'allais lui pardonner.

– Ils n'ont pas pu aller bien loin. Je vais envoyer un détachement à leur poursuite.

– Je veux y aller.

– Vous n'êtes pas en état, Hooker. Le caporal Haines s'en chargera.

– Non, fit John en se levant. C'est ma femme, je dois y aller. De quoi j'aurais l'air si je laissais un autre aller la chercher à ma place ?

Cutter maudit intérieurement Cimmy Lou.

– C'est bon, prenez six hommes, un pisteur, et partez dès que vous le pouvez.

Moins d'une heure plus tard, Jake Cutter les regarda s'enfoncer dans le désert, puis alla aux écuries vérifier l'état des chevaux et des harnachements de ses hommes. Il conduirait demain sa dernière patrouille. En longeant l'enclos, il aperçut un soldat qui sellait la jument brune d'Hannah. Penser à elle lui broya soudain le cœur, et il se félicita de quitter bientôt le régiment.

– Je parierais que le nombre de désertions au Neuvième peut se compter sur les doigts d'une main, fit le colonel Bettendorf alors qu'il arpentait la galerie du quartier général en compagnie du commandant Wade. Ce n'est pas comme le Cinquième ! D'après ce que je sais, ils en sont à plus de deux cents ! Il faut reconnaître que ces nègres sont non seulement de bons combattants, mais qu'ils sont fiers de leur uniforme.

– Exact.

– Vous savez que la femme de Hooker a disparu, elle aussi ? C'est tout de même malheureux qu'un homme n'arrive pas à rester maître de sa femme !

Stephen se raidit, incapable de savoir si son supérieur l'incluait dans cette remarque. Au même moment, Hannah parut sur l'esplanade, se dirigeant souplement vers un cheval brun tenu par un soldat. Bettendorf suivit le regard du commandant.

– Votre femme a recommencé à monter en votre absence.

– Je vais m'occuper de ça, fit Stephen, tournant les talons.

Comment Hannah avait-elle pu recommencer à faire du cheval sans sa permission ? Stephen bouillait littéralement de rage en marchant sur elle, et sa colère augmenta encore quand il vit sa jupe-culotte. En plus, elle montait à califourchon comme un homme ! Pire, comme une Apache !

Stephen fulminait tellement qu'il n'entendit pas le premier appel qui montait du côté de la prison. Ce n'est que la deuxième fois qu'il comprit.

– À la garde ! Le prisonnier s'est échappé !

Stephen vit Lutero déboucher sur l'esplanade et courir à toute vitesse vers le cheval d'Hannah. Avant même qu'un coup de feu ait pu être tiré, l'Indien était en selle et s'élançait droit sur le commandant. D'où il était, Stephen n'apercevait que les cheveux noirs flottant dans le vent et un bout d'épaule. Il sortit son revolver, visa soigneusement et tira.

Lutero roula sur le sol tandis que le cheval, affolé, poursuivait sa course. En quelques enjambées, Stephen fut sur l'Apache et il vida son chargeur sur lui, un rictus fou déformant son visage tandis que Lutero se contorsionnait sous les balles.

Le revolver claqua encore trois fois à vide avant que l'officier ne s'arrêtât.

Hannah fut parcourue d'un frisson glacé en découvrant le regard de son mari. Q'importe ce que Lutero avait pu faire ! Le meurtre ne réparait pas le meurtre, et c'était bien d'un meurtre qu'elle venait d'être le témoin.

– Ça va ? fit soudain Cutter auprès d'elle.

– Oui, merci.

Le cheval, en s'élançant, l'avait jetée à terre, mais elle en était quitte pour un peu de poussière sur ses vêtements.

Hannah sentit Jake Cutter se raidir quand Stephen s'approcha, un sourire triomphant sur les lèvres. Lorsqu'il s'arrêta devant elle, la jeune femme sut que leur passé était mort : plus rien désormais ne la rattachait à cet homme.

– Ton petit plan pour faire s'échapper ton amant a échoué, fit-il, sadique.

– Tu ne vaux pas mieux que Juh. Tu es un fou. Tu as un cœur de haine !

Hannah tourna les talons et se fraya un chemin entre les soldats attroupés autour d'eux.

– Que s'est-il passé ? demanda quelqu'un.

– Comment a-t-il fait pour s'échapper ?

– Le garde est entré pour lui apporter de l'eau et quand il s'est retourné, il lui a sauté dessus. Il paraît qu'il lui a brisé les reins.

Jake Cutter fixait Stephen, le regard dur.

– Vous êtes un crétin, fit-il entre ses dents. Vous ne la méritez pas.

Il bouscula le commandant pour passer, espérant presque qu'il réagisse pour pouvoir se battre avec lui, mais Stephen ne fit pas un geste.

Le bruit avait attiré leur ordonnance sur la galerie et l'homme ouvrit la porte à Hannah.

– Est-ce que le commandant a tué cet Apache ?

– Sortez mes malles, Delancy.

– Vos malles, madame ?

– Oui ! Vous m'avez comprise, mes malles ! Portez-les dans ma chambre.

Hannah y entra la première et ouvrit aussitôt

la penderie, entassant ses robes sur le lit. Delancy ne tarda pas à la rejoindre avec les malles.

– Trouvez-moi quelque chose pour emballer la vaisselle de ma mère.

– Bien, madame.

Delancy mourait d'envie de poser des questions, mais il savait que la jeune femme ne lui répondrait pas.

Hannah travailla d'arrache-pied et ne s'arrêta même pas quand Stephen parut en début d'après-midi.

– Mais que se passe-t-il ? demanda-t-il, s'immobilisant à côté de la première malle déjà bouclée.

– Je m'en vais.

– Je suis heureux de voir que tu te rends enfin à la raison, reprit-il après un silence. Depuis le temps que je te dis d'aller dans l'Est. Si tu m'avais écouté plus tôt au lieu...

– Tu n'as pas compris, coupa-t-elle. Je n'ai pas dit que j'allais dans l'Est. J'ai dit que je partais. Je te quitte, Stephen.

– Tu ne peux pas faire ça !

– Je vais me gêner ! Sais-tu comment les Apaches mettent fin à leur mariage quand l'un des deux conjoints n'en veut plus ? Il y en a un qui s'en va. C'est ce que je fais.

Stephen lui arracha des mains la robe qu'elle pliait.

– Je ne te laisserai pas partir !

– Et pourquoi ? Tu ne veux plus de moi. Tu ne supportes même pas de me toucher.

– C'était parce qu'il était toujours entre nous. Je n'arrivais pas à admettre qu'il soit vivant. Il est mort, maintenant.

– Et tu crois que ça change quelque chose ? Tu crois avoir changé quelque chose en le tuant ? D'ailleurs, tu ne l'as pas tué : tu l'as assassiné !

– J'ai abattu un prisonnier qui tentait de s'échapper.

– Tu as accompli ton devoir, c'est ça ? Tu savais très bien que jamais un officier ne serait traîné en cour martiale pour le meurtre d'un Indien. C'est pour ça que tu as vidé ton chargeur sur lui. Que cherchais-tu à tuer exactement, Stephen ?

– Tu ne comprends donc pas que maintenant qu'il est mort toutes les histoires vont s'arrêter ? On n'en parlera plus dans les journaux. Les gens n'auront plus de motif de remuer le passé.

– C'est ça que tu voulais ? Faire cesser les bruits ? Et si ça ne marche pas, que feras-tu ? Tu tueras Boler ? Jamais tu ne réussiras à empêcher les gens de parler de moi.

– Ils finiront par oublier.

– Tu crois ça ? Ils en parleront peut-être moins, mais chaque fois que je ferai quelque chose qui sort un peu de l'ordinaire, ils se regarderont avec des airs entendus en pensant : « Elle a vécu presque un an avec les Apaches », et tout remontera à la surface. Ce sera comme ça toute ma vie, Stephen. Même si je pouvais oublier, les autres m'en empêcheront.

– Comme tu es devenue dure, Hannah. Je ne te reconnais plus.

– Je ne peux pas faire autrement, soupira-t-elle, recommençant à plier la robe qu'il lui avait arrachée. Même si je voulais redevenir la femme de jadis, tu serais le premier à m'en empêcher. Encore aujourd'hui, la première chose que tu as pensée, c'est que j'avais préparé mon cheval pour Lutero.

– J'admets que j'avais tort, mais les apparences prêtaient à confusion. Je savais que tu étais allée le voir à la prison. Que voulais-tu que j'en déduise ?

– Inutile de poursuivre cette discussion, nous

l'avons déjà eue dans ses moindres détails un nombre incalculable de fois, et ça n'a servi à rien. Je ne peux pas continuer à vivre ainsi. Jamais je n'accepterai de me sentir coupable sous prétexte que je ne suis pas morte.

– Tu es ma femme.

– Rien de plus, et encore, quand tu veux bien t'en souvenir. Tout ce qui reste de notre mariage, c'est un bout de papier. Rien d'autre. L'amour, le respect, la confiance, tout ça a disparu. Ce n'est même pas que je ne t'aime plus, Stephen, c'est pire : je ne t'aime *pas*. Autant admettre que tout est fini entre nous. Si tu ne demandes pas le divorce, je le ferai.

Comme elle se détournait pour déposer la robe enfin pliée dans la malle, il s'interposa.

– Ne me quitte pas, Hannah.

– C'est ça qui te fait peur, hein ? Que je te quitte. Tu n'as qu'à dire aux gens que tu m'as jetée dehors. Raconte-leur tout ce que tu voudras, Stephen, je m'en moque ! Qui sait ? À force de leur débiter des sornettes, tu finiras peut-être par y croire toi-même.

Cette fois, il la laissa aller. Hannah sentait son regard suivre chacun de ses gestes.

– Où vas-tu ? Tu retournes chez les Apaches ?

La jeune femme crut qu'elle allait rire.

– Rien ne t'arrête, n'est-ce pas ? Tu continues à croire que ça m'a plu ! En tout cas, je commence à me rendre compte que les Apaches étaient davantage prêts à m'accepter que les gens de ma propre race. Enfin, soupira-t-elle, pour répondre à ta question : c'est non.

– Dans ce cas, où vas-tu ?

– Je ne sais pas. Je vais d'abord me rendre à Silver City et après j'aviserai.

– Mais c'est de la folie, Hannah ! Que vas-tu faire ? Comment vas-tu vivre ?

– Je trouverai du travail. Je donnerai des leçons, ou bien je serai serveuse ou bonne à tout faire. Après tout, je connais la vie, maintenant, ajouta-t-elle, amère.

– Si tu pars, tu le regretteras.

– Je ne crois pas.

– L'Ouest n'est pas un endroit pour une femme seule. Tu n'auras personne pour te protéger.

– Tu sembles oublier que j'ai déjà été toute seule et que j'ai survécu.

Des coups frappés à la porte mirent fin à la conversation.

– Entrez ! cria Hannah, tandis que Stephen tournait le dos.

Delancy parut dans l'entrebâillement, manifestement mal à l'aise.

– J'ai trouvé tout un lot de vieux chiffons pour envelopper la vaisselle.

– Merci, Delancy. Laissez-les dans la cuisine, je m'en occuperai moi-même.

– La vaisselle ? s'étonna Stephen quand ils furent de nouveau seuls. Tu emportes la vaisselle ?

– Elle me vient de ma mère. Je l'emporte comme j'emporte tout ce qui m'appartient. Malheureusement, je n'aurai pas fini mes bagages ce soir. Je te serais reconnaissante de me trouver un moyen de transport pour demain matin à la première heure.

– C'est bon, répondit-il, glacial, avant de prendre la porte.

Hannah n'en éprouva aucun sentiment de victoire. Son mariage venait de prendre fin, six ans de sa vie cédaient désormais la place à une terrible solitude... Mais, après tout, ce n'était pas la première fois qu'elle se retrouvait toute seule.

21

En entendant le chariot militaire s'arrêter devant la galerie, Hannah jeta un dernier coup d'œil aux deux malles, aux deux caisses et au sac empilés dans le couloir, puis gagna la porte. Comme elle sortait sous l'auvent, elle entendit une voix crier :

– Colonne ! En rang par deux !

La patrouille partait. La jeune femme assistait à ce spectacle pour la dernière fois et chercha des yeux l'officier qui la commandait. Son cœur bondit dans sa poitrine quand elle reconnut le capitaine Cutter. Là encore, elle savait qu'elle le voyait pour la dernière fois.

Cutter regarda dans sa direction et Hannah lui adressa un petit salut de la main. Elle ne pouvait voir distinctement son visage, mais elle n'en était pas moins certaine qu'il lui souriait. La patrouille s'ébranla et, au moment où elle allait disparaître, le capitaine se retourna une dernière fois. C'est alors que le chagrin s'empara d'Hannah. Mentalement, elle suivit encore la colonne le long de la route de Silver City jusqu'à l'embranchement où elle tournerait à gauche pour s'enfoncer dans la région inhospitalière des canyons.

La gorge nouée, la jeune femme s'aperçut soudain que deux soldats attendaient ses instructions, à côté du chariot.

– Mes affaires sont à l'intérieur.

Hannah se raidit en apercevant Stephen qui venait à sa rencontre. Elle n'avait plus rien à lui dire et se serait volontiers passée de cette dernière entrevue.

– Hannah, fit-il, je viens te demander pour la dernière fois de rester.

« La dernière fois », cela semblait devoir être le leitmotiv de cette matinée !

– C'est très aimable à toi, ironisa la jeune femme, passant devant son mari pour gagner le chariot.

– Si tu t'en vas maintenant, dit Stephen dans son dos, sache que je ne te reprendrai pas.

Sans la moindre aide, Hannah monta dans le véhicule.

– Bonne chance, Stephen.

Elle ne lui en voulait pas, pas plus qu'elle n'en avait voulu à Lutero. L'un comme l'autre étaient ce qu'ils estimaient devoir être, obéissant chacun à des codes qu'ils étaient incapables de remettre en question. Hannah eut même un peu pitié de Stephen quand il s'éloigna pour ne pas assister à son départ.

Les soldats chargèrent les bagages d'Hannah. Assise sur le siège, à côté de la place du conducteur, la jeune femme se rendit compte que plus d'un regard l'observait derrière les rideaux tirés. Nul n'était venu lui dire au revoir, et elle n'avait pas jugé bon d'aller prendre congé de qui que ce soit. Tout cela n'avait à ses yeux plus aucune importance.

Vingt minutes plus tard, le chariot s'ébranla, flanqué d'une escorte de quatre hommes. La route entre Fort Bayard et Silver City était un des endroits de prédilection des Apaches pour organiser des embuscades, aussi les soldats étaient-ils sans cesse en alerte.

Indifférente aux ardeurs du soleil déjà haut dans le ciel et à la poussière dense que soulevaient les mules, Hannah se tenait droite sur son siège, fixant la route. À un moment, elle tourna la tête en direction des crêtes des montagnes Pinos Altos et pensa à la patrouille qui en ce moment même s'y enfonçait.

Jake Cutter. Il était son seul regret. L'espace d'un instant, la jeune femme crut ressentir la morsure de son baiser sur ses lèvres et la chaleur de son long corps musclé contre le sien. Elle ferma brièvement les yeux, cherchant à chasser ce souvenir troublant.

Silver City était devenue une ville minière débordante d'activité. Dix ans plus tôt, ce n'était qu'un petit village espagnol perdu au pied des montagnes, mais la découverte de minerai argentifère dans la région l'avait vite transformé en ville champignon.

Le chariot militaire se fraya un difficile chemin le long de la rue principale, encombrée d'attelages, de cavaliers et de piétons tous plus pressés les uns que les autres. De chaque côté s'élevaient des maisons de bois, dressées à la hâte pour abriter les diverses affaires liées à la mine, les maisons de jeu et les saloons indispensables aux loisirs des mineurs.

– Où voulez-vous que j'aille, madame ? s'enquit le conducteur.

– Au *Grand Hôtel.*

C'était un bien grand mot pour désigner la maison de deux étages dont la façade jadis blanchie à la chaux disparaissait désormais sous une épaisse couche de poussière rougeâtre.

Le soldat arrêta le chariot devant la galerie de l'établissement, mit le frein et sauta de son siège pour venir aider Hannah à descendre. Elle s'arrêta un moment pour observer les gens qui allaient et venaient autour d'elle. Il y avait très peu de femmes dans la rue, et Hannah fut consciente que sa présence attirait les regards.

Tandis que deux soldats déchargeaient ses affaires, Hannah pénétra dans l'hôtel. Un jeune homme à lunettes se redressa derrière le comptoir en la voyant s'approcher.

– Que puis-je faire pour vous ? demanda-t-il, indifférent.

– J'aurais voulu une chambre, répondit Hannah, en ôtant ses gants.

– Si vous voulez bien signer le registre, je vais regarder ce que j'ai.

Le jeune homme poussa le registre vers Hannah et lui tendit un porte-plume, puis se retourna vers le tableau où pendaient les clefs.

– Combien de temps pensez-vous rester ?

– Je ne sais pas encore très bien. Je vous le dirai.

– Votre chambre est au second étage, deuxième porte à gauche en haut de l'escalier.

Il tourna le registre vers lui pour lire le nom fraîchement inscrit.

– Voici votre clef... madame Wade. (Le concierge aperçut alors les deux soldats qui apportaient caisses et malles et sursauta.) Madame Wade ? reprit-il, gêné. Êtes-vous la femme du commandant Wade de Fort Bayard ?

– Oui.

– Madame... Nous sommes une maison respectable.

– Vous m'en voyez soulagée. Il n'y a pas tant d'endroits à Silver City où une dame puisse descendre.

Le jeune homme ouvrit la bouche mais fut incapable de parler. Déjà Hannah quittait le comptoir et s'engageait dans l'escalier, suivie des deux soldats et des malles.

Une heure plus tard, la jeune femme se passait de l'eau sur les mains et le visage tout en réfléchissant. Elle avait un peu d'argent qu'une de ses tantes lui avait légué, mais cela couvrirait tout juste ses frais d'hébergement et de nourriture pour une semaine, ainsi que le prix de la diligence pour se rendre dans une autre ville. Elle n'avait rien demandé à Stephen, il aurait refusé de lui donner quoi que ce soit, d'autant que la solde n'était pas arrivée à Fort Bayard depuis près de trois mois et qu'avec leurs déménagements successifs ils n'avaient jamais été capables de faire des économies. Il fallait donc trouver de l'argent.

Hannah retira une bourse de son sac de voyage, en passa les cordons autour de son poignet et quitta sa chambre.

Le magasin général croulait sous les outils, les vêtements de travail et les boîtes de conserve. Une demi-douzaine d'hommes mal rasés, tous plus mal habillés les uns que les autres, parcouraient les rayonnages. Hannah se fraya un chemin jusqu'au comptoir derrière lequel un gamin d'une quinzaine d'années, roux, les dents en avant, servait un client. Près de la caisse un gros homme brun, aux favoris poivre et sel, vérifiait laborieusement une addition.

– Je suis à vous dans une minute, madame, fit-il en levant le nez.

Hannah attendit patiemment que l'addition soit terminée et réglée.

– Pardonnez-moi de vous avoir fait attendre, madame. Que puis-je pour votre service ?

Hannah ouvrit son réticule et en renversa le contenu sur le comptoir. Un collier de perles, des boucles d'oreilles de rubis, une broche de topaze et un médaillon en or apparurent.

– Je voudrais vendre ceci, fit la jeune femme. Combien m'en offrez-vous ?

L'homme ne toucha même pas aux bijoux et sa bouche prit un pli désabusé.

– Je peux vous en donner quinze ou vingt dollars.

– Pour quoi ? sursauta Hannah, ne comprenant pas de quel bijou il voulait parler.

– Pour le tout.
– Vous ne parlez pas sérieusement. Ça vaut au moins vingt fois plus. Rien que ces perles, poursuivit-elle en prenant le collier…
– Valent très cher, enchaîna le marchand. Oui, je sais. Mais que voulez-vous que j'en fasse ?
– Mais, les revendre ! Cette ville est riche. J'ai vu des piles de lingots d'argent à même le sol devant la gare routière.
– Ne croyez pas ça. Il y a plus de pauvres que de gens riches. Et ceux qui ont de l'argent le dépensent pour s'équiper. Amenez-moi tous les outils que vous voulez, je les achèterai tout de suite.
– Mais sûrement que…
– Écoutez, madame, coupa-t-il. Ici, les gens n'achètent ni or ni argent : ils en cherchent. Aussi beaux que puissent être ces bijoux, ils n'intéresseront personne. Je suis bien placé pour le savoir. Tenez, regardez.
L'homme sortit une grande boîte de dessous son comptoir et l'ouvrit devant Hannah.
– Les prospecteurs sont prêts à vendre tout ce qu'ils ont pour s'équiper, reprit-il. Voyez, ça va de la montre en or à la médaille de baptême en passant par les alliances. J'ai même un diamant monté en épingle de cravate que m'a fourgué un joueur professionnel pour payer une dette de poker. Je suis désolé, madame, mais je ne peux pas vous offrir plus de vingt dollars.
– Non, merci, dit fermement Hannah, convaincue. Je veux vendre ces bijoux, pas les donner.
La jeune femme entreprit de tout remettre dans sa bourse et le médaillon lui échappa, s'ouvrant en tombant sur le comptoir, révélant les miniatures de Stephen et d'elle-même.
– C'est un joli médaillon, commenta le marchand. Est-ce là votre mari ?

– Oui.

– C'est curieux, reprit l'homme, observant le portrait. J'ai l'impression d'avoir déjà vu cette tête-là quelque part. J'y suis, c'est le commandant Wade. Je l'ai aperçu plusieurs fois en ville. La dernière fois, c'était quand sa femme... Vous êtes Mme Wade ?

– Oui, répondit Hannah, reprenant le médaillon pour l'enfouir dans son réticule. Puisque vous n'êtes pas intéressé par mes bijoux, peut-être pourriez-vous en revanche m'embaucher comme vendeuse. J'ai une bonne écriture et je sais tenir des comptes; d'autre part, je suis forte et soulever des choses lourdes n'est pas un problème.

– Désolé, je n'ai besoin de personne en ce moment.

Hannah s'attendait à cette réponse. Sa réaction, en découvrant son identité, ne l'avait pas trompée : il voyait en elle celle que les Apaches avaient marquée à vie.

– Eh bien, au revoir, monsieur.

En traversant la boutique pour gagner la porte, son regard fut attiré par le visage d'une femme noire qui farfouillait dans les vêtements suspendus à des cintres. Elle crut un instant reconnaître Cimmy Lou, mais il était impossible que ce fût elle. Par ailleurs, Hannah avait d'autres chats à fouetter, et elle n'y pensa plus sitôt dehors.

Hannah fit le tour de tous les magasins susceptibles d'être intéressés par ses bijoux, mais en vain. Partout on ne lui proposait que des sommes dérisoires et elle préféra les garder : elle n'avait pas encore vraiment le couteau sur la gorge.

Dans l'après-midi, elle retourna à son hôtel, et le jeune concierge ne la vit même pas s'approcher tant il était absorbé dans la lecture de la gazette. Le titre s'étalait sur quatre colonnes à la une : « L'officier tue son rival apache. » Hannah pinça les lèvres en signe de dégoût.

– Madame Wade, fit l'employé en repliant vivement son journal. Vous... vous voulez votre clef ?

– Où se trouve le bureau du journal ?

– Le bureau du journal ? Un peu plus bas dans la rue.

Hannah remercia froidement et se retrouva dans la fournaise extérieure.

Hy Boler était assis à son bureau, manches retroussées, la veste posée sur le dossier de sa chaise. La jeune femme saisit un exemplaire de la gazette sur le haut d'une pile à l'entrée et marcha droit sur lui. Le journaliste l'aperçut et sauta aussitôt sur ses pieds, rabaissant précipitamment ses manches de chemise.

– Vous voulez l'acheter ? demanda-t-il.

– Je n'ai pas besoin de le lire pour savoir le tissu de mensonges que vous y étalez ! rétorqua-t-elle, jetant le journal sur le bureau.

– Ne soyez donc pas si en colère...

– Comment pouvez-vous imprimer un pareil torchon ! Vous rendez-vous compte des conséquences ? Ne parlons pas du fait que vous avez ruiné ma réputation et fait de moi une paria, mais vous avez compromis également la carrière de Stephen et détruit notre mariage !

– Avez-vous quitté votre mari ?

– Oui ! Et je suppose que ça va vous donner matière à un bel article ! Vous allez titrer ça comment ? « Elle quitte son mari parce qu'il a abattu son amant apache » ?

– Trop long.

– Vous moquez-vous à ce point du mal que vous pouvez faire ? Vous devriez pourtant savoir que la calomnie laisse toujours des traces ! Vos articles influencent l'opinion des gens de façon irréversible !

– Suivez-moi, fit Hy Boler, la prenant par le bras et l'entraînant jusqu'à la porte. Regardez, ajouta-t-il en montrant les maisons qui bordaient la rue. Que des saloons et des maisons de jeu ou de plaisir. Les neuf dixièmes des gens de Silver City ne savent même pas lire. Le dixième qui reste n'a aucune envie d'entendre parler de politique ou de culture, à moins que ça n'ait un rapport avec la mine ou les Indiens. Mon métier est de vendre mon journal, et je leur donne à lire ce qui les intéresse.

– Et moi, monsieur Boler ? Comment voulez-vous que je trouve un emploi me permettant de survivre après ce que vous avez raconté sur mon compte ?

– Pourquoi ne retournez-vous pas auprès de votre mari ? C'est votre place.

– Vous vous trompez. Ce n'est plus ma place. Il est d'ailleurs possible qu'il n'y ait plus de place pour moi nulle part. L'avenir me le dira !

Hannah tourna les talons et regagna son hôtel, plus déterminée que jamais à s'en sortir.

Les bras chargés des vêtements qu'elle venait d'acheter au magasin général, Cimmy Lou sortit de la ville et gagna la plaine broussailleuse. Elle s'arrêta un moment sur la route, vérifia qu'il n'y avait personne derrière elle, puis courut sur le sentier qui s'enfonçait parmi les arbustes et les buissons d'épineux. Dans sa précipitation, elle dépassa le groupe d'arbousiers qui masquaient l'accès à la clairière où Leroy Bitterman et elle avaient élu domicile, et dut rebrousser chemin.

En débouchant dans la clairière, Cimmy Lou perçut une inquiétante odeur de fumée. Leroy tenait les chevaux par les naseaux pour les empêcher de hennir inconsidérément.

– Tu n'as pas eu de problème ? demanda-t-il, s'avançant pour la débarrasser de ses baluchons.

– Non, répondit Cimmy Lou, le suivant jusqu'à un cercle de pierraille où rougeoyaient des braises.

Je croyais qu'on ne devait pas faire de feu pour ne pas attirer l'attention.

– Je n'ai utilisé que du bois très sec pour qu'il y ait le moins de fumée possible. C'est comme ça que font les Apaches. Il fallait absolument faire du feu pour marquer les chevaux. On ne peut pas continuer avec des bêtes portant le sigle de l'armée des États-Unis, U.S., sur leur croupe. Je l'ai transformé en 0.8.

– Comment as-tu fait ?

– J'ai chauffé à blanc la boucle de mon ceinturon et j'ai complété les marques. Maintenant, je n'ai plus qu'à me débarrasser de ce foutu uniforme... (Leroy défit le ballot apporté par la jeune Noire et en sortit un pantalon et une chemise. Il se déshabilla avec un sourire satisfait.) Personne ne t'a remarquée en ville ?

– Non. J'ai vu mam' Wade au magasin, mais je me suis immédiatement cachée. Qu'est-ce que tu crois qu'elle fait à Silver City ?

Cimmy Lou s'assit à terre, croisant les bras autour de ses genoux repliés, et observa le corps nu et maigre de Leroy.

– Tu ne sais pas si on parlait de notre disparition ? fit-il en enfilant le pantalon.

– Je n'ai rien entendu dire. Ils parlent tous de cet Apache. Il a essayé hier de s'échapper et le commandant l'a tué.

– Tant mieux, ça les occupe. Comme ça, ils penseront à autre chose.

– Quand est-ce qu'on part d'ici ? Tu m'avais dit qu'on irait dans le Colorado.

– Pas avant deux ou trois jours, le temps que les choses se calment.

– Et s'ils ont envoyé une patrouille après nous ? s'inquiéta Cimmy Lou. On est si près du fort. Ils risquent de nous trouver. On pourrait déjà être bien plus loin.

– Justement. C'est exactement ce qu'ils doivent se dire. Jamais ils ne penseront à nous chercher si près. Le troupeau de bétail que nous avons doublé a effacé toutes nos traces et, si nous restons tranquilles ici pendant quelque temps, ils ne nous retrouveront jamais. C'est l'endroit le plus sûr pour nous pendant les jours qui viennent. D'ici là, ils nous croiront loin et nous n'aurons plus rien à craindre.

– Je suppose que tu as raison, sourit Cimmy, admirative. Jamais je n'aurais cru que je m'ennuierais tant à rester à ne rien faire, ajouta-t-elle en s'étirant.

– Tu veux faire quelque chose ? Alors, viens donc un peu ici, fit Leroy, s'asseyant sur le sol et la prenant dans ses bras.

– Raconte-moi encore comment ce sera dans le Colorado, dit-elle, lui caressant lentement le torse.

– Tu cours après des rêves, je croyais que tu courais après moi, la taquina Leroy. Eh bien, nous nous installerons dans une ville de prospecteurs et…

– Tu te dénicheras une place de joueur professionnel dans un saloon et moi je demanderai dix dollars pour laver une chemise. Je ne jetterai jamais les eaux sales avant de les passer au tamis, et je récolterai toute la poudre d'or. Qui sait ? Je trouverai peut-être même une pépite !

– Tu rencontreras un type très riche et tu lui tourneras tellement la tête qu'il te donnera tout son or. Je te vois très bien faire ça.

– À ton avis, qu'est-ce que je m'achèterai en premier ? Une robe en soie ou une robe de bal ? répliqua Cimmy Lou, enfouissant son visage au creux de l'épaule nue. Je voudrais avoir une maison bien à moi. Une vraie, tout en bois et peinte en blanc, et les gens y viendraient en visite tous les dimanches.

– Les choses. Il n'y a que ça qui t'intéresse, Cimmy ?

– Non, les choses, on peut toujours arriver à les avoir. Ce qui m'intéresse le plus, c'est ce qui se passe entre un homme et une femme.

– Et je peux te dire qu'on ne va pas s'ennuyer pendant les jours qui viennent, répondit Leroy, l'allongeant sur le sol et se couchant sur elle.

Cimmy Lou l'accueillit en éclatant de rire.

22

Hannah s'arrêta à l'entrée de la salle à manger et chercha une table libre parmi la foule des clients. Elle aperçut du coin de l'œil Hy Boler qui dînait là comme les trois soirs précédents. Elle mit un point d'honneur à faire celle qui ne l'avait pas vu et s'assit non loin de lui.

– Le plat du jour et du thé, commanda-t-elle au serveur.

Hannah n'avait eu aucun mal à faire son choix : elle avait pris le moins cher, ce qui ne voulait pas dire grand-chose, Silver City battant sans cesse des records d'inflation !

Au milieu des bruits d'assiettes et de couverts, la jeune femme tenta de faire le point. Elle avait remué ciel et terre, frappé à toutes les portes, mais personne n'avait voulu l'embaucher. La ville avait déjà une maîtresse d'école, mais, de toute façon, on lui avait fait clairement comprendre que même si le poste avait été vacant, ce n'est pas elle qu'on aurait choisie. Aucun restaurant ne cherchait de serveuse et les magasins semblaient avoir pléthore de vendeuses intègres et compétentes.

Hannah soupira tristement et ne releva même pas la tête quand on la servit. Elle n'avait pas faim mais se força tout de même à manger.

La jeune femme faisait face à la porte et vit arriver un homme assez grand, vêtu avec une élégance un peu tapageuse : de toute évidence, un de ces joueurs professionnels qui déshonoraient la région. L'homme balaya la salle d'un regard froid et inquisiteur, comme s'il cherchait quelqu'un dans l'assemblée. Ayant aperçu Hannah, il se faufila souplement jusqu'à elle. La jeune femme, persuadée qu'il venait voir quelqu'un derrière elle, préféra boire son thé plutôt que de le regarder.

– Je vous demande pardon, fit l'homme, mais vous êtes bien madame Wade ?

– Oui, répondit Hannah, étonnée.

– On m'avait donné votre signalement, mais je ne m'attendais pas à une telle beauté. Permettez-moi de me présenter : je suis Ray Lifting.

Hannah serra la main qu'on lui tendait, méditant sur l'homme aux boucles brunes striées d'argent, au léger accent du Sud et au profil aristocratique, qui soudain fondait sur elle. Il y avait chez lui une distinction cauteleuse et une arrogance qu'elle n'était pas sûre d'apprécier.

– J'ai entendu dire que vous cherchiez du travail, sourit-il, découvrant des dents étincelantes.

– C'est exact.

– J'ai une offre à vous faire qui j'en suis sûr se révélera hautement rentable pour vous comme pour moi. Je suis propriétaire des *Quatre As*, saloon et maison de jeu. Un établissement honnête qui, hélas, souffre de la concurrence souvent déloyale de certains. J'ai besoin de quelque chose de spécial, un plus, pour attirer la clientèle, et j'ai pensé à vous, madame Wade. Vous pourriez tenir la banque et distribuer les cartes. On vous habillerait de daim blanc avec plein de franges et de perles. Vous seriez une magnifique princesse apache, et je suis sûr que les mineurs seraient prêts à payer des fortunes pour danser avec vous. Évidemment, vous auriez un pourcentage sur les entrées et les boissons.

– Non, merci, monsieur Lifting, dit Hannah, glaciale.

– Je vous demande pardon ? fit l'homme, stupéfait. Je vous assure que vous feriez beaucoup d'argent.

– J'ai dit non, répéta Hannah, dans une salle à manger devenue soudain incroyablement silencieuse.

La jeune femme était parfaitement consciente que toutes les tables étaient suspendues à leurs lèvres, et elle n'arrivait pas à savoir ce qui la mettait le plus en colère : que ce Lifting ose lui faire une telle proposition ou qu'il ait le front de la formuler en public ?

– Si c'est une question d'argent, reprit-il, je suis prêt à aller jusqu'à cinquante-cinquante.

Excédée, la jeune femme reposa sa tasse de thé sur la table et fixa le margoulin droit dans les yeux.

– Même pour une fortune, monsieur Lifting, je ne travaillerais pas pour vous, fit-elle distinctement afin d'être comprise de chacun. Et rien ne me fera jamais changer d'avis.

L'homme se redressa, vexé, puis un sourire sarcastique se dessina sur ses lèvres fines.

– C'est ce que vous dites aujourd'hui, madame Wade, mais viendra un temps où vous aurez faim... très faim, et ce jour-là, c'est vous qui viendrez me trouver.

Hannah se leva et jeta sa serviette sur la table.

– Vous oubliez une chose, monsieur, j'ai vécu parmi les Apaches ! Vous ne survivriez pas à une semaine passée dans le désert, tandis que moi, je trouverais toute la nourriture que je voudrais. Je n'aurai jamais faim, et sachez que je ne serai jamais désespérée au point de m'abaisser à travailler pour vous.

L'homme la foudroya du regard et quitta précipitamment la salle à manger. Hannah n'avait plus faim, et de toute façon son plat était froid. Elle fouilla dans son sac, à la recherche de monnaie, quand elle sentit quelqu'un s'approcher. La jeune femme releva la tête et découvrit Hy Boler.

– Toutes mes félicitations, madame Wadc. Je vous ai toujours admirée, et aujourd'hui je sais pourquoi. Je crois que je ne me suis jamais autant amusé que ce soir. Vous l'avez magistralement rcmis à sa place !

– Ravie de vous avoir diverti, rétorqua Hannah.

– Rangez votre argent, madame Wade. Ce soir, c'est moi qui vous invite.

– Merci, mais je tiens à payer mon repas.

– Ne vous laissez pas emporter par votre orgueil, sourit Hy Boler.

Il fouilla dans son gousset et paya la serveuse. Hannah s'empressa de quitter la salle, mais il lui emboîta le pas.

– Il commence à faire plus frais à cette heure. Que diriez-vous de faire un tour en ma compagnie ? Je voudrais vous parler.

– Si c'est pour me faire une proposition du genre de celle de Mr Lifting, vous perdez votre temps !

– Non, il ne s'agit pas de ça, répondit Hy Boler, la prenant doucement par le bras. Venez, faisons quelques pas.

La tombée du jour n'avait pas rendu Silver City plus paisible. S'il y avait moins de monde dans la rue, les saloons et les maisons de jeu étaient pleins à craquer, et le soir retentissait de cris et d'éclats de rire. D'une fenêtre s'échappait le son d'un piano désaccordé que suivait tant bien que mal la voix éraillée d'une chanteuse. Encore quelques heures de jeu et d'alcool et la première bagarre éclaterait avec son cortège de coups de feu et de vitres brisées. À Silver City, vitrier et croque-mort étaient des professions prospères.

– De quoi souhaitiez-vous me parler, monsieur Boler ? demanda Hannah, sur ses gardes.

– De votre histoire.

– Je vous demande pardon ?

– De votre histoire. Je me suis rendu compte tout à l'heure à l'hôtel qu'il y avait beaucoup plus à en dire que ce que j'ai pu raconter dans la gazette.

– Mais encore ?

– Je voudrais en acquérir les droits d'exclusivité. Tout ce que vous aurez à faire sera de vous asseoir et de me raconter tout dans le détail. Moi, j'écrirai le livre. Je suis sûr que ça se vendra très bien.

– Je vois d'ici votre version des faits, ironisa la jeune femme. Je mourrai d'amour au dernier chapitre en serrant dans mes bras le cadavre de Lutero ! Très peu pour moi, monsieur Boler.

– Vous avez vécu une expérience unique, madame Wade. Et je ne parle pas seulement de votre séjour chez les Apaches, je pense aussi à tout ce qui vous est arrivé depuis. Je suis certain que ce récit intéresserait un éditeur de la côte Est. Nous partagerions les droits d'auteur. Après tout, vous voulez gagner votre vie, non ? Ensuite, vous pourriez aller de ville en ville et donner des conférences.

– Je vois... Pour l'instant, je suis mise au ban de la société, et vous voudriez me transformer en animal de foire. Vous commencez à me rappeler fâcheusement Ray Lifting. Tout à l'heure vous parliez d'acheter les droits d'auteur, et maintenant vous n'envisagez plus que de les partager.

Hy Boler ne put s'empêcher de rire.

– Vous êtes très forte, madame Wade, et rien ne vous échappe. Vous êtes intelligente et cultivée. Pourquoi n'écririez-vous pas vous-même ce livre ? Je m'occuperais de sa diffusion... moyennant un pourcentage, bien entendu.

– Vous parlez sérieusement ?

– Tout à fait.

– Au fait, pourquoi ne m'emploieriez-vous pas dans votre journal ? Vous êtes la seule personne à laquelle je n'ai pas encore demandé.

Hy Boler s'arrêta et Hannah l'imita.

– Quand je disais que vous étiez capable d'écrire vous-même votre histoire, je ne voulais pas dire que vous étiez une journaliste.

– Je ne demande pas à écrire vos articles à votre place. Mais vous l'avez dit vous-même, je suis intelligente et cultivée. Je peux faire n'importe quoi. Ranger, plier les journaux, tenir votre comptabilité. J'ai besoin de travailler, monsieur Boler.

– Connaissez-vous quelque chose à l'imprimerie ?

– Non, mais je peux apprendre.

Boler prit la main de la jeune femme et examina ses doigts.

– Les femmes sont généralement douées pour la composition. Mon employé est saoul la plupart du temps, et le journal est plein de coquilles. C'est vrai que quelqu'un de sérieux et d'agile ne me ferait pas de mal.

– Vous l'avez trouvé.

– Je le crois.

Ils se serrèrent la main pour sceller le marché, et Hannah s'aperçut que pour la première fois depuis longtemps elle avait un bon motif de sourire.

– Combien payez-vous votre employé ? s'enquit-elle.

– C'est un homme expérimenté...
– Et ivrogne, lui rappela la jeune femme.
– C'est bon, je vous donnerai autant. J'ai l'impression que notre collaboration sera une expérience très intéressante...

Un soleil torride écrasait la clairière quand l'éclaireur apache s'accroupit pour examiner le crottin laissé par les deux chevaux.
– Ils sont restés longtemps ici. Peut-être quatre jours. Ils sont partis il y a deux ou trois heures...
– Tâchez de repérer quelle direction ils ont prise, répondit le sergent Hooker.
L'Indien passa devant lui et s'enfonça dans les broussailles, sans un bruit.
– Sergent, regardez ce que j'ai trouvé. C'était caché sous un tas de pierres.
John T. Hooker regarda l'uniforme que rapportait le soldat.
– Pas de doute, c'est bien celui de Bitterman, grogna-t-il. Depuis le temps, je les aurais crus pratiquement arrivés en Californie !
L'éclaireur annonça que, selon lui, les fugitifs avaient pris le chemin de la ville. Hooker donna l'ordre de remonter en selle. Chacun obéit sans un mot.
Depuis une semaine, le sergent n'avait eu de cesse de poursuivre les recherches, refusant de croire qu'on avait perdu la piste. Ses hommes ne le reconnaissaient plus. Il ne mangeait presque rien, ne dormait pas, et il y avait dans ses yeux une étrange lueur qui faisait fuir les regards. John T. Hooker faisait peur.
– Bitterman ferait bien de courir vite, souffla un soldat à l'un de ses compagnons.
– Je crois qu'il ne courra jamais assez vite ni assez loin...

Jake Cutter arrêta son cheval devant l'hôtel, sauta à terre et attacha les rênes à la balustrade de la galerie. Le bruit de ses bottes sur le parquet du vestibule tira le concierge de sa torpeur.

– Je cherche Mme Wade. On m'a dit qu'elle était descendue chez vous voici quelques jours. Pouvez-vous me dire où je peux la trouver ?

– Mme Wade ? Elle est au bureau du journal, un peu plus bas dans la rue.

Étonné par cette réponse, Cutter remercia et quitta la réception. Il reprit son cheval et se fraya un chemin jusqu'au journal dans la rue encombrée.

– Capitaine Cutter, n'est-ce pas ? fit Hy Boler en le voyant entrer.

Capitaine, Cutter ne l'était plus depuis le matin, mais il ne prit pas la peine d'en informer le journaliste.

– On m'a dit à l'hôtel que Hannah Wade était ici.

– Elle est derrière, en train de composer l'édition de demain, répondit Boler, le regard curieux. Vous pouvez y aller, si vous voulez.

Cutter remercia et suivit la direction indiquée.

La pièce sentait l'huile et l'encre. Jake Cutter contourna l'énorme presse et aperçut Hannah penchée sur le marbre, alignant les caractères de plomb.

La jeune femme était tellement absorbée par son travail qu'elle ne se rendit pas compte de sa présence. Cutter en profita pour l'observer. Quelques mèches s'étaient échappées de son lourd chignon et ses longs doigts étaient maculés d'encre noire.

– Hannah.

La jeune femme se retourna et un sourire illumina son visage.

– Cutter ! C'est si bon de vous revoir.

– Je ne suis rentré de patrouille que ce matin, et j'ai appris que vous étiez partie. Je ne savais pas exactement où vous étiez allée.

– Pas bien loin, comme vous voyez. Il fallait que je trouve du travail.

Un silence gêné s'instaura entre eux.

– Vous allez rester à Silver City, alors, reprit Cutter.

– Assez longtemps pour apprendre ce métier puis, avec une lettre de recommandation de M. Boler, j'essaierai de trouver un emploi dans une autre ville.

– Où ça ?

– Je ne sais pas, dit Hannah, haussant les épaules. Prescott ou bien Denver.

– Pourquoi pas Santa Fe ? fit Cutter, dont la vallée n'était pas très loin.

– Non, c'est là qu'est basé le commandement général du Neuvième.

Après son grand sourire de bienvenue, Hannah était redevenue distante, et Jake Cutter ne savait comment réagir. Il avait tant de choses à lui dire, mais il n'était pas sûr qu'elle voulût les entendre. Ces jours derniers, dans le désert, il n'avait cessé de penser à la jeune femme. Il revivait leur baiser passionné et croyait sans cesse revoir sa mince silhouette lui dire au revoir d'un petit geste de la main. Tenait-elle vraiment à lui ou n'était-ce que le fruit de son imagination ?

Ils perdirent la piste en atteignant la route de Silver City. Là, les chevaux, chariots et autres carrioles étaient si nombreux qu'il n'était plus possible de discerner quoi que ce soit. John T. Hooker donna l'ordre de s'arrêter sur le bas-côté.

– Peut-être Bitterman essaie-t-il de nous égarer comme il l'a déjà fait avec le troupeau de bétail, suggéra un soldat.

– Il ignore que nous le suivons toujours, répondit le sergent. Non, il est allé en ville. Il est assez fanfaron pour ça.

Hooker redonna le signal du départ, et le détachement ne tarda pas à entrer dans la rue principale, en rang par deux. Le sergent scrutait les visages des passants et examinait chacun des chevaux arrêtés le long des galeries. L'un d'eux attira son attention et il s'en approcha. Hooker gratta de l'ongle le 0.8. marqué sur le flanc de l'animal et une croûte s'en détacha. L'éclaireur apache venu le rejoindre sauta de sa monture. Il examina les fers de ce cheval et du suivant.

– Mêmes chevaux, commenta l'Indien.

À ces mots, le sergent Hooker releva la tête et regarda la façade de la maison. En hautes lettres rouge et or sur les planches grises s'étalait l'inscription : *Les Quatre As*.

– Bitterman se vantait tout le temps d'avoir été joueur professionnel avant de s'engager, fit l'un des soldats, près du sergent.

John T. Hooker descendit de cheval et confia les rênes au soldat. En le voyant gagner le saloon en dégainant son revolver, les hommes sautèrent de leurs montures.

Hooker entra dans l'établissement, le pistolet braqué à hauteur de ceinture. Il ignorait ce qu'il allait faire, pas plus qu'il n'avait conscience de la présence des soldats qui le suivaient. Le cliquetis de la roulette poursuivant sa ronde folle semblait rythmer ses pas.

Soudain, il entendit le rire guttural de Cimmy Lou. Il se dirigea dans cette direction. Elle se tenait derrière Leroy Bitterman assis à une table de poker, une main aguichante posée sur la nuque du déserteur qui ramenait à lui les jetons qu'il venait de gagner. John releva le chien de son revolver, et le cri de Cimmy Lou ne lui parvint qu'à travers un épais brouillard :

– Leroy ! Attention !

Leroy se leva d'un bond, eut le temps de porter la main à sa ceinture, là où il avait glissé son arme, mais le coup de feu claqua. Au ralenti, Hooker vit son rival faire un bond sous l'impact puis retomber lourdement sur le tapis vert, sa chemise s'imbibant rapidement de sang, tandis que Cimmy Lou laissait échapper un hurlement d'animal blessé. La seconde détonation y mit fin. Cimmy Lou s'écroula à son tour sur le cadavre de son amant, un filet de sang ruisselant sur son menton. John T. Hooker baissa lentement son arme dans un silence de mort, une âcre odeur de cordite planant sur le saloon.

– Nom de Dieu, proféra quelqu'un d'une voix blanche.

Au bruit des coups de feu, Jake Cutter releva instinctivement la tête, cherchant à déterminer d'où provenaient les détonations. Puis il se précipita vers la porte, sachant qu'Hannah le suivait, et rencontra Hy Boler qui lui aussi allait aux nouvelles, vissant tout en courant son melon sur son crâne chauve. Dehors aussi les gens couraient.

– Ça vient d'où ? demanda Cutter au journaliste.

– D'un peu plus haut dans la rue, je crois.

Ils ne tardèrent pas à apercevoir un attroupement devant l'un des saloons. Cutter pressa le pas. Un gamin roux, couvert de taches de rousseur, venait en courant dans leur direction, les yeux écarquillés par l'émotion.

– Un soldat noir vient de descendre un type aux *Quatre As,* cria le garnement, au comble de l'excitation, manifestement désireux d'être le premier à répandre la nouvelle.

Cutter se mit à courir encore plus vite.

Devant les *Quatre As,* deux soldats mal à l'aise tentaient de contenir la foule, tenant leurs fusils à deux mains à hauteur de poitrine.

– Capitaine, euh, *sir,* fit l'un d'eux en découvrant Jake Cutter. Je suis bien content de vous voir.

– Que s'est-il passé ?

– C'est le sergent Hooker. Il est entré, il les a vus et il les a abattus sans dire un mot.

Cutter jura entre ses dents et allait entrer quand John T. Hooker poussa les portes battantes du saloon, le corps de Cimmy Lou dans ses bras. Son visage paraissait un masque de marbre noir où roulaient des yeux fous. Jake Cutter laissa échapper une bordée de jurons, cette fois dirigée contre l'injustice de la vie et la bêtise des hommes.

– Hooker, fit-il, déterminé, barrant la voie au sergent.

– Capitaine, dit Hooker d'un ton neutre, baissant les yeux sur le visage de la femme que la mort n'avait pas réussi à enlaidir. Il fallait que je le fasse. Il n'y avait pas d'autre solution.

– Donnez-la-moi, répondit Cutter, tendant les bras. Elle est morte maintenant. C'est fini.

Le sergent s'exécuta sans un mot et, quand il se fut débarrassé de son macabre fardeau, Jake Cutter s'aperçut que sa poitrine était couverte de sang.

Cutter confia le cadavre à l'un des soldats.

– Allez chercher le croque-mort.

Il se retourna vers Hooker, affalé contre un montant de la galerie. Cutter soupira lourdement, incapable de le regarder.

– Où est Bitterman ?

– À l'intérieur.

– Je suppose que vous l'avez tué lui aussi. Pourquoi, sergent ? Pourquoi avez-vous fait ça ?

– Il fallait que je l'empêche de continuer. C'était plus fort qu'elle, il fallait que je le fasse à sa place. Elle ne pensait qu'à elle. Elle était incapable de voir autre chose que son intérêt. Les gens n'étaient que des outils pour elle. Il fallait que quelqu'un la stoppe, puisqu'elle ne pouvait pas le faire elle-même... Maintenant, elle ne recommencera plus.

Jake Cutter lâcha une nouvelle bordée de jurons.

– Qu'est-ce qui se passe ici ?

Cutter se retourna pour découvrir le shérif.

– Problème militaire, fit-il. Je m'en occupe.

– Qu'est-il arrivé ?

– Mon sergent a abattu un déserteur, et cette femme est morte d'une balle perdue.

– Non, *sir*, dit Hooker, secouant la tête.

– Silence, sergent !

– Mais je ne peux pas, *sir*.

– Taisez-vous, imbécile ! Vous ne voyez pas que je suis en train de sauver votre tête ?

– Mais je l'ai tuée.

– Affaire militaire, répéta Cutter, se tournant vers le shérif. Je n'aurai pas besoin de votre concours.

L'homme parut hésiter quelques secondes.

– C'est bon, soupira-t-il, je me retire.

Cutter attendit que le shérif ait disparu dans la foule des curieux pour se retourner vers le sergent Hooker.

– Écoutez-moi bien, John, murmura-t-il à son oreille. Vous allez prendre un de ces chevaux et quitter la ville au plus vite. Vous irez tout droit sans vous retourner. Moi, je veillerai à ce qu'on ne vous poursuive pas.

– Non, *sir*.

– Vous allez me ficher le camp, oui ou non ! Elle est morte. Ne la laissez pas détruire davantage votre vie ! Elle n'en valait pas la peine. Fuyez pendant qu'il est encore temps.

– Je ne peux pas, mon capitaine. Je suis sergent-chef. J'ai eu la médaille des combattants à la bataille de Kickapoo Strings. Il faut que je reste.

Cutter jura une fois de plus, frappant le mur du poing. Puis, se ressaisissant, il sc tourna vers les soldats qui observaient la scène.

– Arrêtez le sergent, ordonna-t-il. Qu'il soit déféré devant la cour martiale.

Hannah, au milieu de la foule, avait observé la scène. D'où elle était, elle ne pouvait entendre ce que Jake Cutter disait mais, le bouche à oreille fonctionnant bien, elle avait une idée assez précise de la situation, d'autant qu'elle avait vu les corps de Cimmy Lou et de Leroy Bitterman.

Il ne servait à rien d'attendre le capitaine, aussi la jeune femme décida-t-elle de se retirer. Comme elle s'éloignait, un cavalier arriva. Hannah sursauta en reconnaissant Stephen qui, l'ayant aperçue, mena son cheval jusqu'à elle.

– Je venais justement te voir, fit-il en sautant de selle et en se dirigeant vers elle comme s'il s'attendait à être le bienvenu.

– Vraiment ? dit-elle froidement.

– Oui, confirma-t-il. Que se passe-t-il ici ? J'ai vu plusieurs de nos soldats devant ce saloon.

– Ils ont mis la main sur le déserteur. Il a été tué et Cimmy Lou aussi.

En disant cela, Hannah observait le visage de Stephen, sachant que Cimmy Lou et lui avaient été amants.

– Tu n'as rien à faire ici. Ce n'est pas une place pour toi, ajouta le commandant Wade, entraînant la jeune femme par le bras de l'autre côté de la rue.

– Tu as dit que tu étais venu me voir ? reprit

Hannah, remettant de l'ordre dans sa chevelure que le vent malmenait.

– Tu as vu tes mains ? Mais que diable as-tu fait ?

– Travaillé, tout simplement.

– Où donc ?

– Au journal. Je monte les articles pour M. Boler. Tu espérais peut-être me trouver debout sur une table, en train de danser devant un groupe de mineurs paillards et te suppliant de me sortir de là ?

– J'espérais simplement que tu serais enfin revenue à la raison et que tu aurais compris à quel point ton attitude est déplacée. Il est temps que tu reprennes tes esprits, Hannah.

– Mais c'est justement ce que j'ai fait, Stephen. Je suis allée consulter un avocat, et il semblerait qu'il soit relativement facile d'obtenir le divorce. Je crois qu'en fait c'est dû au faible nombre de femmes dans la région.

Stephen pâlit de fureur sous son hâle.

– Tu persistes, si je comprends bien.

– Oui.

– Je crois m'être montré suffisamment patient comme ça, Hannah. Maintenant, soit tu cesses cette comédie ridicule et tu reviens à la maison, soit...

– Soit quoi ?

– Ne sois pas stupide, Hannah ! Plus personne ne voudra de toi, maintenant !

La jeune femme était folle de rage. Stephen ne lui proposait pas de reprendre la vie en commun par amour ou même par pitié, mais simplement parce qu'il estimait que tel était son devoir... et aussi sans doute son intérêt. Elle n'avait plus qu'à s'estimer heureuse de se voir offrir un toit et de quoi manger avec, bien sûr, le droit de se taire !

– Adieu, Stephen. Je ne vois pas l'intérêt de te revoir.

Stephen devint pâle comme la mort mais ne dit rien. Il ne se mit pas en colère; il ne supplia pas. Il ne pensait en fait qu'à lui ! En le regardant s'éloigner à grands pas, Hannah sut qu'il n'y avait plus aucun espoir que les choses s'arrangent entre eux. Tant qu'elle avait joué le jeu, qu'elle l'avait conforté dans ses ambitions, leur mariage avait fonctionné, mais dès qu'elle avait commencé à exister par elle-même, il n'avait pu l'accepter. Maintenant, il ne lui restait plus qu'à se complaire dans le rôle de mari bafoué jusqu'à ce qu'il trouve une autre victime ou une autre idiote...

Cutter suivit du regard le commandant qui s'éloignait, mais ce fut l'expression triste d'Hannah qui le révolta. Il se dirigea vers Stephen, bien décidé à lui barrer le chemin.

– Que faites-vous ici ? demanda le commandant, jetant un coup d'œil vers Hannah par-dessus son épaule.

– Ça ne vous regarde en rien.

– Ce qui me regarde, c'est votre impertinence, et vous m'en répondrez !

– Balivernes !

– Dois-je vous rappeler que l'insubordination et le refus de saluer un supérieur sont passibles de la cour martiale ?

– Balivernes, je vous dis.

Cutter n'avait jamais été un beau parleur mais un homme d'action. Son poing partit comme l'éclair et s'abattit avec un joli bruit mat sur la mâchoire de Stephen Wade. Cutter y avait mis toute sa force, toute sa colère, et l'officier fit un superbe vol plané pour se retrouver étalé de tout son long dans la poussière. Tous muscles bandés, Cutter attendait la reprise du combat, mais le commandant Wade se contenta de s'accouder sur le sol.

– Je vais entamer des poursuites contre vous

pour coups et blessures sur un supérieur, Cutter. J'aurai votre peau !

– Eh non, s'amusa Cutter, arrachant ses galons de capitaine et les lui jetant à la figure. Ma démission a pris effet ce matin même; je ne suis plus qu'un civil. Maintenant, si vous voulez avoir ma peau, comme vous le dites si élégamment, il serait temps de vous relever et de venir la chercher. Je ne demande pas mieux.

Mais Stephen n'en fit rien. Il se remit sur ses pieds, mais ce fut pour s'éclipser aussitôt. Cutter lui jeta un dernier regard dégoûté puis s'en fut retrouver Hannah.

– J'en avais envie depuis très longtemps, avoua-t-il.

– Moi aussi, dit-elle dans un sourire. Je crois qu'une fois de plus je vous suis redevable.

– Je ne savais pas comment vous alliez réagir. Parfois les femmes continuent à aimer leurs maris même lorsqu'ils les maltraitent.

– Je ne fais pas partie de cette catégorie.

Autour d'eux, les gens recommençaient à circuler, et Hannah aperçut un chapeau melon dans la foule.

– Il faut que je retourne travailler.

– C'est donc fini entre vous, reprit Cutter, suivant son idée.

– Oui. Je suis allée voir M. Hawthorne qui est avocat en ville et il a entamé une procédure de divorce. Tout est terminé, et je crois que Stephen l'a enfin compris. (La jeune femme regarda soudain les marques bleu sombre que les galons arrachés laissaient sur la veste de Jake Cutter.) Ainsi, vous avez quitté l'armée ?

– J'ai donné ma démission avant de partir en patrouille. Je voulais vous le dire, mais... Je ne pouvais plus rester, choisit-il de dire.

– Oui, c'est vrai. Ce n'était pas une vie pour

vous. Il vous faut de l'espace. Vous auriez fini par sombrer dans la routine.

– J'y étais déjà avant de vous rencontrer. C'est là que j'ai pris conscience de tout ce qui me manquait.

Hannah frissonna et décida de changer de sujet :

– Que comptez-vous faire maintenant ? Quels sont vos projets ?

– Il y a quelques années, j'ai découvert une certaine vallée au nord d'ici, en poursuivant les Apaches. Il y a une rivière, de la bonne herbe, et assez de bois dans les montagnes pour qu'un homme puisse se construire une maison. Il y a aussi des chevaux sauvages qui, dressés, seraient propres à la monte. Je pense en tirer mon revenu et les vendre à l'armée. J'ai également l'intention de faire venir du bétail du Texas. Enfin... tout ça si quelqu'un n'a pas eu la même idée que moi depuis...

– Je vous vois effectivement très bien dans un ranch.

– Et vous, Hannah ? Qu'allez-vous faire ?

– Ne vous inquiétez pas pour moi. Tout ira très bien.

– Me demander de ne pas m'inquiéter pour vous, c'est comme exiger du soleil qu'il se lève à l'ouest ! C'est impossible. Je me ferai toujours du souci pour vous.

– Ne soyez pas si gentil, Jake. Je ne peux pas le supporter.

– Il ne s'agit pas de gentillesse, Hannah. Je vais me sentir bien seul dans cette vallée. J'aimerais que vous veniez avec moi pour m'aider à construire la maison, la grange, m'occuper des bêtes.

– Si c'est de l'aide que vous cherchez, ça ne m'intéresse pas.

– Je ne veux pas de l'aide, je veux une épouse.

– Je connais la vie, fit Hannah, secouant tristement la tête. On ne fonde pas un foyer sur des points communs. Il faut plus que ça. L'amitié ne suffit pas, et j'ai trop peur de recommencer à souffrir.

– Vous souvenez-vous du jour où nous nous sommes embrassés ? sourit-il. Je ne crois pas que cela entre dans le registre de la simple amitié.

Cutter perçut le sursaut que ses paroles provoquaient chez la jeune femme, et il la prit dans ses bras.

– Vous croyez que vous ne regretterez pas d'avoir épousé une femme qui a vécu avec les Apaches ? Vous êtes sûr que ça ne vous dérangera pas de savoir que j'ai été une squaw ?

Jake Cutter balaya les angoisses d'Hannah d'un baiser empreint d'une infinie tendresse.

– Il faut que je retourne au fort, dit-il. Je voudrais faire tout ce que je peux pour John. Quand le procès sera fini, je reviendrai te chercher.

– Je t'attendrai.

Romans sentimentaux

Depuis les ouvrages de Delly, publiés au début du siècle, la littérature sentimentale a conquis un large public. Elle a pour auteur vedette chez J'ai lu la célèbre romancière anglaise Barbara Cartland, la Dame en rose, qui a écrit près de 300 romans du genre. À ses côtés, J'ai lu présente des auteurs spécialisés dans le roman historique, Anne et Serge Golon avec la série des Angélique, *Juliette Benzoni, des écrivains américains qui savent faire revivre toute la violence de leur pays (Kathleen Woodiwiss, Rosemary Rogers, Janet Dailey), ou des auteurs de récits contemporains qui mettent à nu le cœur et ses passions, tels que Theresa Charles ou Marie-Anne Desmarest.*

BENZONI Juliette

Marianne 601**** & 602****
Un aussi long chemin 1872****
Le Gerfaut :
- Le Gerfaut 2206******
- Un collier pour le diable 2207******
- Le trésor 2208*****
- Haute-Savane 2209*****

CARTLAND Barbara

Les amours mexicaines 1052***
Le message de l'orchidée 1072**
La flamme d'amour 1110**
L'enchantement du désert 1188**
La première étreinte 1189**
Que notre bonheur dure 1204**
La belle et le léopard 1215**
Le mystère de la bruyère bleue 1285***
La revanche de lord Ravenscar 1321**
Il ne nous reste que l'amour 1347**
Piège pour un marquis 1699**
La princesse en péril 1762**
Défi à l'amour 1763****
Un souhait d'amour 1792**
L'amour et Lucia 1806**
Rencontre dans la nuit 1807**
La magie de la bohémienne 1819**
L'invitation au bonheur 1842**
Les violons de l'amour 1883**
L'amour était au rendez-vous 1884**
Thérésa et le tigre 1912**

CARTLAND (suite)	***La revanche du cœur*** 2005 ★★
	Les mirages de l'amour 2040 ★★
	Idylle à Calcutta 2049 ★★
	Prise au piège 2082 ★★
	Miracle pour une madone 2100 ★★
	Un mari chevaleresque 2114 ★★
	Une épouse particulière 2115 ★★
	Au cœur du péril 2131 ★★
	Fiancée à un brigand 2144 ★★
	Un amour conquérant 2145 ★★
	La danse de l'amour 2160 ★★
	Un amour sans fortune 2174 ★★
	L'amour comme un espoir 2189 ★★
	Un éternel enchantement 2230 ★★
	Le choix du prince 2242 ★★
	Loin de l'amour 2243 ★★
	Le lord et la demoiselle 2256 ★★
	Le secret de l'Écossais 2257 ★★
	La victoire de l'amour 2271 ★★
	Un cœur trop pur 2272 ★★
	Qui peut nier l'amour ? 2285 ★★
	La gondole d'or 2286 ★★
	Toujours plus haut l'amour 2301 ★★
	Les problèmes de l'amour 2302 ★★
	Le chemin de l'amour 2318 ★★
	Sur les ailes de l'amour 2319 ★★
	Le secret d'Anouchka 2335 ★★
	Lumières d'été 2336 ★★
	Le signe de l'amour 2349 ★★
	Un bonheur sans prix 2350 ★★
CHARLES Theresa	***Le chirurgien de Saint-Chad*** 873 ★★★
	Inez, infirmière de Saint-Chad 874 ★★★
	Lune de miel à Saint-Chad 1112 ★★
	Rosamond 1795 ★★★★
	Thea 1873 ★★★★
COOKSON Catherine	***L'orpheline*** 1886 ★★★★★
	La fille sans nom 1992 ★★★★
	L'homme qui pleurait 2048 ★★★★
	Le mariage de Tilly 2219 ★★★★
	Le destin de Tilly Trotter 2273 ★★★
	Le long corridor 2334 ★★★

COSCARELLI *Kate*	*Destins de femmes* 2039 ****
DAILEY *Janet*	*Le solitaire* 1580 ****
	La Texane 1777 ****
	Les ailes d'argent 2258 *****
	La saga des Calder :
	- La dynastie Calder 1659 ****
	- Le ranch Calder 2029 ****
	- Prisonniers du bonheur 2101 ****
	- Le dernier des Calder 2161 ****
DESMAREST *Marie-Anne*	*Torrents* 970 ***
GOLON *Anne et Serge*	*Angélique marquise des Anges* 667 *** & 668 ***
	Indomptable Angélique 673 *** & 674 ***
	Angélique à Québec 1410 **** & 1411 **** & 1412 ****
	Angélique - La route de l'espoir 1914 **** & 1915 ****
HOLT *Victoria*	*La lande sans étoiles* 2007 ****
LAKER *Rosalind*	*La femme de Brighton* 2190 ****
	Le sentier d'émeraudes 2351 *****
LINDSEY *Johanna*	*Le vent sauvage* 2241 ***
MATTHEWS *Patricia*	*Danser ses rêves* 1901 ****
	L'éveil de l'aube 2081 ****
	L'écume des passions 2116 ****
MONSIGNY *Jacqueline*	*Michigan Mélodie (Un mariage à la carte)* 1289 **
	L'amour dingue 1833 ***
	Le palais du désert 1885 **
NICOLSON *Catherine*	*Tous les désirs d'une femme* 2303 ****
ROGERS *Rosemary*	*Amour tendre, amour sauvage* 952 ****
	Jeux d'amour 1371 ****
	Au vent des passions 1668 ****
STANFILL *Francesca*	*Une passion fatale* 2320 ****
STEEL *Danielle*	*Un monde de rêve* 1733 ***
	Celle qui s'ignorait 1749 *****
	L'anneau de Cassandra 1808 ****
	Palomino 2070 ***
	Souvenirs d'amour 2175 *****
	Maintenant et pour toujours 2240 ******
WOODIWISS *Kathleen E.*	*Quand l'ouragan s'apaise* 772 ****
	Une rose en hiver 1816 *****
	Shanna 1983 *****

Cinéma et TV

De nombreux romans publiés par J'ai lu ont été portés à l'écran ou à la TV. Leurs auteurs ne sont pas toujours très connus ; voici donc, dans l'ordre alphabétique, les titres de ces ouvrages :

A la poursuite du diamant vert *1667* *** — **Joan Wilder**
Alien *1115* *** — **Alan Dean Foster**
Angélique marquise des anges
L'ami Maupassant *2047* ** — **Guy de Maupassant**
L'Australienne *1969* **** *& 1970* **** — **Nancy Cato**
Bigfoot et les Henderson *2292* *** — **Joyce Thompson**
Blade runner *1768* *** — **Philip K. Dick**
Bleu comme l'enfer *1971* **** — **Philippe Djian**
La brute *47* *** — **Guy des Cars**
Cabaret (Adieu à Berlin) *1213* *** — **Christopher Isherwood**
Carrie *835* *** — **Stephen King**
Châteauvallon
1856 ****, *1936* **** *& 2140* **** — **Eliane Roche**
Christine *1866* **** — **Stephen King**
La couleur pourpre *2123* *** — **Alice Walker**
Coulisses *2108* ***** — **Alix Mahieux**
Cujo *1590* **** — **Stephen King**
Des fleurs pour Algernon *427* *** — **Daniel Keyes**
2001 l'odyssée de l'espace *349* ** — **Arthur C. Clarke**
2010 : odyssée deux *1721* *** — **Arthur C. Clarke**
Le diamant du Nil *1803* *** — **Joan Wilder**
Dynasty *1697* ** *& 1894* *** — **Eileen Lottman**
E.T. l'extra-terrestre *1378* *** — **Spielberg/Kotzwinkle**
E.T. La planète verte *1980* *** — **Spielberg/Kotzwinkle**
L'exorciste *630* **** — **William P. Blatty**
Les exploits d'un jeune don Juan *875* * — **Guillaume Apollinaire**
Le faiseur de morts *2063* *** — **Guy des Cars**
Fanny Hill *711* *** — **John Cleland**
Fletch *1705* *** — **Gregory Mcdonald**
La folle histoire de l'espace *2294* *** — **Mel Brooks/J.B. Stine**
Le Gerfaut *2206* ****** *& 2207* ****** — **Juliette Benzoni**
Jonathan Livingston de goéland *1562* * *illustré* — **Richard Bach**
Joy *1467* ** *&* **Joy et Joan** *1703* ** — **Joy Laurey**
Le joyau de la couronne
2293 ***** *& 2330* ***** — **Paul Scott**

Kramer contre Kramer 1044 ***	Avery Corman
Le lendemain du crime 2199 **	Eileen Lottman
L'arme fatale 2231 ****	Joel Norst
Le livre de la jungle 2297 **	Rudyard Kipling
Love story 412 *	Erich Segal
Mad Max au delà du dôme du tonnerre 1864 ***	Joan D. Vinge
Michigan Mélodie 1289 **	Jacqueline Monsigny
9 semaines 1/2 2259 **	Elizabeth McNeill
Mission 2092 ***	Robert Bolt
Les oiseaux se cachent pour mourir 1021 **** & 1022 ****	Colleen McCullough
Orphée 2172 **	Jean Cocteau
Le paltoquet (On a tué pendant l'escale) 1647 ***	F.-R. Falk
Pavillons lointains 1307 **** & 1308 ****	M.M. Kaye
La petite boutique des horreurs 2202 *** illustré	R. & L. Egan
Peur bleue 1999 ***	Stephen King
Platoon 2201 ***	Dale A. Dyle
Police 2021 ***	Catherine Breillat
Poltergeist I 1394 ***	James Khan
Poltergeist II 2091 **	James Khan
Pu-Yi / J'étais empereur de Chine 2327 ******	Pu-Yi
Qui c'est, ce garçon ? 2043 ***	Nicole de Buron
Racines 968 **** & 969 ****	Alex Haley
Rencontres du troisième type 947 **	Steven Spielberg
Robocop 2310 ***	Ed Naha
Rosemary's baby 342 ***	Ira Levin
Sauve-toi, Lola ! 1678 ****	Ania Francos
Le secret de la pyramide 1945 ***	Alan Arnold
Le secret de mon succès 2216 ***	Martin Owens
Shining 1197 ****	Stephen King
Le souffle de la guerre 575 *****, 576 ***** & 577 *****	Herman Wouk
Star Trek 1071 **	Gene Roddenberry
Terminus 2122 **	Patrice Duvic
Thérèse Humbert 1838 **	Laurence Oriol
Tous les fleuves vont à la mer 1479 **** & 1480 ****	Belva Plain
37°2 le matin 1951 ****	Philippe Djian
La tricheuse 125 ***	Guy des Cars
Tropique du crabe 2198 ***	André Rossfelder
Un mari c'est un mari 823 **	Frédérique Hébrard
Vas-y maman 1031 **	Nicole de Buron

Romans érotiques

Longtemps maintenue dans le "second rayon" des librairies, voire dans l'enfer des bibliothèques, la littérature érotique a acquis droit de cité depuis la disparition de la censure. De grands écrivains, tels que Guillaume Apollinaire, l'avaient pourtant illustrée. J'ai lu publie une sélection des meilleurs ouvrages érotiques, d'Emmanuelle Arsan à Xaviera Hollander et Joy Laurey.

AECK Meryl	**Le plaisir de l'écume** 1943 ★★
APOLLINAIRE Guillaume	**Les onze mille verges** 704 ★
	Les exploits d'un jeune don Juan 875 ★
ARSAN Emmanuelle	**Laure** 770 ★★★★
	Toute Emmanuelle 1046 ★★
	Une nuit 1778 ★★★★
BERG Jean de	**L'image** 1686 ★
BRUNOY Clément	**Salyne** 1674 ★
	Salyne à Londres 1765 ★
	Salyne en Grèce 2176 ★★
	Moi, Nicole, 20 ans, impertinente 1735 ★★
	Champagne rosé 1861 ★★
CHARLES Claude	**Polychromie** 1612 ★★★
CLELAND John	**Fanny Hill** 711 ★★★
DONOSO José	**La mystérieuse disparition de la jeune marquise de Loria** 1439 ★★
DORVAL Alain	**Souvenirs indiscrets d'un voleur d'images** 1887 ★★
DUBOIS-JOLLY Aymé	**Les Mémoires d'une culotte** 2147 ★★
GALL Michel	**La vie sexuelle de Robinson Crusoë** 2071 ★★
GUÉRINEAU Gustave	**Séduction** 1526 ★
HOLLANDER Xaviera	**Madam'** 838 ★★★
	Dona Juan 2032 ★★
	Le phallus d'or d'Osiris 2084 ★★★
	Xaviera en vacances 2162 ★★★
	Les amours de Xaviera 2274 ★★★★
IMBROHORIS Jean-Pierre	**Easy Lover** 1751 ★★
JONG Erica	**Fanny Troussecottes-Jones** 1358 ★★★★ & 1359 ★★★★
LAUREY Joy	**Joy** 1467 ★★
	Joy et Joan 1703 ★★
	Joy in love 2051 ★★★
	Jessica 2321 ★★

2366

Impression Brodard et Taupin
à La Flèche (Sarthe) le 9 mai 1988
6265-5 Dépôt légal mai 1988
ISBN 2-277-22366-2
Imprimé en France
Editions J'ai lu
27, rue Cassette, 75006 Paris
diffusion France et étranger : Flammarion